S T A R R Y   R I V E R

星河 诗丛

星河

2022

夏季卷

主 编

黄纪云

骆 苡

浙江文艺出版社
Zhejiang Literature & Art Publishing House

图书在版编目（CIP）数据

星河. 2022. 夏季卷 / 黄纪云，骆苡主编. -- 杭州：浙江文艺出版社, 2022.8

ISBN 978-7-5339-6968-4

Ⅰ. ①星… Ⅱ. ①黄… ②骆… Ⅲ. ①诗集 - 中国 - 当代②诗歌评论 - 中国 - 当代 Ⅳ. ①I227②I207.22

中国版本图书馆CIP数据核字（2022）第154511号

统　　筹　曹元勇
责任编辑　睢静静
特约编辑　陈越遥
封面设计　朱云雁
责任印制　吴春娟

星河 · 2022夏季卷
主　　编　黄纪云　骆　苡
顾　　问　骆寒超

出版发行　浙江文艺出版社
地　　址　杭州市体育场路347号
邮　　编　310006
电　　话　0571-85176953（总编办）
　　　　　0571-85152727（市场部）
印　　刷　浙江海虹彩色印务有限公司
开　　本　787毫米 × 1092毫米　1/16
字　　数　215千字
印　　张　13.5
版　　次　2022年8月第1版
印　　次　2022年8月第1次印刷
书　　号　ISBN 978-7-5339-6968-4
定　　价　59.00元

卷首语

本卷“星月交辉”板块着重收录汪剑钊、王彻之、吴投文三位诗人的作品。汪剑钊先生不仅是一位诗歌创作者、诗歌评论家，也是诗歌翻译家。他翻译了大量俄罗斯诗人的作品，《星河》曾给予介绍。通过阅读汪剑钊先生的诗歌，相信读者能感觉到他的创作实力；他称得上是一位杰出的诗人。王彻之、吴投文两位先生也有不凡的创作能力，他们的诗作体现了作者较有深度的思考，试图在感性与理性之间寻找恰当的平衡点。

从本卷开始，我们计划陆续推出全国各地诗歌特辑，以此来巡视祖国诗歌创作的风貌。本卷推出的是“新疆诗人”，但愿读者阅读之后能对来自西部边陲的诗人们有第一手的印象。

本卷“星河评论”我们承接春季卷，收录骆寒超教授的《论徐志摩的诗歌艺术(下)》，以便于读者能完整地读完这篇评论。

“星韵品赏”板块解读了周瑟瑟、费一飞两位诗人的作品，有兴趣的读者可以一读。

夏是一个热烈的季节，到处是明艳的色彩。无论是凉风习习的清晨，蝉鸣高昂的晌午；还是晚霞映照的黄昏，群星璀璨的夜晚，浪漫无处不在。这样的季节适合读诗。

"星河"编委会

主 编

黄纪云　骆苡

顾 问

骆寒超

诗歌编辑

菡萏　刘翔　袁丹丹

箫风　贝尔　顾奕俊

理论编辑

安操

封面题签 黄纪云

封面设计 武克非

篆刻 姚伟荣

目录

001 ╱ 星月交辉

038 ╱ 星瀚灿烂

059 ╱ 星河微澜

138 / 新疆诗人

174 / 河外星系

186 / 星河评论

196 ╱ 星韵品赏

汪剑钊的诗

老房子

老房子
恰似一只没有舌苔的大嘴
痛苦地张开
寂寞被稀释成模糊的声音

斑驳的墙壁镌刻历史的背影
满地枯叶是延宕太久的激情
蜘蛛的吐液编织纤弱的挽歌

老房子也曾有过美妙的青春
也曾为爱情一时冲动
大门外那棵千年的柏树
至今残留着小夜曲的余韵

离群的鸟儿在老房子的乱发间小憩
孤独与孤独相会于偶然
或许这是人与物最后一次邂逅
明天老房子将像弃妇一般死去

芬芳的灯

芬芳的灯凝聚无限柔情
抚摸子夜的石头
石头温软一如少女的躯体
默不出声
灯流溢内心的芬芳
许诺乌鸦变成天鹅的奇迹
一些黑暗的词句被点燃
漫不经意地飘落
吮吸远古的幽香
子夜应和灯的祈祷
绽开寂静的枝蔓
在黑雾弥漫的时刻
子夜的石头是含苞待放的花蕾
芬芳的灯凌空高悬
仿佛普罗米修斯衔在口中的天火

雪花在黑夜里腐烂

风的声音裹挟沦陷北方的我
枯叶如同溃散的败兵走投无路
我与孤灯并肩共读卡蒙斯的遗作
葡萄牙古语诡秘一如天书
我伸出汉语的手指
触摸诗歌的根须
寂寞像板结的土地坚硬异常
生存的艰难已经潜入语言
我放弃词语组合的游戏
想念白昼邂逅的美人
揣摩在彬彬有礼举动下的暗示
表白无疑是一次鲁莽的冒险
或许是爱情的路标或许是友谊的墓碑
连上帝也无法妄加裁定
在沉默中品味忧伤的甜蜜

不见创伤的疼痛给人受虐的快感
而雪花正在黑夜里腐烂
无耻的黑正在吞噬最后的白
哦美貌是一种剧毒
比见血封喉的箭毒木更为深入人心

建设工地随想曲

推土机挺着肚子走过的时候
死人不得不再死一次
枝叶茂盛的枥树，霍然倒下
比上一次更加彻底
明代的陵墓一声惨叫
蹦出秦砖与汉瓦的灵魂
这里，新世纪的大厦将拔地而起
一条病魔缠身的野狗
不知所措，在小路的尽头
声嘶力竭地吠叫
仰望着苍白的新月
想象着，那是最后的家

树叶如何划破风

寓言里的那场雪，一而再，
再而三地推迟，
桌上，一杯去年的咖啡
在今年的刻度上冷却。
邻家的爆竹，模拟照例的春雷，
轰炸庭院里光秃的树干，
制造空心的热闹，
徒劳地阻挡寒流向南挺进。
风，吮吸冬季的阳光，
穿过子夜的黑绒衣，
灌入每一个细小的缝隙，
一滴水越出阳台，试图打破
凌晨的沉默，它的呼喊
却在时间的喉结上凝成冰块。
离群的树寡不敌众，任凭
树叶流尽绿色的血液，
在狼嗥的风声里被撕碎，
它悲壮地旋转，比蝴蝶更轻巧地溅落，
树梢最后一片树叶，仿佛
孤独的叹息——凌厉地划破
风，这若有若无的存在……

盐水沟

毁灭，另一种形式的拯救，
清风拂过废墟，
给虚假的历史补上说出真相的注释：
一群人喧闹地穿越海的风暴，
折断体内的白帆；
一个人独自回到自身，
在低处寻找高山的根须。

盐水沟白光闪烁，
亮得令人心痛，
风、云、雾的混合
构成咸涩的地貌。
沙漠烘烤过的心脏
碎裂，坠进无泪可流的沟壑，
血液给予最后的滋润……

苹果

雨点，像铜锈一样滴落，
枝头垂挂的苹果是映照世界的最后一盏灯，
在遗忘中挥发孤独的芬芳。

俄罗斯,富饶的俄罗斯
奢侈的俄罗斯,
连金子都会腐烂的俄罗斯……

十月,一个与秋天同母异父的季节,
收获与丧失同时来临。

从俱乐部走出的野狗在吠叫,不知道
世界向哪里旋转。

暮色沿着来路奔跑,
没有路灯,苹果在闪烁……

把秋天写在纸上

入梦。把秋天写在纸上,
将名字刻进树皮,
也不能阻挡北风锐利的刀刃
划破时间的肌肤,
驱动寒意,渗进黄土店的草丛。
冬天是必然降临的季节,山楂树
纯属偶然地抛下一串树叶;
一群南飞的大雁,尖叫着
抖落最后一组单词,
在炫目的金黄中完成肉身的腐烂。
苏醒。隔着三层玻璃
清点窗外的噪音,
俯瞰空地上堆积的塑料袋、纸屑和破布……
一阵轻雾飘来,我知道,
它们很快就会变成快乐的雪花。

母亲是我的祖国

春天照例摇曳纤巧的身躯,
一路晃闪绿色的鳞片,
搅皱了灞河与浐河平静的波纹,
日以继夜地冲刷古长安遗留的历史泡沫……
五点钟,夕阳缓缓脱去锦缎的外衣,
懒散地挂上敌楼的飞檐。

我陪着母亲探访北地的风景,
领略纤秀之外的壮美,
去攀爬修复如初的古城墙,
它沉稳的宽度要大于严肃的高度
期待在传奇多于史实的城市高处有一小会的
伫立,
写意地勾勒汉唐帝国曾经的荣耀,
远眺未央宫的废墟和新近筑建的风情园,
这并非凭吊随性倾斜的历史,
更不是无聊的猎奇与虚妄的占有,
仅仅作为顺道的过路客,
循着砖石的温度,抚触一下纪念碑的纹理,
让孤独之花缀满真实的绿叶,
让虚无的肉身因此拥有存在的硬骨头。

母亲拾级而上的时候,
脚步迟缓,脊椎也有微曲,
背影如同墙缝里凸起的一块青砖,
饱历风霜,美丽因为遭受挤压而略显残损,
但依然勉力支撑着整个建筑的高度。
她的发丝飘拂,恍如白昼仍然驻留天空的星星,
不引人注目,兀自闪烁善良的光芒,
伴随着空气的颤动,
仿佛在与门廊上的两面彩旗相互致意,
这或许正是忘年交往的对视。

夜幕低垂，灯火初起，
我小心搀扶着母亲蹑足而下，
唯恐踩碎那沉默的月光。
蓦然，一阵喧声袭来，犹如烈马的奔腾，
又迅疾地归于寂静，仿佛潮水重新退回到海的深处……
我左手倚墙，右手抓紧母亲的胳膊，
而祖国恰好抵紧了我的掌心。

根墙

据说，任性的北风吹过，
从来不讲什么道理；
每棵树颓然倒下的刹那间，
来不及总结失败的理由。

情歌散去的喀纳斯湖畔，
一棵翻转的落叶松，映入
寻找风景的眼睛，
袒露支离虬曲的老根。

但心地厚道的泥土
绝不背弃那失败的囚徒，
依然偎紧枯木的残躯，
挣扎着竖起一堵根的墙壁，

站立，掩护蔓草丛中的蚂蚁。

清明

需要纪念的人物愈来愈多，
但可以相互交谈的朋友愈来愈少。
桃花已在昨夜凋落，李花却尚未开放，
必须给时间打一个绳结。

挨过了一段漫长的冬天，
从立春日开始，你便期盼那个风和日丽的节令，
在雨水中等待，在惊蛰里祈祷，
甚至忽略了春分之前响起的第一声惊雷。

你祈求世界永远和平，空气永远清新，
天空永远蔚蓝，景物永远明亮，
盘桓于胸腔内外的浓霾一去不返，
怡人的春光在每一个路人的脸上永远停留。

但是，季节的反应留存着地理学意义的差别：
北方继续干旱，犹如皲裂的大龟背；
江南的雨啊，丰沛到泛滥，
无论上天还是入地，都在讲述水的故事。

清明，白色的杏花重归寂寞，
泣血的杜鹃早已在尘世的喧嚣中沦陷。
哦，可以相互交谈的朋友愈来愈少，
而需要纪念的人物愈来愈多……

与谷雨邂逅的生日

谷和雨的亲密是他人不觉的隐私，
如同水在体内的储存，
一直忠实地维持灵与肉的互动，
恰似空气在每分每秒之间无私地陪伴，
让呼与吸构成奇妙的节奏。

诞生是一个奇迹，恋爱是又一个奇迹，
时光之手善于凿刻生日的水果蛋糕，
眼睛必然是最具光彩的黑玫瑰。
两个人的空间从不存在隔断，

门虽然存在，但徒具象征的意味。

拥抱是交响乐的前奏，
亲吻为情欲提供升华的翅膀……
我们终将老去，
并且不能幸免于死亡，
但驮载过爱与美的诗句必定可以永生。

中元节

祭奠，与亡灵同在，
与清明的节气隔空呼应，
尽管阴与阳有各自的时间差，
记忆必须为自己找到存续下去的正当理由，
纸质的纪念碑吸纳了永恒的叹息，
高于青铜和大理石的耸立……

小区的花径幽暗而窄长，
犹如秋夜矜持伸展的根须，
白昼的西风吹走枯叶，
夏日遗留的玫瑰成了一只受惊的紫椋鸟，
无奈栖停在黑色的枝头，
残损的花瓣依稀有血液渗出……

节日是一个热闹的漩涡，
如同美丽的风景，
充满了诱惑，但遍布着危险；
来自春天的消息已经在路上丢失，
带路的是一只乌鸦；
月光照不到的黑暗地带，
磷火代替它们闪烁骨头的忧伤……

春分（辛丑年）

书桌上平整摊开的一张稿纸，
它的前身是一根树枝
或者数片叶子；
而惬意地靠坐在宽大藤椅上的我，
终将成为未来的一抔土
或者是一粒粒飞散无定的尘埃……

一念至此，我不由得叹口气，
把春天默默地分了。

白露

我喜欢白露的节气，
它让身与心一起摆脱了窒息的暑热，
惬意地体会清凉的中年。
春夏里曾经绚烂至极的鲜花完成了最终的转型，
以瓜果的形式再现于人间，
美，凸显了真的内核。

此刻，我漫步于黛青色的湖畔，
蓦然看见那些名叫蒹葭的植物翩然起舞，
而一阵婉约的风簇拥着白金的穗须，
摇动了一泓秋水，正在轻轻呼唤自由的乳名。

大寒（辛丑年）

辛丑年的最后一个节气不甘寂寞，
压低了嗓音宣示，
冬天，即将走到尽头，
而苟延的气节也变得奄奄一息。
大朵的雪片旋转着飘落，

应景地完成时间和季节所托付的一场仪式，
为疫情下的寒意留下白色的记忆。

竹子青翠，桦叶金黄，
光秃的柳条保持柔软的沉默，
蓦然，长尾的喜鹊从灌木丛惊起并栖停于松枝，
踩落一树稀薄的积雪，
四下纷飞犹如充饥的一颗颗米粒。
过往的行人各怀心事，
任凭大小不一的脚印陈述着道路的艰难……

作者简介 | 汪剑钊（1963－ ），诗人、翻译家、评论家。现为北京外国语大学外国文学研究所教授、博士生导师。主要著译有《中俄文字之交》《阿赫玛托娃传》《二十世纪中国的现代主义诗歌》《俄罗斯现代诗歌二十四讲》《诗歌的乌鸦时代》《比永远多一秒》《汪剑钊诗选》《俄罗斯黄金时代诗选》《俄罗斯白银时代诗选》《二十世纪俄罗斯流亡诗选》《曼杰什坦姆诗全集》《茨维塔耶娃诗集》《记忆的声音——阿赫玛托娃诗选》等数十种。

由哲理的抽象进入唯美主义的具体
——汪剑钊诗歌印象

·冬 雁·

臧棣在《辛辣的诗意与得体的救赎——谈露易丝·格丽克的诗》一文中写道:“诺贝尔授奖词里使用的‘普遍性’一词,已非常明确地提示了格丽克的诗歌格局:那毋庸置疑的诗意声音所具备朴素之美,让每一个个体的存在都获得了普遍性。”在此我想借用臧棣的这句话来作为对汪剑钊的这组节气诗的解读起点,是因为汪剑钊的这组诗具备这段话中提到的诗歌格局。“朴素之美”莫过于人与自然的融合性,心境以及意境都随着自然的季节更替而变化。人与自然、诗与自然界的关系中密切关联的部分不仅仅是一种外在的形态,也是无形之中的紧密结合。二十四节气起源于黄河流域,远在春秋时代,人们就定出仲春、仲夏、仲秋和仲冬等四个节气。从汪剑钊的这组节气诗来看,《立春》《雨水》一直到《冬至》《小雪》一共十首诗,展现了一年中的季节和人类生活的关系,很明显地反映出人与自然是相互联系、相互依存、相互渗透的。诗者诗写诗心,读者读诗读心。诗人因对自然界的好奇而感知,这万物生存的世界触动了他的内心。在他的诗里我们无时无刻不在随着那份触动而触动。这个世界是神奇的,更为神奇的是人类在这个世界上的存在,诗人在这份神奇里写出人与自然之间的微妙关系——这也是自然界的节气里呈现出来的一种具有哲理性的思索。

(一)每一个节气都是诗人的思维与自然的对话

人与自然的关系也是一种微妙的互依互存的关系。诗人对自然的敏感性要比常人多出很多,这也是很多诗人去写这些节气诗歌的缘由。有关节气的诗我读过很多,每位诗人都有自己不同的悟性和切入点,从不同的视角到不同的指向,言物、言人、言天、言己。人类来于自然,最终回归自然。我们本身都是属于自然的,是自然的一分子、一粒尘埃。“思想以自己的言语喂养它自己,而成长起来。”一个有思想的诗人必然有自己的诗的语言,那么我们就看看汪剑钊的节气诗是怎样用自己的思想和语言来描述自然的,又是怎样把自己和自然一起融合在诗里。一首《立春》把我们带入他的节气诗世界:“立春与春节猝然相撞,/如同白毛的喜儿遇见久别的大春哥,/一腔相思的愁苦化成了雪水/流淌,灌溉郊外麦地的拔节声。”

立春象征着美好和希望的开始,诗人用“白毛的喜儿”和“久别的大春哥”来立意,用“一腔相思的愁苦化成了雪水”来表达内心的一种状态,以“白毛女”的悲苦为引线,从而显示出“寒意”未消的“春天”将要面临最后的突破。冷冬之后才是春,经过了冰天雪地的冬天才能“立春”。“郊外麦地的拔节声”既表达了甘甜的麦子是由“相思的愁苦”融化的“雪水”灌溉而成长,又增添了诗意的气息和色彩。美好的向往总会经过一番考验："越过了小寒与大寒，/二月的身体装满大小不一的冰凌，/等待黄昏的熙风，等待破晓的霞光，/等待奇迹在水洼中迸发。"万物经历的一切都是为了迎接更好的开始。只有历经磨炼才能使人意志坚定、拥有平淡的心态、进入超然的境界，这是诗人对生活的向往和感悟。"熙风""霞光""水洼"，诗人借助这些常见的事物表达自己的具象思维，自觉又不自觉地进入了一种美轮美奂的幻境，意味与意趣并生，让诗歌具有独特的艺术风格和浓郁的艺术特色。"花坛上，一只狸斑猫/敏捷地追逐惊惶的灰喜鹊。/连翘的篱墙正在酝酿朴素的芬芳，/为花苞敷设灿烂的前程。/世界原本是一幅留白的风景：/数丛偶然的绿意正从大地深处渗出，/哦，一种轮回的必然！""花坛""一只狸斑猫""惊惶的灰喜鹊"，形象而生动的画面和场景设计向我们展示出生活的意义和一些生物的生存常规。"世界原本是一幅留白的风景：/数丛偶然的绿意正从大地深处渗出，/哦，一种轮回的必然！"世界的留白处，也是诗人诗意的留白处。绿意不仅仅从大地深处渗出，也从诗人的内心、从诗人的笔端、从诗人无比缜密的思维中溢出。生命的轮回，是生存的过程，也是必然的结果。在自然里探讨自然就是一种探讨哲学的方式与过程。

（二）借助自然现象反馈社会现象

诗人汪剑钊在立春的节气诗里，探寻人生、探寻生命的轮回，而在《惊蛰》一诗里却展示了他的另一番截然不同的心情："惊蛰，沉睡的生命苏醒的大隐喻，/牛鬼蛇神开始蠢蠢欲动，以为等到了用武的时机，/渴望去掌控人间的悲喜，纵论天下的大势……/诡异的雷声曾经在严酷的冬天响起，/警示的闪电划破了沉闷的天空，/随后，一切归于表面的平静。/但恶搞的新闻仍然被盲众兴奋地转发和传播，/哦，三人就可以成唬啊！"

惊蛰之际，诗人的心情像惊蛰节气一样一反常态，由沉默转向爆发。"沉睡的生命苏醒的大隐喻"，是诗人借助自然现象反馈社会现象；"牛鬼蛇神"代表不安分分子，是诗人讥讽一些妄为的人；"人间悲喜""天下大势"岂能人为操纵，非常时期的"诡异的雷声"引起警示。诗人运用借喻、暗指、引用等手法对现实的人或事进行批判，用警示和抨击的语言来审视那些晦涩事件。"恶搞的新闻仍然被盲众兴奋地转发和传播"，表现出诗人嘲讽的语气和无奈的情绪。诗人眼观身边事物，心若明镜般明亮，不被"风"吹动，不为"波"逐波。"慈母一样的春天仍然被严密地阻隔在窗外。/此刻，如果想念母校璀璨的樱花，/也只能走进关于珞珈山的诗句和一张张发黄的相片"，但被局限的行为局限不了诗人的意识。一种环境突然与外界隔绝，但思想的自由是不可禁锢的。"母校璀璨的樱花"将永远开放在诗人的诗里。"我因此期待天空再一次响起威严的霹雳，/驱散隐蔽的毒魔和内心的迷雾，/祈盼一场暴雨之后绽放瑰丽的彩虹。/只是，春雷击打的地方必须有所选择，/在繁华中择取一丝朴素，在喧声中保留一点静谧。/嘘，不要惊醒那些无辜的亡魂！/哪怕一声比羽毛更轻的咳嗽也不要发出，/以免惊醒他们痛苦的回忆……"期待是内心不可磨灭的希望之光，诗人的"天空"也将会出现诗人期望中的"威严的霹雳声"。"隐蔽的毒魔和内心的迷雾"隐含着的是很多诗人无法明示的人或事，而只有"暴雨"才能清洗它们，才能让那些本身美好的事物靓丽起来，"绽放瑰丽的彩虹"。"春雷击打"代表着一种行动。“嘘，不要惊醒那些无辜的亡魂！”诗人将诗中的人物、事件等息息相关的一切都处理得十分娴熟，互为依托的具有哲思的诗句在诗人的笔下生动形象、意境深远。“无辜的亡魂”刺痛的记忆其实是在诗人的心里；“比羽毛更轻的咳嗽也不要发出”，说明其实对一个人来说任何一点动静都能引发出来那些回忆；“以免惊醒他们痛苦的回忆”其实也是以免惊醒诗人痛苦的记忆。

汪剑钊的诗具有的画面感很容易引起读者内心的共鸣，就像有关《小雪》的画面，他写道：“必须沉下心来，全神贯注，/认真地写一首轻盈的抒情诗，/赶在悲情的雪花结晶并且非理性地飘飞之前，/完成一个成长的许诺；/必须向秋天告别，/必须保留霜降之后迷醉的滋味，/那丰收的余香，/当然，也有曲终人散的凄凉……”雪是轻盈的，诗人用“沉下心来”与“轻盈”对比，加强了读者对雪的轻盈的感知度，而诗人强调“沉下心来”，说明人内心深处具有一种浮躁感。人看待事物的角度是不同的，“悲情的雪花结晶并且理性地飘飞之前”，触及内心的意象抒写；“完成一个成长的许诺”，镜花水月的情致，具有空灵感的诗意；即使“保留霜降之后迷醉的滋味”，也依然抵挡不了“曲终人散的凄凉”。“必须与阳光再一次对话，/在北风中稀释整个秋季的惆怅；/必须走进意识与潜意识的黑土地，/挖掘一口词语的深井，/小雪总是迷人的，骄傲、婉约而芬芳，/宛如风情万种的少妇，/由哲理的抽象进入唯美主义的具体，/落叶叠加，泛起最后的金黄。”“必须”是再一次加强语气，“与阳光再一次对话”，这里的“阳光”代表着一种正气，或是光明的象征。其实诗人也是在自己的诗歌领域里寻求自己需要的答案——对周遭一些事物的，对社会某种现象的，对已知的和未知的。“必须走进意识与潜意识的黑土地，/挖掘一口词语的深井”，紧密的结构，错落有致的衔接，从具体到抽象，“意识”“潜意识”“黑土地”，诗人一层一层地铺陈，一层一层地进入深度写作。“小雪总是迷人的，骄傲、婉约而芬芳，/宛如风情万种的少妇”，诗人对本体和喻体的设计、唯美的语言描述也显示出诗人对诗歌艺术之美的追求之切。“由哲理的抽象进入唯美主义的具体，/落叶叠加，泛起最后的金黄。”诗人以精致的结构，营造一种浑然的意境，“落叶叠加”“最后的金黄”给人一种美妙而又落寞之感，这是诗人营造诗歌氛围的体现，也是一种组合文字的手段。《小雪》依然以唯美作为延伸思索的结尾：“那时，多么惬意：/在火炉或暖气片旁边轻轻地吟诵……”

（三）雨水成为一个节气是一种将具体化为抽象的艺术

我从不盲目崇拜什么，包括诗人，因为我很多时候都不太懂作为诗人存在的真正意义。诗歌或者诗人，也许在我的理解范围内，这两个词也就是那么回事而已……并不占重要的地位。但最近一段时期，写评论让我真正走进了诗人汪剑钊的内心，走进了一个真正诗人的诗歌领域。我感受着他的彷徨、犹豫、期待，感受着他的幸福、痛苦、困惑。汪剑钊的诗是自然的、随心的，是通过身边的具体事物引发的思考和想象而成的诗。诗人的视觉和感觉都是十分敏锐的，他在生活中任何一个细节都能发现“诗”的存在。像他的《靴城》《伊雷木湖》《雨水》《拜谒陈子昂读书台》《活埋》等，都是诗人在生活中捕捉到的瞬间灵感的迸发。诗人及时地把这些心灵碎片粘合起来、连接起来，就成了他的心灵写照。我想再读一读汪剑钊的《雨水》，共三小节：

“雨水成为一个节气，/这是一种将具体化

为抽象的艺术，/就像时间，你无法触摸，/于是通过空间的存在以类比的方式展开，/我似乎获得一丝感悟。”相比《靴城》，《雨水》去掉了一些睿智思维而添了一些艺术处理效果。我特别喜欢“雨水成为一个节气，/这是一种将具体化为抽象的艺术”这个句子，也是我之所以用这句作为主标题的原因。在我看来，雨水是一种事物，也是一个节气，也可以看作一种情绪。“雨”非“雨”，“水”非“水”，实而空，空而实。诗人不但具有愤慨之情，还具有细腻之心。这也是诗人内心朴实、追求美好、向往艺术的一面。“似乎获得一丝感悟”，在虚中进行一种实际的心理索取，这就是收获。细腻的诗人总是能在生活中发现他所需要的，譬如一束光、一根草、一个眼神、一个日子。每一个微妙的瞬间都蕴含了一种智慧和感悟。“在这一天，冰雪融化，/风从东边吹来，/太阳如同一名初生的婴儿，/无的罅缝催生了万道霞光的有，/美，总是在途中。” 二月的雨水，二月的这一天，“冰雪”“风”“太阳”“婴儿”，这些“具体”的事物完全值得诗人用心表达以及加强运用手法的力度。我们在欣喜中期盼着“霞光”和“美”。这一天，气温回升，冰雪融化，降水增多，古时《逸周书》中就有雨水节后“鸿雁来”“草木萌动”等物候记载。物象，这些在诗人的思维习惯中已经具有一定意境的事物，时刻调动着他的思维能力，比喻也占据着主导方向。“太阳如同一名初生的婴儿”——与那些空洞地泛指一切而无所具体的诗歌相比，无论从道理、意义、方法来说，都可以称之为佳句。“视频：一双鸳鸯在水中凫游，/昧然不知‘乍暖还寒’的深意。/北方，庄稼正在田野上嗷嗷待哺，/而我独对一个湿漉漉的单词/和一片灰蒙蒙的天空。”节气的变更仿佛并没有影响到其他的事物，比如在水中不知冷暖的鸳鸯、田野上的庄稼。文学就是文学，文学不能缺少那些生动的故事、鲜活的事物和具有深意的景色。诗人面对的不只是这些，还有鸳鸯、庄稼，以及“湿漉漉的单词”“和一片灰蒙蒙的天空”。在这样的映照之下，读者的心情突然转换到另一个场景而为之黯然，开始激起他们对“湿漉漉”和“灰蒙蒙”的概念和蕴含的理解，当然也会产生了解这种蕴含背后存在的真实性的东西的欲望。将节气、心情、哲思等诸多情绪结合在一起的《雨水》，体现出诗人汪剑钊的观察、描写、想象等多方面的写作能力和技巧。他轻车熟路地运用背景、静态与动态的结合，分层次、有技巧地铺展在诗里，展现出一种画面的立体感和诗歌的灵动感。

（四）丰富的想象力亦是简单的也充满着复杂性

“了解怎样和不确定性一起生活而不会迟疑不知所措，这大概就是我们这个时代哲学能教你的最主要的东西。”（伯特兰·罗素）诗人也是在写作过程中剖析生活、剖析社会。像他的一首《靴城》：“把一座小城放进一只靴子，/遂衍生出无数暗喻，形状与脚丫有关，/比如步步高升，比如前程似锦，/比如捷足可以先登，比如独步天下，/比如追步前贤，比如故步就会自封，/比如步履维艰，比如望而却步，比如步人后尘。”“小城”和“靴子”，诗人可以从中联想出许多不同的解释，灵活地运用在他的诗句里，表现不同的理解、不同的寓意、不同的背景和心情。“步步高升”“捷足先登”“步入后尘”等词语包含了丰富的想象力，亦是“简单的也充满着复杂性”。这也是诗人审视生活的角度，而不只是一句诗句。诗人运用现代诗的排比写作手法，让诗歌获取了力度和深度。一个好的句子，不仅需要语言有诗意和表达得舒缓、清晰，还需要一些思想和力度隐含在里面。有内涵的诗句同时也是对现状、生活和社会的一种提示的声音。所以我以为，诗中的这些排比句中那些成语或词语还是有着一定的寓意和针对性的。诗人在此让这些排比句大力度地扑面而来，其内心那股强烈的示意心理给读者带来不一般的感受——那些似乎很模糊的东西由远及近、到清晰、到明朗，还有一种先发制人之感：诗歌还没进入主题，先从阵势上震撼了你。

《靴城》最后一节收尾部分："空置的台阶，一条青灰的细蛇在扭动，/莫非是真龙仓促显身，意欲/在二流的时代进行三流的表演？/'发展经济，保障供给'的标语，/两间瓦房，三棵柳树，一条干涸的护城河……""空置的台阶""细蛇""真龙"，由抽象到细节，就像第一节那样，由弱到强。诗人高超的语言组织能力，远远超过了文字本身的解释能力。空灵、生动以及清晰的画面感，充分表现出了诗人的文字功底和文学底蕴，同时也打开了读者的思维空间——得到诗歌的扩展及帮助。此处的"空置"，我觉得也别有一些意思。因为一些场面上的"空"，才显示出"细蛇"，又引出"真龙"，这多少带有讽刺意味和诙谐寓意。"二流的时代""三流的表演"，更让人深思、回味。在当下，也许不需要那些"唤醒""呐喊"之类的说辞，但对于某些现状和现实存在的某些作为，但凡有良知和血性的男儿都会表现出抗拒。我们再读一首他的《线狮》："狮子在提线上走，/那来自莽原的野性依然存在，/什么样神秘的力量/驱动着四蹄？奔跑，追扑，蹲卧，/摆动硕大的脑袋，/把快乐送给人民，将力量输入贫血的城市，/时而刚猛，时而温柔，/在腾挪中演示生命的辉煌。""线狮"是一种民间的喜庆活动节目，狮子则象征着人们心目中的力量与意志。这些通过生活挖掘提炼的"线狮"，在原有的雄健强劲的基础上增添了许多艺术性质，更增添了一股富有东方特色的神秘色彩。而诗人把"提线上的狮子"提到主线，成为他笔下鲜明的"借代"，成为他诗歌与艺术的结合体。在提线上走的狮子有着鲜为人知的束缚和些许无奈，在奔跑、追扑、蹲卧的过程中流下拼搏与艰辛的汗水，但这一切都有着很大的意义：把欢乐送给人民，把力量输入贫血的城市，唤醒麻木的人心——为了"新世界"。"戛然而止，甚至连谢幕都省略，/线狮的飞翔是艺人的创造，/让司芬克斯陷入沉思，/掌声与欢呼仿佛与他们无关，/在后台，年轻的驯狮者擦拭滚动的汗水，/露出羞涩的笑容，/映衬着肩膊上轻微颤动的肌腱。"

一切的流程都是虚的，真正的欣慰是在现实中的突破和创新。突破传统艺术，创意神奇、强烈的动感画面和震撼的节奏，都是创造的结果，也是成果。省略"谢幕""掌声"与"欢呼"，无关的事物在突破和创新面前总是显得多余而苍白，而那些只注重这些流程的创作者，往往都是一无所成的。"狮子"与"年轻的驯狮者"也是一种象征，狮子的"威猛"与"年轻"对照。"羞涩的笑容""轻微颤动的肌腱"，一个驯狮者活生生地站在了我们面前，让我们不但感受到那种勇猛的气势，又能感受到年轻一代的生龙活虎。"哦，狮子就是狮子，永葆/王者的雄风，哪怕沦落于市井小巷，/哪怕已成为木偶，/哪怕只是在提线上行走。"诗人最后收尾的笔锋还是略微转了一下，这更能给我们带来一种延伸的思考。这来自莽原的、野性依然存在的"狮子"，这永葆王者雄风的"狮子"，这沦落于市井小巷的"狮子"，这已成为木偶的"狮子"，这只是在提线上行走的"狮子"，这充满沧桑而又沉稳淡然的"狮子"，它既舞出了生活的欢乐和心酸，也舞出了人生的迎合与哲思。狮子，一如诗人，一如众多无怨无悔的默默无闻的奉献者。

“既然我已经踏上这条道路，那么，任何东西都不应妨碍我沿着这条路走下去。”（康德）

作者简介 | 冬雁，原名王艳，70后，中国诗歌学会会员。作品散见于《华语诗刊》《诗选刊》《遂宁在线》《天津诗人》《山东文学》《娄底晚报》《宿迁日报》《长江诗歌报》《关雎爱情诗刊》《庄周文艺》《江淮诗人》《陕北诗报》《伊春文学》《左诗苑》《中国当代诗人作品》等，入选《2010年作家诗人风采录》等。

王彻之的诗

狮子岩

利爪的太阳,红空气
揪着我们上升。在来到山顶之前,
好心的,难以分辨面孔的尼甘布人——
司机称呼他们为"丛林人士"——轻如羽毛,
随风粘在半山腰凸起的岩石上。不像我们中的任何一个,
来自中国,南亚或欧洲,笨重而疲惫,
一群连休息也得供人观赏的土象,杂乱有序地
被编排在队列之中,头也不敢抬——他们也微微低下头,
克制着自己的趾高气昂,几乎与岩石融为一体。

和狮子相比,捕猎的技巧还不成熟,司机,
神态已经说明了一切。踌躇时,突然从岩石里显形,
仿佛我前面哪个人做了祈祷。"让我帮助你吧,"
一种混杂着当地语,咖喱与鱼腥草的英语,汗水中露出怜悯,
他感到自己会被需要,因而说出了"我们当地人——
来这儿,做好事"。后半句像个殖民者,强调着某种
他们自己将信将疑,而道德性不容争辩的废话,
直到转过山腰,语言露阴癖般,暴露出最混蛋的那个词——
也许还夹杂着翁达杰那特有的怯懦——而我们

拒绝的口气,更加正义,也更像野蛮人,
或者来自蒙古利亚,特洛伊和古阿拉伯的轻骑兵,
此刻高高地占据山顶,带着野兔挣脱厄运的兴奋。
两个世界一分为二,远处的三明治风景
典范于金枪鱼蛋黄般的光晕;欢呼恰到好处,
瘸着一只腿的狗摇着尾巴,新婚夫妇
趁小孩溜号的间隙疯狂亲吻。这片新被征服的土地上,
(只要有钱,每天会被征服百八十次),
旅行图册,从新的秩序中找到生机,
而已经打乱的,则并不在我们称之为生命的欢愉中。

教堂音乐会

一阵阵温柔的风吹拂
我们微妙的感觉,但是空气里
什么味道都不存在。
在雨渐歇之际,车灯轻松地,
仿佛预备好应对一切的口吻
放走了时间,说慈善家的客气话,
时而面色阴沉。我右侧的小女孩,
掰樱桃的普理查德女士,
坐在她母亲腿上,叫声像埋怨亡灵,

当学生慌乱地走上台看着我们，
弹奏《魔鬼圆舞曲》，一种末日论的
老迈的笔调正在他手上速写。
以几乎相同的速度，在你扫视过
周围的大理石，和那把全新的，
柄如鼬鼠尾，长有白色条纹的黑伞边
在和声中飘摇的圣母像后，
我们确信，这座教堂还算年轻，
而门口的杜宾犬意犹未尽，
像是冲我们嚷嚷“禁止离开”。

悼W.H.奥登

头脑的统治崩溃
像厄尔巴岛的火山灰，
双眼的铁幕拉下，目光
也随之败退。在九月，
穿过维也纳舌头的晚风
不再与教堂的钟声押韵，
街道焚毁杉树的选票；
灵魂宣布，他身体的计划破产了，
而他牙齿的各个时代
根基都已经动摇。无人叛变[①]，
更没有抗议，他死去
在关于他的死的意识里。
而那意识已经过期，
它签署的文件被另一个他撕碎，
尽管他们彼此熟悉，
如同拉琴者和琴弦，
但现在他的精神静静地躺在
他对象喷泉的殆尽中，
如此完善，恰似一个谐音。
他就像方济会的管风琴无人弹奏。

褶皱

——赠蒋浩

“我们总保留着我们来处的特征”

——玛丽安·摩尔

非个人的，非历史的，
非东方主义的，到头来，
这一切并非我们所愿。在海口，
一棵树为独木舟的形状心碎，
一艘船恹恹地从远方归来，
倾泻着昔日满载乘客的欢乐。
整个夏天，潮水都全力挽回
本来触手可及的事物，最后
什么也抓不住，包括
它自己尽可能伸展的一部分。
只有鹅卵石历数激情磨尽的时辰，
而对尚未开始的毫不在意。
就未来的可靠性而言，一首诗
并不比天气预报准确更多，
其中精心设计的褶皱
也经常可能少于一张床单。
后者有时是天使，考虑到
其习惯接纳疲惫灵魂的特征；
但更多时候像空头文件，
爱的协议被书写，却从未生效。
当然也就不存在有效日期。
每次我独自返回旅馆，
雨正飘落，在未来的不远处，
而未来似乎厌倦了雨水的本地口音，
让它说出的事物逐渐模糊，
像窗后的眼睛，像钟表停摆了，
但表针叉开腿，如同妓女。
明天准时到来，但不会因为爱。

伞

接着,迎风鼓起,拉开,
像在枪林弹雨下拉栓,
伞柄脆如幼年的芦苇秆
被雨的叹气折断;与此同时,
就连末端箍紧的手也感到,
那中间聚拢伞骨的力量崩散了。
我们像逃离编制的士兵,
脚冻得发青,回到最开始的
生活的速度似乎变得更慢,
但也不敢抱怨什么,担心
公交车已经过站。当雨声渐歇,
我们都得低下头,眯缝着眼
仿佛承认战争失败,在人群中
观察好一阵,以为摸清了线索,
沿着你离开时的小路飞奔。
我不知道这一切再也不会有了。
除了如今的那些轮胎依然
懂得如何溅湿裤腿,除了那伞
就像心,当风把它猛地吹开。②

克里特岛

没有来由,并且不怜悯
那些在阳光下发烧的苦楝树,
在巴洛斯海滩,狂热的,带着船夫
琵琶虾色汗渍和黑橄榄气味的风,
给每一根发疟子的叶管注满鸟鸣。
我们沿海滨散步,听见外来口音的瘟疫
在这座城市蔓延,流在它打火石般挺立的钟楼,
方格布旅馆,以及黏腻如糖的防波堤上,
并打湿薄如木浆烟纸的鸢尾丛,它们身后
独木舟漂在水面像一截烟头。
其间泛滓的火星,犹如公牛的后裔,
而闪光的,牡蛎壳似的石子,
把对知识的恐惧藏在灰鹭的弯刀中,
眼看它们磨成细沙,并逐渐散去。
这些爱是你渴望的,现在已不可实现。
尽管它们来自不同国度,在脚下
嘎吱如冰雹,把感觉的风险轮胎般绷紧。

在克里特岛,大巴的声调
海浪般在我们耳底轻声呵斥,
而你阴沉的脸色正碾过这些石头。

淮海路

冬日,再次回到公寓的床头,
我的手脚冰凉,舌头僵直,
像立柜一样竖在原地,
记忆如同旧衣服挂在里面,
等待房东清空,但一直没有来。
思念像靠枕伴我入睡,
让头深陷其中,而离身体很遥远。
仿佛后者处在不同的城市,
罢工者拥向街头,雨靴的拥挤
曾经使我的脚跟疼痛。
如今我再次走在淮海路,
手表提醒我时间远去,
但几块地砖通过其不再
严丝合缝的郊区风格,
接受时间在每个空间中的缺席。
我知道问题的关键所在,
犹如一句格言了解事实上
什么都没有应验的生活;
我感到生命流逝,
像我的词语从墙上剥落,

有时别人又把它们重新写上去。

搬家

——赠西哑

再也不会睡在相同的地方，
拥有角度相同的风景，和邻居，
连室内墙壁的白色也不会相同，
但这远非旅行。即使去海边，
或者城堡周围，也用不着
凭意志抛下所有，从一座城市
和自己的咳嗽飞到另一座城市，
并试着接纳新的交通规则，道路，
和以前几乎被你视作野蛮的
凌驾另一种语言之上的语气。

搬家用不着这样枉费心力，
没有什么东西跟踪你，那些杂物
全都没意愿进入你的生命，
尽管你曾经对它们消耗激情。
别去翻那本已然残破，像老奥登
沟渠纵横的脸的诗选，也不用
收起它旁边，搭下农活的打印机，
鲸鱼似的嘴张着，像波士顿
退休的观鲸船拴在码头上
疲惫而无所事事。每次我去海边，

像跛脚的海鸥，水蚊子般大小，
趔趄在风暴中，我都感到某种
在体内铁索般作响的
同样的疲惫，也许带着怀疑，
将自身置于风浪的中心，
如同码头清洁工，随时准备
弯腰撇清大海的白色浮沫。

我知道，下次冒雨出门的时候
如果我什么都不会带走，
这就相当于说，我没有完成工作，
待在原地，等没人注意我会搬去火星。

搬家·其二

晚饭后，初秋的湿手巾
还被英格兰中年的风紧攥着。
雨在眼前飘落，像是合同上面
房屋中介的落款慢条斯理。
有时搬家就像把自己词语般
放进一首新诗的繁文缛节里，
让原义和引申义的激素保持平衡。
我的创造力，像天然气
几乎肉眼可见地缩成一小团，
最后消失在厨房脏灰色的，
那匹胎盘似的小灶台上。
我的思想食物般变冷，
我饥饿的眼睛像被驱逐的
选民，看见却无力改变
今年树叶的真理又被一页页撕毁。
很难说这是最好的选择，
但是总好过生活像时针
永远围绕一个轴转来转去，
像黄昏总是把蝙蝠群的
黑魔方扭得吱吱作响。
有时我确信搬家的好处是，
当我的百分之一走在大街上，
剩下的都会住在这里，
即使它们还未被拼成任何完整的一面。

审判

这条被雨绑在公园里的大街
曾剽窃过海浪的诗句。
无花果树给它上枷，蚂蚁群
盘查黑石的韵脚，犹如海关审查员
遵从惯例，尽管作风依旧，
乐意接受死去蒲桃的贿赂。
石南丛欧化，银杏讲究平仄。
雌雄蜻蜓的双声，如蒸汽船异国而来
响彻云的码头，这是它们的权利，
雨的文献改写了它的历史。
蝙蝠穿上学袍准备审判，
狗尾草的证词，充满抑扬格，
但风使它的立场摇摆如狗尾。
在松鼠的教义中，语言
并不至高无上，不是上帝。
持有无神论者的信念，
它才在你蹲下拍照时配合你，
带着怜悯，像陪审团律师。
这里所有的树枝都是目击者，
落叶以它们干枯的唇舌
大幅报道：天鹅低下头，
像趾高气昂的文学官僚
时刻保持谦逊，盘算着
如何假装遗忘并歌咏我们。

夫妇

他们烧弯的身影先于
他们自己坐下。
两支锈蚀的锚
沉在水底，年轻的
帆船被一阵风轻快地维系着。
水从中心向四周
消失，缆绳般拆散
摆在海藻色桌布的虚无中。
岛屿的小托盘
在上面移动。他注视着
她，和浪花间
她曾经丧失的事物，
并不悔恨。而窗外
码头冷淡的光线中，
另一个她仿佛
刚刚走进来，准备好，
他们得再次起航。

大英博物馆

大巴的灰色嗅觉摸索着经过黑灵顿，
其中的过渡点——很可能也被其他人
误认作旅途的终点，我几次错误地醒来，
像漫不经心的读者翻开新的纸页。
光的气味飘过你的脸，以完成一次快速的提喻，
街道的臭鼬在同样风格的天空下
摆弄公寓的郊区风度。周末我们缓过神，
在大英博物馆，两次回到原点，
看见我们追逐的，那些原始的
被种族隔离的方形玻璃放大恐惧
而敲击叫喊声的光柱的人偶，
在非洲皂石和埃及陶罐上的海浪
波纹间做出选择。我的头脑，
虽然错过了最佳机会，也随钟表那明亮的
模仿某种正发生在我们身上的
运动的金属球打转——这么多长久的事物！
但值得爱的又太少。在它周围，
小怀表像我一样，把时间的蜡质
涂在世界地图平滑的纸层，

让鲱鱼般的名词穿过腓尼基人残破的，
如今已经被散文光谱修复的帆弦，
放任它们在和风中低语。尽管问题依然存在，
但作为一切次要感觉的起点，
在最初离开征服者的心灵，
把每个清晨的视线拉低到目光的门槛后，
这些耷拉着翅膀的，对知识毫无兴趣
却又趔趄地在门口觅食的海鸥，
就算被我们长时间观看，至少也是自由的。

思念

这些天雨大得仿佛
能将日子的牢笼冲毁。
思念像马戏团的野兽退场，
踮脚穿过它尖酸而不熟悉的客厅。
出于对暖气的苍白脸色以及
其合乎礼仪地放弃热情的尊重，
冬天即将过去，但电灯泡的喷嚏
几乎再次让周围的事物变暗。
在比你更好理解的事实中，车站
如一片雪花一样站立，在两座小山间
把车窗的风度，洒在河流纵横的，
标记马场与积雨云灰色心碎的地图册上。
那些母马低着头，凭记忆的雷声打起响鼻。
两个月以来，遗忘朝这片土地逼近，
就像一个标注事宜的日期，
带着考古学家的谨慎，把过去分存在小方格里。
在对卧室被阴冷天气吞没的灰墙，
以及其白如海浪的窗帘杆
索取你似乎颠扑不破的知识后，
过堂风站在门口，如同理直气壮的
房东声称，我们准备好失去的
比已经失去的更多，像水电费账单。
和圆珠笔滔滔不绝的弹簧类似，
窗外的雨下了很久，但是仍无法
与它承认爱过的事物押韵，它说过的话
如幽灵掀翻脚下的泥块，让蚂蚁暴动，
让薄荷草衰败的气味清洗你周身，但并不认同。

假期2021

假期逐渐变得不可多得。
厨房充满清洁剂的味道，
说明某类事物的痕迹已经抹去了。
我们走到社会咖啡馆门口，
没有人愿意谈论社会问题。
公园里树叶还没有飘落的意思，
但那些起初对你好的人正在变坏，
令周围的空气感到难闻。思念来自
我们还没付给他们份子钱的人，
像考古发现，损失都标注了日期，
但看上去完好无损的却没有。
计程车的表依旧快过抢救时间。
对过去事情的怀念像存款一样花光了，
在一次对感情缺乏理性的消费中，
在未来生活的自动售货机面前。
我的生命像纸币被塞进去，
我的词语，则像零钱一样被找回。

备课

好奇的眼睛期待拜访我，
可我并不期待。每日每夜，
我像看门人守着我头脑的房子，
一座通向所有道路的公寓，

但始终在郊区。在雨中，一条知道

如何哀叹的小路把门卫外面
一片知道如何遗忘的墓地
划成公共和私人的两部分。
很显然，有些遗忘应该私下发生，
尽管出于营利的目的，
不得不分时段对外开放。

对他们来说，墓地是一座博物馆，
里面陈列着死去的人。
而我的身体也是博物馆，
我的灵魂是所有房间中
唯一的空房间，墙是新刷的漆。

可有时我梦见门外站满了人。

日记本

由于缺乏记忆，这些日子
就像螺丝钉因为年久失修脱落，
并等待适合它们的螺母。
直到它们组装的巨大机器散架了，
操纵杆被瞎子和聋子把握。
我翻开日记本如同走进一间
丢失的东西比保存的更重要的仓库，
没有事物为自己感到难过。
扳手满地都是，却无法令时间转动，
而空间貌似也因为对天气
和星期的枯燥陈列变得乏味了，
所以才允许这么多舶来品
以几乎相同的表情慰问本地灰尘。
仿佛后者并不是为了给生活的
本来面目蒙上阴影而存在，
而是生活本身，通过其漂浮不定
获得了所依附的物体的形状，
并且和成为粉末前的那个不一样。
只在有限的范围中生效，梦
还是像医用酒精那样挥发了，
多少有点刺鼻，但是挺管用，
以致于是谁发明的不重要。
甚至连说明书都不知道
自己的意图，被随意揉成团，
扔到打开箱子的身体中，
通过假装对过去的事情
不动声色，以模仿一个大脑。

一位女士的画像

眼镜薄如簧片，眼球滴溜转
仿佛能发出乐音，在她的瞳孔后面，
一个身穿燕尾服的业余的灵魂
在她大脑的剧场里跑调了。
理性指挥失误，感觉没配合，
尽管排练了很长时间。
从出生到现在，乐谱早已丢失。
爱是它们第一次演出，
但演得一塌糊涂。接着，
青春的赞助商从她的身体中撤资，
以至于年华的股市崩溃了。
她是父母的纽约，丈夫的伦敦，
曾经是情人们的巴黎，
现在只是自我的郊区。
所有列车都不再经过这里，
智慧如同废弃的车站，
很久没有使用，建造它的花费
现在看来都打水漂了。
诗是她的筹码，可直到最近
都没人告诉她赌错了，
那点才华赔得分文不剩，

像头发日渐稀疏，像外地客人
光顾的次数越来越少。
命运是她的理发师，也是我的，
很善于误会我们的意思，
并且把白布盖到我们的身体上。
有一天也会盖到我们头上。

注释：

①参阅W.H.奥登《纪念叶芝》，原文为“The provinces of his body revolted.”

②参阅《附笔》（谢默斯·希尼著，黄灿然译）一诗诗句：“趁着那颗心毫无提防把它猛地吹开。”

作者简介 | 王彻之，1994年出生。诗人，牛津大学文学博士。曾获得2016年获北京大学王默人小说奖，2019年第五届北京诗歌节年度青年诗人奖，2020年第一届飞地新诗学奖，2020第一届快速眼动诗歌奖等。作品见于多家杂志，并收录于国内外多种选本。部分作品被翻译成英文。著有《诗十九首 19POEMS》（纽约，2018），《狮子岩》（海南，2019，新诗《丛刊》第23辑）。

王彻之或21世纪诗学

·后 商·

在谋划月余之后的今日，我发现在终点的是这样一个困惑：我并非无法感同身受，但基于或此或彼的差异，理解一词总是无法连缀起真相、无法连缀起诗人所置处的历史位置。

我的身体什么都感受不到，
像是这世界的一块空地，网球场大小，
仿佛天使和魔鬼都没有来过。

在一场有著名法学人士出席的宴会上，诗人受邀朗读了他的诗作，那一刻，我发觉这些诗歌和历史之间有着非比寻常的张力。就像《疫时·其二》这三行诗所显露的，它的主体为世界所分享或撕裂，而沦为一种半主体（semi-subject），它在很大程度上正意味着诗人或我们积极走向现代所面对的可能。当我们说“现代诗的形式是散文的，内容是诗的，而古典诗刚好相反”，我们说的并非类型学的演变，或者现代诗的优越，我们说的是现代诗所面临的境况。自我、灵魂、世界、爱情……这些统统都只是一盘菜，没有可以指称为宴席、为整体、为祭祀的食物，但没有人会否认后一种才是希望所在。

永恒离我越来越远

我困惑于如其所是的理解的不可能，困惑于现代在中国的窘境，就像诗人在《林荫道》所传达的体验一样，只不过后者是如此安适、如此渴慕，称之为希冀或许是最合适的。困惑也好，希冀也好，实际上不存在任何远景，它们只在自己的表面上，它们让我们不得不再次将历史和人文循环一遍，正是在循环的轮毂下，现代或者任何一种实质性的进步变得暧昧不明。

诗人在《狮子岩》的自序中指出了诗学的诸多论点，几凡切中要害，然而他所忽略的是：现代主义之后将如何？“现代主义之后主义”不正是这些诗歌的背景因素吗？不正是当代中国诗歌的背景因素吗？当代中国诗歌如此之深入地进入当代世界诗歌的局面，而它又不见容于世界。诗人正是创造了当代中国诗歌景观的其中一位，尽管他独立独行。与《诺顿行》互文的《燃烧的诺顿》告诉我们，（最好的）现代主义是逃逸现代主义的，它总是在现代主义之前、之后、之上、之下……

“只有通过时间才被征服时间。”（T.S. 艾略特《燃烧的诺顿》）

经典化不是处理诗歌的方式。恰当的方式是回归朴素，把诗歌拉回一个本然的世界。借由理解，我看到诗歌中的诗人是轻巧而谨慎的，他几乎将自己化装成一个孩子，用随身携带的谷歌地图和照相机拉开这个世界，并用知识和好奇涂抹他和世界之间的距离。

小男孩夹动筷子，把敷着白色油脂的，
闪着银光的箭镞上的肉搅碎，像战舰穿过
　打败的水花。

浪很急,但冥冥中还是听到:“前进吧,奥德
修斯!”

在这首《鲥鱼》中,一种威廉·卡洛斯·威廉斯式——尽管他也缺席了诗人的施洗者清单——的轻松和透明溢出诗外。除语调之外,最应注意的是:复合的主体——主体与历史捆绑在了一起。从最简的意义上讲,《鲥鱼》的主体是鲥鱼和小男孩,在诗中他们是双身。现在,请你想象一下1949年之后的中国如何书写一种象征或者主体:它会一半讲述个人故事,一半讲述历史故事。在这首诗里,诗人则用个人故事中的内在精神/寓言替代了原应的历史故事,“但现在/你在餐桌上,时间之流依旧无止无息。”这个转变是什么呢?

重新书写历史的21世纪,曾经的用书写历史完成历史的方式被废弃了,这个方式的出现和延续与中国诗歌历史的现代主义(世界的现代主义而非西方的现代主义)缺失,也与当代中国诗歌历史的现代主义强化——现代主义成了唯一性——有很大关系。对于第一个方面,它在很大程度上是中国诗歌为了适应后殖民主义历史、第三世界历史和后冷战历史的一种策略;对于第二个方面,它还与诗人的生成机制有关。这种历史-诗歌的类型构成了从鲁迅到穆旦到郭小川到北岛到萧开愚、从五四青年到知识青年到文艺青年、从国族问题到家国问题到世界问题的整体叙事。

对于短-历史的强调、依附也让诗歌的生产不断失效,它的每一节都在出生后随即死亡。但时间到了21世纪(20年代),我们对于80后、90后、00后的想象完全没有扎下根,这些想象吹进了我们的轻慢的、随机的、破碎的历史日常。在自由主义和保守主义的映衬下,当下的诗歌愈发显得具有人道主义气质,尽管它只是局部的、个人式的人道主义。

和平饭店的时钟内
时间的战役结束了。但无人失去什么。

这里,并没有什么增加,语言、意识、音乐都没有改变。唯一改变的是它让改变消失了,它把所有的变革放下在它们平凡的篮子里。也并不真的存在朦胧诗浪潮,并不真的存在“历史个人化与语言的欢乐”,并不真的存在日常经验与返归古典。今天,诗歌要完成的是一个普通的事情——这未表于诗人的诗学观念,但却充当了他的诗歌的背景——回到诗歌的本然(朴素的本然而非本位的本然)。当下诗歌的问题不是技术的问题,不是经验的问题,更不是诗歌的问题。一边,人们忙着想象着一种文艺复兴,一边抵触着和消解着这样的想象,这也正是当下人文的背景。倘若放在诗歌里讲,诗歌通过拒绝成为了历史本身,就像迪兰·托马斯、谢默斯·希尼、庄子、苏轼所做的那样。自然,诗人之留于朴素,并非出于历史。

通过这些诗作,我们被置于一种写作术的境遇。写作术的出现和延续既意味着诗歌的失去,又意味着诗歌的发生。这样的境遇意味着,诗歌不必与诗歌有关,但它对诗歌是渴求的,在物理层面它甚至是大于诗歌的——诗歌轻轻散布在每一行间。它无关于机器,无关于进步论,它只是一种召唤,一种对开端学的反复寻获。诗歌携带着它自身。诗歌在它的梦寐的眼中是一种“绝对静物”。

《绝对静物》,并非作为诗歌的《绝对静物》,而是作为标题的《绝对静物》。无论这些漩涡流向何处、形态如何、生灭如何,它们都拥有着一

个漩涡中心，而它常常就是标题及其所能。诗歌的行进也正如漩涡，在次第——通常是均匀地——展开，犹如洋葱被一层一层剥落而在定时触发器的拨弄下准确地进入预定的位置，先有的势能把诗歌推向它无丈量的运作、无时间的流逝、无消失的生长，直到它最终被一双眼睛吞没。

注视着你以为可以吞吃的一切；
原始的，罂粟籽，我们之间绝种的孵化。

《奇亚籽》甚至直接削去了主体，将主体置换成客体，围绕这些客体的是几乎被石化的动作。于是诗歌呈现出了一种丰富的静止，仿佛镜头中的星图，宇宙的切面在微弱的光和动中释放它自身的寂静，寂静得就像血腥的谋杀。或许在很多意义上，诗人并不在意何谓主体、何谓客体。他只在意"语感……节奏……形式……词语质感"——他有他的对于诗歌的想象和判断。它仍然在生长，它尚无法完全诉诸语言。

美，和它的悲剧性，一旦被确认，
就必然认同我们既是观众，又是它的发生
　之地。

请注意，这里的"美，和它的悲剧性"被用作一种经由感叹词过渡到动词现场的簇，而随之而来的"观众……发生之地"再次让我们回到漩涡之中，以及它的那双自己的眼睛。客体最终也被挤出了动词现场，由此而来的是在无主体和无客体的境况下的回声、拟声、驱动、形容、附属和中介。借助诗歌，我们抵达了类似经典的高度，但我们对于来路也已经没有清晰的记忆。世俗和经典之间并不遥不可及，在21世纪它们只隔了一个开关的刹那。

21世纪的诗歌不只是一只笼子，它还是一只自我定义的笼子。它拥有着史无前例的精致和梦幻，但它的自由恰恰也被此限定了——尽管它从未舍弃任何优秀的要素——它缺少了一个背景，并把本属于文本的内容误用作了背景。它穿透了它所相信的一切，关于英雄双韵、但丁、超现实主义、宗教、词语……它有着全部的能量，但它的能量仅是它的礼节。正像诗人写的那样：

这些耷拉着翅膀的，对知识毫无兴趣
却又趔趄地在门口觅食的海鸥，
就算被我们长时间观看，至少也是自由的。

这些觅食的海鸥就是站在21世纪之初的我们，我们对于诗歌的想象回到了给我们制造麻烦的现场，回到了如王彻之所言，"时间和空间的杂混经验"。我们不必然变得强大或者伟大，（这两个词在汉语世界变得多么现实主义，又多么陌生！）我们必然要处理杂混、并置和压缩的经验——我们再也没有内外之分，再也没有我他之别。我们到达了这里，借由批评的犹疑，借由中国化的限制，借由爱的神圣而无端，更借由个体的无定和矛盾。抵达了骄傲，抵达了世界，抵达了克制，诗人似乎避免了那些我们经常撄犯的窘和困。然而当他来到世界的面前，他将诗歌交给了他的小男孩/新天使，他似乎也消失在世界的寂静之中。

那只头发乱糟糟，准备好
承受一切的新天使，
则与它们意志所能承受的
指示物无关。

作者、寂静的主体、新天使：这些元素构成了这样的一个鲜明的三位一体。对于作者的强化伴随的是一种叙述上的自信、一种作者对于文本的全方面包围。在《狮子岩》中，事件和感受都直接回归到作者之中，而非那个可以被确立的主体之中。现有的证据表明，对于作者的强化也是一种中国当下诗歌的无意识，它在作者已死的世界显得出挑。也因为如此，它似乎占据了一个特殊的位置，一个现代主义之前主义（同时也是现代主义之后主义）的那个位置，即一种微妙的现代主义，一种剥夺了潜在的现代主义。

这片新被征服的土地上，
（只要有钱，每天会被征服百八十次），
旅行图册，从新的秩序中找到生机，
而已经打乱的，则并不在我们称之为生命的欢愉中。

诗人无疑是一个世界主义者——在实践和书写层面；但同时又是一个非世界主义者——在最强的和最弱的一面。从兵马俑到雅拉，从宝古图沙漠到扎尔斯河，从W.H. 奥登到皇帝，从乌鸫鸟到红豆，诗歌的存在处处展现了一种无所不至的可能。《普林斯顿苹果园》就是一次跨地理、跨文化的流动盛宴，它包含着当下生产文化的富有节奏的、时间和审美外露的体验。《穿越雅拉》展示了一个孤独的、有野心的全球旅行者形象，他看起来已经洞察这个世界，他的博雅也扎进事物的核心，而事物的缺乏也塑造着作者。《希思罗车站》像一次成像和后现代的光线与回眸，它把基督教精神转化为散点局面。

浪花抨击着深水线，你的鱼跃
来自一种向下的意志，
振奋着海鸥，再通过雨解散它们。

《尼斯海滩》开始于一个海蟹画面，结尾于一个海鸥画面，这一切都在观看和视像中呈现，声音变成了画面，故事变成了画面，精神变成了画面。在画面中，事物推攘着、拨动着事物，浪花出现随即消失成为“你”的潜在；“你”鱼跃随即变成更强的消失，成为海鸥的潜在；最后便是自为的雨。这些平静的回忆完成了某种内在历史，在《兰花螳螂》的腹地中心，在《列车即将到站》的荒凉边界，在《在码头区》的对时间的赘述中。

当诗人将自己的眼光转向自身，他发现了最值得发现的东西，而这似乎就是这些诗歌的背景，是它们生长的起点，带着好奇、开放以及朴素的真相：

看，那蛇的决定，风的速度——
那空气的水，水中狂暴的金子！

这些看起来无从查证的、无法梳理的诗句，当它们成为“神话”，成为21世纪的一部分的时候，它们最终成了它们，尽管它们再也无法如其所是、如原初所是。它们的本体也混淆着对它们的理解，成为历史的一部分。理解从“前文本”回到文本之中，也从“前阐释”回到阐释之中。诗歌不再处理理解的问题，它将理解的问题看作了一种承诺，一种存在于诗歌之后的承诺，它要求读者必须回应这份承诺，否则阅读将无法进行。

作者简介 | 后商，诗人、评论人。读着、渴望着，行动着，清醒着。

吴投文的诗

李白与杜甫(组诗)

晒李白

经常把李白翻出来晒一晒
有时把他脸朝天
有时把他面朝黄土
有时把他背靠山
有时把他面朝流水
有时他醉醺醺的
就自己站起来
两眼通红
看着我

老杜

读杜甫
喊老杜
身体里却走出一个杜老

他说:
杜老早安!
杜老说:
早上不安,我去石壕村……

李白遇杜甫

李白说:
杜甫,你的饭量大啊!
杜甫说:
哥哥看我的手
瘦巴拉筋的!
李白笑说:
咱俩先喝个酒
吃两个膀子
小二,快上!
杜甫苦着脸:
要得,喝哥哥的酒……
酒至半酣
李白说:
诗歌是一道好菜
杜甫说:
好是好,就是菜价太贵……

杜甫墓

我到过三处杜甫墓
一处是个土堆
坟上杂草凌乱
当地人说:
杜甫埋在这里;
一处是个衣冠冢
里面埋着杜甫的一只靴子
当地的诗人说:

杜甫的脚印埋在这里；
一处是个豪华陵寝
杜甫的两个儿子陪伴左右
专家说：
杜甫一直埋在这里
我们建议陵寝还要扩大。

读李白

读李白
觉得李白就站在身后
他的左手搭在我的肩上
回头一看
十个李白站在书柜里

他们一齐探出头
问我：
有酒喝吗？

雪夜读李杜

读李白诗，又读杜甫诗
一对连体婴儿的旧梦变得崭新
连着的脐带不是身后名，不是浮云游子意
而是千秋憔悴，把大雪在我的怀中煮沸

而憔悴归憔悴，却不是暮年的光景
酒在鼎中煮着白雪的清癯，梅花落在野外
归家的人始终走在路上，隔着十个王朝的障碍
而舟船已在远处搁住浅岸，杨柳是一幅旧图

我在千年之后来到，为告别另一个王朝
向你们斟满盛唐的苦声，冠盖满京华
而京华也是旧景，笙歌处都是盛宴
低头是月光，举头却不见明月

大雪落在我的杯中，杯中是盛唐的旧迹
我却只是独饮，又何妨把三人的影子
独自饮尽，揩揩嘴巴都是苦味
你叫李白，他叫杜甫，我叫雪人

天路

我和他互相打量，交换手势
决定跟着李白上天路去看一看
如果李白要带着杜甫上路
我们就坚决拒绝，四个人的酒
三个人喝最好，何况杜甫酒量最大

我们蛰伏在李白必经的路边
果见李白带着杜甫从东边逶迤而来
我们蒙着黑罩挡在路口
把利刃藏在身后，大呼一声：
此路是我开，留下买路钱！

李白撩着长须笑说：
银钱倒是不缺，让开！
数出三十二贯，丢在地上
我们上下摸遍杜甫全身
只有巴巴一个铜板，锈迹斑斑

我们用尖刀指着杜甫说：
自己的钱买自己的路
我俩和白大爷走一趟天路
你且回转巫山看一回黄脸老婆
这地上的银钱且作你路上的盘缠

噫吁嚱

我和他架着李白的胳膊往前奔
李白大叫:哇,别丢下我的杜甫弟弟!
杜甫惊呆在原地,双手抹着眼泪
抽噎着,声音枯涩:哥哥一路保重!

行到一处山亭,三人气喘吁吁
我们让李白坐下,向他作揖赔罪
李白喝道:胆大强盗,真气煞我也
丢下我的弟弟! 呃,我的酒葫芦在哪?

我们赔笑说:在杜甫那,他在路上喝也好
试试我们的白仙酒,用您老的诗素酿的
李白哼哼说:有酒喝倒是好,酒是我的命哪
胆大强盗,为何不让我带上杜甫弟弟?

我们相视一笑,赶紧给他斟上白仙酒:
杜甫和皇帝有一腿,您老和杨贵妃有一腿
李白呵呵笑说:倒是有些道理
杜甫迂腐是迂腐些,人是非常实诚

酒至半酣,李白起身临风嗟叹:
想当年我和贵妃月下慢饮,皇上醋着哪
云想衣裳花想容,春风拂槛露华浓
唉,如今贵妃孤零,我梦中老听见她的啼泣!

我们捂着葫芦嘴笑,端出心中的疑问:
您老作诗如江河不绝,浩浩汤汤
如大鹏鼓翼,九天为之升高
酒与女人,哪个更能激起你的灵感?

李白把酒一饮而尽,仰天长叹:
胆大毛贼,掌你们的狗嘴!
世人误我,以为我贪此杯中之物
游戏于裙钗之间,不知我心中有苦道不得!

李白站在开阔的山水中,眼中满是惘然:
看哪,那高耸的峰峦,是我的心肝
那渺远的长河,是我的衷肠
我日夜里尽是苦恼着徘徊在这人间,噫吁嚱!

午间读李白

午间的李白是一个假象
他在窗外唤我,声音那么熟悉
我说,稍等等,这就下来
请您老好好喝几杯。

我噔噔噔地跑下楼
楼下却空无一人
我左右张望
手中握着一瓶白仙酒。

看什么,我在这呢
正好喝一杯——
酒鬼老张站在我的背后
嘿嘿笑着

杜甫在路上

老男人杜甫走在回乡的路上
到处都是他的故乡
从一个地方到另一个地方
他的裤管被秋风卷起犬齿的咬痕

他叹息着摸出一个冷馒头充饥
靠在向阳的地方晒着面孔

那张苦瓜样的脸像山河破碎
山河远近都是家书里抵万金的渴望

乱兵嘶吼着走过
驱赶从贱民家里抢走的牛羊
一个老妇敞开干瘪的胸脯
她露出残存的牙齿,居然笑着

被捆成一长条的男人都反剪着双手
日影移动,他们也移动日影下的薄暮
一千里的夕阳驱驰一匹快马的战报
把他们的骸骨白森森地堆在皇帝的卧榻上

远近村舍空守着废墟里的女人
弦月里的孤寒照着小径
狗吠着门缝里隐隐的心跳
四围山影像一口黑锅倒扣在地上

杜甫眼见一户人家,上前叩门
报出自家的籍贯姓氏,求主家容留一宿
一个妇人在门后颤着牙说:室中男丁皆战死
可怜素娥无完裙,往前有一户鳏夫……

在咖啡馆读李白

去咖啡馆是一个借口,靠窗是一个借口
受用咖啡馆的幽静是一个借口
生活本身也是一个借口。
咖啡馆是一个连接异代的容器,用眼睛说话
用指掌上的温度体谅时间。
恍然看见李白走过来,站在窗外
他的雨伞已经破烂,口唇干燥
他向路过的人讨一口水喝
人们瞥视他一眼,匆匆走过
把他丢在原地发呆。
我细看,又觉得他像身体小一号的杜甫
又觉得像古装的鲁迅,不可能是王维和白居易。
他站在咖啡馆的窗外,站在时间之外。
我核对他的面孔,但影像模糊
他像我的前生和后世,像每个人的焦渴。
能有什么办法把一杯水送到他的手中
我需要一个可靠的借口,越过栅栏走到他的身边
对他说,请喝一杯咖啡
他说,咖啡是什么?我只需要一杯水。

李白独酌

李白的夜晚比别人多出一些星光
他坐在月下独酌
野兽偶或从林中露出脸庞
鸣虫忽而奏起草乡里的乡愁

他起身如野狼长啸
星光渐次熄灭又渐次亮起
月亮在空中飘着
像一瓣瓣橘香浮起他酒杯里的丘壑

还是远走吧,把灵魂带过山脊
酒徒的恶作剧不可重复
乡愁的歌声却可一再响起
像天才的冒险总有一个着落

他叹息着呐呐自语,又坐回原位独酌
把三个人的影子按住在酒杯里
他听见有人在远处呜咽
像一些词语的幽暗愈发幽暗,连成一体

惶然录（组诗）

星光

星光到达地面的时候
我们已经沉睡
只有那些醒着的野兽
抬头仰望星空

星空隐去光芒的时候
野兽藏在暗处
我们从梦中现身尘世
犄角抵着犄角

尊严

小动物有小动物的尊严
它们彼此抵消哀愁
也彼此寄托向往

清晨，小动物们赶往四处
一只蜗牛背着一壳浊酒
去慰问远方的亲人

镜子

头染白霜的人站在一面镜子前
没有人能够把时间的痕迹
从镜子里抹去

当他蹲在地上掩面而泣
没有人能够捧起他的泪水
重新放回原处

而当他笑着从地上站起
没有人能够躲进他的笑容
看见一个深渊

当他朝向你一步步走来
没有人能够阻止他
走进你的身体

心愿

我要为你写一首温暖的诗
这是我的一个心愿
我的心愿是简单的
祝愿你一年快乐
一生快乐

如果我的心愿成真
你心中的冰雪就会化成春水
如果菩萨嫉妒我的心愿
你心中的冰雪就会变得更加坚固

于是，我给菩萨敬上三支香
第一支香，祝愿菩萨永生快乐，心情舒畅
第二支香，祝愿菩萨多子多福，早生三胎
第三支香，祝愿菩萨助我心愿成真，不打折扣
我双手合十，对着菩萨默念十遍心愿

眼睛

她身上的衣服是画上去的
像真的一样

她走在街道上

秋末飘着落叶的街道
走着另外的三个女人和一个男人
和她擦肩而过

那么乏味的生活
需要她身体上多出来的颜色
她的身体是如此新鲜的

她就这样一直走下去走下去
她的身体是如此新鲜的
树叶的眼睛不断飘落在她的脚下

路过你的城市

路过你的城市
我戴着口罩
走在戴口罩的人群中
那么多人的背影像你
那么多人的额头像你
那么多人的眼睛像你
甚至那么多人的耳朵像你
瀑布泼洒下来的头发像你
那么多人匆匆走过的姿态像你
那么多人转过身的惊喜像你
那么多人弯下腰的悲伤像你
那么多人举起手的迟疑像你
那么多人赶上末班车的快乐像你
但那么多人的笑声不像你
你的笑声是春江漫过堤岸的喧哗
那么多人的哭泣不像你
你的哭泣是秋夜庭园的空寂
那么多人的步态不像你
你的步态像一瓣花踩着风中的弧线
那么多人的眼神不像你
你的眼神是露滴慢慢睁大的恍惚
哦,路过你的戴着口罩的城市
所有的风景都是你的一部分
所有走过我身边的人都是你的一部分
而你掩饰的梦是我的全部
而你隐藏在无数口罩后面的面孔
是我朝向迷途的冠状玫瑰
在我路过的这个下午
鸽群像你的掌纹贴在城市的上空
偏向黄昏的街道延伸我的徘徊
渐渐没入你的梦中

梦中的鱼

昨夜梦见的鱼
好生奇怪
总觉得是我弄丢的亲人
尤其是它留在照片上的表情
简直不敢多看一会
多看一会
它就会流泪

我梦见我睡在一张木床上
床下有一条小水沟
每天过着流水
从来没有干涸过
从来是一条鱼哗哗哗地摔着尾巴
把我吵醒
又迷迷糊糊地睡去

穿过黑暗中的梅园

我穿过黑暗中的梅园回家
白天我经过这条道路
对它们熟视无睹。
我已失去对自然的敏感
沉溺于内心的幻觉
有人在春天里死于心碎
有人活着,却瞪着死人的眼睛。
我置身于活着的人中间
不再召唤活着的意义
我带着我的躯壳一次次死去
又一次次在喧嚣中回到人的丛林
贪图那一点点可怜的享乐。
可是,黑暗中的梅花没有收住馥郁的清香
在初春的寒流中让我一点点苏醒——
哦,我还活在这人间。
我看见火焰闪烁在枝头上
始终不曾熄灭
像在我的心里祈祷一个未来。
我活着,为自己活着
也为黑暗中的梅花活着
我愿意回到黑暗中梅花的枝头
谢绝罪恶的邀请。
春天,我的哀痛更甚于过往
罪恶的使者相继来到人间
为人们戴上眼罩
让他们在快乐中一个个死去。
我在梅花的枝头倾泻我的愤怒
像恶魔,也像天使。
我从骨骸里挤出我的诺言:
是的,我会干枯
却从未反悔。

风景

为固执的树木踩踏出一条路
让它们走到闹市中来
站在道路的两旁。
为僵持的飞鸟踩踏出一条路
让它们扇动翅膀
飞到闹市中的树木上来。
为凝固的溪流踩踏出一条路
让它们在弯曲的山道上发出响声
流到飞鸟的舌尖上来。
为睡梦中的你踩踏出一条路
让你清晨站在窗前
静静地把这一切变成风景

春天的老虎

一只老虎站在花丛中
这几乎是不可能的事情。
老虎在山林中
它躲在暗处
而不会走到舞台上来
把花丛作为布景。

春天的老虎
把春天作为一种荣誉
而不会独自占有。
它躲开花丛
在丛林中睁开眼睛
但它不需要猎物
只需要花朵在远处开放。

逃避

安逸的春天已经逝去
你懒洋洋地走到户外的草坪上
雨水已经停止,青草疯狂地蹿上
你的膝盖,掩饰你心里的荒凉

漫长的蛰伏对你是一种救赎
你安睡在房间的地洞里
像一只刺猬蜷缩,把身体长大
唯有你的拳头在不断萎缩

你已经失去与世界搏斗的力量
但搏斗的意志却在膨胀
像一只刺猬撑开它的身体
把所有的尖刺竖起,闪着力的暗光

唉,你轻轻地叹气,排开脚下的草丛
走上远离炊烟的山冈,坐在久违的阳光下
初夏和煦的风吹着你的眼睛,把你唤醒
在人世的光景中,一切都是寂静的

唉,这是对的。你的嘴角露出讥嘲的微笑
时间并没有带来宽宥,无法和解
这只是一个轮回,却没有改变秩序
你为自己的逃避而深深谴责内心的怯弱

你站起来返回,踩着青草发出的呼喊
却又踌躇着,身体微微感到燥热
眼前的一切不值得原谅,寂静不值得原谅
你确认内心的晃动,加快脚步

潮湿

我多么爱你,像爱夜晚的潮湿
像爱黄金的光辉
我走在路上,月亮隐微在云层中走动
我走一步,她走两步,留下月晕上的尘埃

我多么爱你,这爱像尘埃一样轻
像月亮湿漉漉地握紧在我的手掌里
我歇在高原上长着芦苇的湖边
听见渺远的歌声把马蹄踏在我的梦痕上

我多么爱你,这爱像芦苇上的月迹那样素洁
像梦痕上的声音把我寂寂地惊醒
我听见所有的事物都拥向静夜的暗影
唯有两颗露珠含在我双眸的潮湿里

浩荡的夜风吹着马背,但我空无一物走在路上
我没有骑手的心愿和热烈,所有在尘埃上
浮起来的事物,都有一层黄金的光辉
而马背是潮湿的,像我多么爱你

深夜的灯下

深夜的灯下,你的面孔模糊
这是你的常态,你拥有安静的时刻
白昼的喧嚣不再是生活的目标
你把自己孤离出来,对生活进行偏移

深夜的灯下,你偏移到内心的一角
那里有一条干净的小小岔道
布满冬日的阳光和素洁的枯草
你走在上面,脚底有一种温煦的力量

所有的人都在睡梦中偏移
都在睡梦中有一张模糊的面孔
当他们回转到白昼的噩梦中
一切都已经忘记,没有留下丝毫痕迹

当你回转到白昼的噩梦中
你偏移在内心的一角,那里有一条小小岔道
你走在上面,身体里有一种安静的力量
像仍然坐在深夜的灯下,面孔安详

一生的歌

一只鸟在黑夜里是黑夜本身
它站在一棵树上是一棵树本身
但它却是醒着的
是醒着本身

它的喉咙里卡着异物
不能啼叫
啼叫是异物本身
鸟的身体里塞满奔跑的硬物

但鸟却不是硬物本身
它站在黑夜里的一棵树上
黑夜是黑夜本身
它抬起头,星空是那么宽阔

它是一只鸟本身
它的喉咙里卡着异物
异物卡住异物本身
它想啼叫,啼叫是啼叫的异物本身

子非鱼

出东门转两个弯
是贺知章的故居
很多人在第一个弯止步
没有回到故乡

出西门转三个弯
是李白的墓寝
很多人在第二个弯迷路
没有成为酒仙

出南门转四个弯
是杜甫的草庐
很多人在第三个弯失踪
没有望到泰山

出北门转五个弯
是王维的幽篁
很多人在第四个弯跌倒
没有遇到隐士

七片章

一

唯有生死
把命抵押给你
在人世哭一场笑一场

二

七个旧友
七个变旧的面具
大醉后焕然一新

三

你悼念你自己
冰凉的七只手按住你汩汩的泪水
吊灯把小小的腰肢垂下

四

你把一首诗唤作片章
七片章是七个人的小纸屋
像生与死,此刻向酒瓶悄悄靠拢

五

唉,人世中的许多事情
想起来
都是一地鸡毛

六

你最满意葡萄做成的湖泊
弯向古道边的杨柳
一个小时的黄金分割足够美好

七

灵魂在天上
七个人在地上
你系好围巾走在星光里

醉后仿佛清醒

酒醉之后
从我的身体里走出两个幽灵
它们驾驶我的双臂
向地平线飞去

那是一个遥不可及的终点
我的耳畔响着风
风声里响着雷霆的灼热
所有的静物都像鬼眼那样闪烁

这不过是归途
踏上之后就再无归宿
老庄,您老别来无恙乎
深渊之上,您化作一束紫光

这不过是迷途
我像蝴蝶那样翩跹
而大鹏垂翼,不知鱼之乐
我终究是糊涂的,攀缘星空而上

那样高,我害怕悬崖的危险
星子们都是冷却的泪珠
长太息,我却是一具皮囊
空着宇宙的一角,长太息,力不济

那样高,我终于害怕眠于梦之涯
两个幽灵却突然在空中丢下我
醒来时已是日暮
西山又有大戏开场,铛铛铛

创作谈：触摸生命中富有光华的那一部分

• 吴投文 •

尽管我写诗的时间确实不短了，算起来已超过三十年，惭愧的是，我至今还只是一个诗歌写作的爱好者。2003年底，我出版了我的第一本诗集《土地的家谱》，里面收入了我的约九十首诗，其中绝大部分写于我的大学时期。那本诗集的出版，是为了了却一个长久以来的文学梦，那时我以为此后不会再写诗了，已经到了挥手告别青春的时候。实际上，我无法拒绝内心的呼唤，总是不自觉地涂抹一些分行的文字，累积起来，居然也写了不少。看来，写诗成了一道魔咒，紧紧地缠绕了我的生活，我始终无法摆脱。

我在大学的中文系教书，主业是中国新诗研究，这是我与诗歌不能分开的一个原因。写作当然是更为复杂的事情，需要直面自我的内心，为内心的某种渴望寻找一个出口。可见，自我的精神需要是创作的一个源泉，这也是我从事写作的一个原因。长期以来，我多多少少以一种职业的敏感，跟踪和观察中国当代诗歌创作的进展，在这一过程中，也深化了我对写作的眷恋。在我的阅读和工作中，我遇见了太多太多优秀的诗歌，这些诗歌浸润了我的心灵，在某种程度上也可能提升了我的精神高度。对我来说，与诗歌相遇是极其幸福的事情，是极其美好的事情。长期以来，人们对新诗产生了许多误解，对诗人也有误解。现在，我们回过头来看，诗歌是我们精神生活中不可缺少的一部分，极其重要。

在长期研究诗歌的过程中，我的诗歌写作充满了犹豫。我曾说过，我是一个犹豫的写作者。这确实是一种真实的内心处境。在一些朋友的鼓动下，我出版了第二本诗集《看不见雪的阴影》。何为“看不见雪的阴影”呢？实际上，我的心里并没有一个确切的答案，仅仅是一种直觉性的表达。我觉得，不管是对一位诗歌研究者来说，还是对一位诗人来说，他的精神高度应该要超越时代的平均数，在他的灵魂中，要有对精神高度的向往。这样理解，可能就是“看不见雪的阴影”。这本诗集实际上深深地触及了我对生活的某种理解。写这些诗的时候，我有一种非常奇特的体验，我倾心于一种洁净的生命形式，似乎真正触摸到了生命中富有光华的那一部分。是的，当你沉浸在诗的言说中，尤其是在一首诗的写作中，生存的某种压力、现实中面临的某种背叛，就慢慢地淡化了，你就会更真实地面对自己的灵魂。这时候，你的心里变得特别宁静，而这种宁静，实际上就是我们的灵魂所体验到的某种满足。这种满足对我们每个人来说，都非常重要。雪是洁净的，却又是寒冷的，雪的世界是清洁最圆满的形式，内部又燃烧着暗暗的火焰。这就是雪的境界，也是我向往的境界。

我们现在的生活速度太快了，世界似乎处在奔驰的状态，那么，我们如何来面对自己的内心呢？这就触及了我们的生存问题。我们为何而生存？当我想到这个问题的时候，内心充满了困惑。生存一方面是一个现实问题,一个人需要现实地活着;另一方面也是一个精神问题,一个人总需要有某种向往和理想。我们不断地去为生存拼搏,处心积虑地谋生,不断地去从事新的职业,赚更多的钱,要生活得更好。这样一种追求,当然有不可否认的价值,但终究是有缺陷的。我还是要说,在人生中的某些时刻,需要慢下来,缓下来。当我们慢下来的时候,缓下来的时候,我们就进入了自己的内心,就可以走到诗歌中去了。这时候,我们可能会有一种新奇而深刻的体验,体验到一种生命中的诗性之美。所以,我一直觉得,一个写诗的人、一个读诗的人,是有精神体验的人,是有精神高度的人。

我记得一位作家说过:"一个读诗的人,一个写诗的人,哪怕他坏,也不会坏到哪儿去,因为他心中是有底线的。"因为诗歌是与真善美联系在一起的,因为在一首诗中,人的位置不会悬空,真善美会提升你的生命形式,会使你感到充实和平静。因此,我觉得,诗歌在我们的心灵中应该有一个栖息之地。这是生活品质的创造,对我们的人生非常重要。我们生存在这个世界上,毕竟不能安于苟且地活着,而要在活着之上,有更为高远的人生价值追求。我不否认,很多人并不写诗,也不读诗,仍然活得充实而快乐,他们选择了适合自己的生活方式。我想,那是一种意识到自我存在价值的生存方式,其中也包含着生命形式的诗性健全吧。对我来说,写诗内化成了生命的一部分,我在写作中才能更深刻地求证生存的价值。当我说出这些的时候,我感到犹豫,甚至隐隐地感到不安,然而,我必须保持内心的诚实,不会在意来自世俗的讥嘲。我在一首诗中写道:

我喜欢远游,在旅途上和一个影子对话
对近处的生活我保持忍耐,宽容它的放纵
和贫乏,却不能和它达成默契。我忍住
忧伤
小心逃避扑眼而来的纸屑,上面涂着箭头
和证词

《一个人的影子生涯》

对我来说,写诗就是一种远游的方式,在远游中抵达精神深处更内在的根脉。每个人都有一个属于自己的影子,当你孤独的时候,你的影子就会开口说话,不是吗?谁会没有自己的影子呢?雪是最洁净的,雪的阴影布满我们的内心,那是一种清洁的精神形式。

2017年9月9日,湖南省诗歌学会、湖南读书会在省城长沙为我举办了"《看不见雪的阴影》新书发布会",很多我并不认识的读者来到了会场,给我带来了意想不到的惊喜,也使我确信诗歌并不缺少读者。以前,我都是在别人的新书发布会上,作为一个读者或者作为一个评论者发言,我似乎并没有真正体会到读者的重要性。这次,当我转换角色站在台上,作为一个作者发表感言的时候,我的心里充满感激和作为一位诗人的使命意识。我好像看到了另一个自己,看到了自己生命中的另一面。其实,一个人的精神世界是很敏感的,是有多个层面的。我想,我也并不例外。在看不见的内心深处,我的自我形象可能要更丰满一些,更复杂一些。一些人写诗,口口声声说是"玩诗",我对此感到极端厌恶,觉得俗不可耐,完全不能理解这些人的生命状态。我的个性中有坚韧的一面,对于流俗有一种近乎本能的抵抗,不能认同时下某些诗人对诗歌价值的亵渎,不能容忍世俗欲望对精神形式的消解。诗人无法脱离生存的现实环境，而现实往往奉行幽暗的潜规则，诗人有时不能不与之妥协。对诗人来说，这是一种普遍的生存情境，很容易导致自我的丧失，这也是痛苦的来源。当我妥协的时候，我的内心会感到特别痛苦。诗歌创作应该倡导清洁的精神，我的写作既是自己内心的写照，也是“对生命远景的凝眸”，趋赴一种健全而充满创造力的清洁精神。我总是试图把一首诗写得完整而坚实，处理好诗中清澈和含混的关系，使一首诗平衡在内部的和谐上。当然，这只是一个努力的目标，不管有多少失败的经历，我都不会放弃内心确定的标准。

《看不见雪的阴影》出版之后，得到了很多朋友和读者的肯定，我并不把这些看作是对写作的回报，而是看作一种鼓励，也促使我对自己的写作进行反思。著名诗人、批评家赵思运说：“吴投文是极少数深谙文本肌理和诗学肌理的学院人之一。他在日常生活与精神世界的互文映照中，建立起属于自己的语言世界。他的诗语清晰精准而又富于弹性，讲究多层次的修辞表达而又以鲜活口语出之。从早期的《围城》《鱼》到2016年底的《天使》，诗集的每一首精品都闪烁着迷人的艺术品质。”我需要警惕写作的惯性和固化模式，为真诚的生命体验打开更开阔的空间，寻找更开放也更妥帖的表现形式。我只是一个情绪意义上的写作者，还不是一个自觉的写作者，往往是在情绪的牵动下进行写作，缺少自觉的艺术创新意识，对艺术创新的难度还缺少应有的思想准备和艺术积累。我自己非常清楚这一点，这也是我以后需要突破的地方。

在诗歌写作中有一个普遍的现象值得注意，一位诗人最初开始写诗的时候，可能仅仅出于兴趣，当他写到一定程度的时候，就会产生强烈的文化使命感。这是一种文化意识的自觉，不仅对诗人自己非常重要，而且对一个民族的文化进步是一种不可忽视的推动力。尽管我的诗歌可能还没有达到成熟的状态，但我理解诗人的文化抱负，而且，诗人必须有高远的文化抱负。2017年是中国新诗的百年诞辰，新诗的发展已经到了一个关键的转型期，敞开了更开阔的写作前景。我之所以不再犹豫，选择《看不见雪的阴影》在2017年出版，是向百年新诗致敬，也是分享百年新诗的伟大光荣。我想，新诗已经成为我们民族文化中血肉相连的一部分，这是胡适等新诗先驱者所企求的远景，如今已部分地得以实现，而接受更大的挑战则是诗人的文化责任。至今我的写作还在路上，我会一直坚持下去吗？我这样问自己。我的内心充满犹豫，同时觉得充实。

作者简介 | 吴投文，出生于1968年5月，湖南郴州人。文学博士、湖南科技大学人文学院教授、硕士研究生导师，主要从事中国新诗研究。在海内外报刊发表诗歌数百首，发表论文与评论一百五十余篇，出版诗集《土地的家谱》《看不见雪的阴影》和学术著作《沈从文的生命诗学》《百年新诗经典解读》《百年新诗经典访谈》等，诗歌入选上百个重要选本。

木樨颜的诗

不休

说除旧迎新，早了点
万家灯几乎没有火的颜色
一律慷慨的白，让夜一再贫血
日复一日，掀掉一张张尘土的通行证
生命往死里追赶……

日复一日，撕掉一层层真心
不论你的还是我的哲学都趋向更加圆融
每个司命神执掌一次轮回，每次轮回
用三百六十五条阴阳符咒互相揭发
白昼和黑夜相爱相杀

万家灯几乎没有火的血色
烧不尽所有的陈旧让我涅槃
说除旧迎新终归是早了点
新的尝试用夜色做旧白昼，而我的生命
还在往死里追赶，不休……

生活

生活和阳光互不干涉主权
我过我的日子，你照耀你的天下
不是非要阳光，生活才能呼吸
看那溺于水中的鱼，以及爆裂于空气中的尘土
没有什么是完美的，生活时刻在场，而阳光未必
发霉、腐烂、降解，尘归尘土归土，才是永恒
我已经在生活中腐烂，阳光不够驱散霉菌
绽放吧，我的恶之花，我的蛊毒
阳光不曾温暖我的，我委身于大地
这才是一个世纪之我的呼喊，我号啕
那些不能窒息我的，只会扩容我的胸襟
那些不能照耀我的，只会粘贴俗世的庸伪
那些不让我完美的，生活在降解中意义自足
不过只剩一万天的残喘，呼吸吧
这间密室谁也别想逃出生天

冬至

穿行在耳域中的车流没有腐烂
但也已经在气面上结起一层薄冰
干瘪的树枝孱弱地插入高空中惨淡的光
一动不动，声明对抗尘世的姿态
除了声音已经丢失对生命的触感之外
眼睛也已经丢失对苦涩的甄别
这一切都来势汹汹，让发须猝不及防

掉落的不只是众芳的喧妍，还有
我错愕的期待和感动，没有腐烂的车流
在耳域中用碎冰扎破我的项上人头
而冬天使我免于焦灼的刺痛，感谢
萎靡不振的盐，并未抽打在我的老脸
我曾经用十年等待万物入心，于今
万物萧索，降临我不变的轮回劫

这一切都来势汹汹，我知道冬天会冷
可是万物萧索，降临我不变的轮回劫
多少次锻造都未曾剔除我身上袅绕的毒
而我的俗胎凡骨峥嵘倨傲，趋向蓝天
什么才是尘世的尊严和人格？万物又将
复苏，只愿不要提醒我已经失去了暖阳
我的余生每天都是冬至……

不去

不去想，不去痛，不去割开气球肥厚的壁障
不去用爆炸表明立场，不去，绝对不去，不去
以此驱赶黑夜的光明和白昼的黯淡，这一切
都是无用功，像低血糖下的梦境，不去醒
也不去睡，就那样任由影像崩碎记忆的镜面
不去那么做，坚决不去，不去刺同样肥厚的皮肤
以判断是否处于颠倒的梦境，不去刺探，万一
扎出血，是喊疼，还是忍着，一旦扎不出疼
是承认惧怕还是憧憬？不去做这无谓的一切
不去，死也不去。于是，干脆死了，也比活着
更透彻，透骨的那种，冷却澄明是非……

语言

用语言抵达那些不可抵达的
比如月亮的双脚，比如太阳的心

用语言消解那累月经年的宿醉
彼时，我曾经用二锅头喝下莫须有

用语言拥抱那阙我不想醒来的梦
浓密的树林中我啜饮一眼甘泉

用语言遮蔽那一道道胸口的皱纹
每一次跳动匍匐而下更加深刻

用语言解决理想和现实的龃龉
也只能如此

于是抵达了，消解了，抱住了，遮蔽了
黑暗吞噬了光明，光明吐哺了黑暗

那与这

那个英俊的黑心
那个善良的邋遢
那场及时雨淹死了人
那场尴尬的相遇解除了误会
那时我腰缠万贯得了啤酒肚
那时你病入膏肓刚中了八百万巨奖
那本大部头的书只教会我一句道理
那只有两个字的哈哈融化了我百年的孤独
那声客气让我瞬间石化，那句谢谢招来他一脸鄙夷
那不过是一场激情的豪夺，让余生心灰意冷
那仅仅是例行的施与馈赠，给了弥留第二次呼吸
那个一直等着你的你不能接受
那个把你锁骨扣上锁的并不爱你
那些奇葩的花蕊未必都还残留着花蜜
那些奇葩的花事总是在四季轮回不绝
那我还能再写些什么，一切都是可能以及不可能
颠三倒四，顺理成章，这才是生活，生存和生命
这一旦把吹了凉风的昏沉击打得不再混沌
那所有的事情都不过是过眼烟云

忍住

忍住不把河流滴入宇宙
不把阳光捆成扎竖立在荒原
忍住向风讨要一杯甘露
或者往天籁的微笑中抛掷期许的石子
忍住,不看文字支撑起的每一页智慧
也省去更加迟钝的锐利戳破黎明
忍住,不想来世到底是在镜面以内
或者天空以下,忍住这一切骚动
忍住,就这样忍住,或许可以切断
每一个思维的断面,或许可以把
火山口封堵,不让炽烈的冷
乘虚而入,侵占晚节不保的灵魂
忍住是一把刀,架在爱情的脖子上
不管忍不忍得住,有没有情都是个问题

无题

月亮想插入天际呼喊
灰色的欲望从64阶加重到256
除非死亡可以宣判漂浮起来的人生
此时,只有刺耳的体液是甜蜜的
恨我吧,就像未曾键入幸福
爱我吧,就像已将麦芒化成黄金
这是吊诡的规律,还是手中的梦
都不知晓,没品尝,或者见闻
唯有摊开眼前的半床明媚
把岁月的皱纹一根根挑开去

等待

白天
不过是
黑夜
在等待中
熬白了
头

黑夜
不过是
白天
在守候中
哭瞎了
眼

两者苦等彼此
近在咫尺
却又永世
相隔

有些话

有些话不能说
但可以锻打,可以切割
可以消毒,可以生锈
可以抛光,可以熔化
可以推,可以拔,可以放手
而不是置喙

有些话不能说
你只能锻打,只能切割
只能消毒,只能生锈
只能抛光,只能熔化
只能推,只能拔,只能放手
而不能置喙

这些话放在心里会疼

说出来更疼
这些话是刀子
无论怎么样处置
都会割破人生的嘤嘤小口

不说

不说爱,不说黑夜,不说星星太主观
不说我在你的股掌,不说温暖的太阳
不说心里话,不说一切都值得,不说冬天也温婉
不说晚安,不说我期待虚假的梦境,不说黎明
不说倩影成为美瞳,不说白天让我无地自容
不说,什么都不说,说了也没用
夜已轮回,把我的内心裹上尸布,下葬于无妄海
不说话,话已苍白,此时已燃尽,徒留白灰
在熹微中轻颤,并掩埋可以说出一切的夜

想抱抱你,我的灵侣

想抱抱你,我的灵侣
抱抱你,就是抱我的灵魂,抱我的自己
抱抱我自己,就是抱抱你,我的灵侣
于是我左手放在右腋,右手搂住左肩
狠狠地抱了下你,抱了下你,抱了抱我的灵侣
可是我又变得忧郁,左手痛苦地放下,右手
也变得萎靡。左手和右手分开,不再拥抱
我就是我的自己,不是你,不是我的灵侣
我的灵侣在我心里,我是安静的那喀索斯
临照于那池清水,只在转瞬间,化为
一朵袅娜的水仙,在风中和雨里永世涕泣

让雨多下一会儿

让雨多下一会儿
每个雨点都是我的欲望
让我的欲望尽情地扑在地上
或者你起伏的胸脯
让雨多下一会儿
让我的欲望扑在你的胸脯
倾听并细数你的每一次心跳
让雨多下一会儿
细数我的每一滴欲望
落在你绯红的心跳之上
雨于是下了一会儿又一会儿
我的欲望贴着你起伏的胸脯
起来又落下,然后又起来

辣椒和花菜

摘菜。洗菜。切菜。什么菜不重要。
只要有辣椒。可以提升一切味道。
如果是花菜。辣椒也不再重要。
一朵朵纯白的阳光聚集起来。紧抱着。
紧抱成一簇纯白的森林。森林绽放。
开满了一朵朵纯白的小花。纯白的森林。

昨晚在暗夜里窥见一只燃烧的辣椒。
我周围的人生开始暴躁和疯癫。面红耳赤。
亢奋的香氛充斥着我的胸釜。今晚。
辣椒涅槃。纯洁而白的光升腾起来。
一朵花菜的颜色。一朵花菜的淡香。
让我看到我最美丽素婉的灵侣。

指标

每年要生出12堆云
每堆云要降50毫米水
每毫米水要流进1平方米田垄

每畦田垄要长出绿绿的秧苗
每根秧苗要长成金黄的稻穗
每条稻穗要养活蜡黄的脸
每张脸要活出新时代的精气神
每一吐纳精气神要用于创新
每次创新要紧贴科研实践
科研要具有一定的问题意识
每个问题要写成一篇论文
每篇论文都要有理论高度
每种高度都须让人眩晕
并使其从这一高度落下后
在地面流下100毫米的红水
完成以上每项指标

四月

这个四月恰如其分。冷而且淡。从外而内钻进来。
外面是冷的气息。淡色的红色绿色。淡色的云。
淡色的一切。传染。悄无声息。眼皮耷下来。
无精打采。因为这冷淡的四月。没有阳光。

淡色移居到心堂。淡色的心。淡色的血液。
流遍全身。淡色身体。苍白。多添几根白发。
也浑不觉。我他妈怎么了。我他妈冷死了。冷。
钻进被窝。还是冷。从外而内。因为四月非空间。

四月是时间。充斥一切。回忆。欲望。还有丁香。

土绿

从土壤中探出。从树皮上点缀。
从灰土色中抬望寂静的春天。
寂静而并不憋闷的春天。鲜艳的香气。
挑逗。绽放。同一个生命之源。
殊异的色彩。出名要趁早啊。她们说。
不懂形而上的哲学。她们只想过把瘾就死。

厚重的色彩从土而来。入土而去。
嘹亮的时刻也十分克制。扬尘。或者面目的底色。
让它矜持。低调。承载万物的生机。包括纵容。
溺爱。衬托。作为背景。终归寥落的厚重。
同一个生命之源。同一种苯基乙胺。同质同量。
两种哲学观。两种生死的跨度。

生命都是激情。只有努力地压抑。
才能横亘更长的时光。

混白

外面是一片混白。并不清亮。
混白的视阈中是一棵欲摇不摇的树的秃冠。
树不知名。春天也还没有热烈。
所以秃冠只有颜色稍暗的细枝。
树杪欲动不动。说明风很懒。
只有混白的力气。这是一个混白的春天。

欲动不动。动的时候就会有一缕
冷峭的风吹过来。吹进这四方的小窗。
窗边是半掩帘子。欲动不动地垂着。

光因此没有全部透进来。因此混白的对面
只有混。暗。在这片混暗中坐着一个我。
只有我的眼珠可能也是混白的。

剩余的一切。一切的我都是混暗。
处于这个闹世。春天寂静。而世界喧嚣。
我欲动不动。欲摇不摇。

不出意外

不出意外,我会爱你至死
头颅不能给你做花瓶,但我的骨灰
可以做养料化入你的姹紫嫣红

不出意外,粉红色的雪会一直下
覆满春天的衣架与媾和的床,让
一切暧昧的光融化在太阳的心尖上

不出意外,手指拨掉白天就会唱歌
黑夜走进瞳孔后流下英雄的血
而我把你影子紧紧地包上我的孤独

不出意外,我会坦诚对待每一个
爱上我小腹便便额头闪亮的人
我会告诉她们,我只想静静

不出意外,这是一首杂糅主义的诗
浪漫后隐藏胸臆,超出现实后回归
口语,万变不离四月的宗旨

飞

我要飞起来,让双脚脱离地面
别看我不过是一只瘦弱的公鸡
别看我是一只瘦弱的公鸡,我也有
理想,迫于生计的妄想,但我
不绝望。我会打鸣,用于危急时刻
模仿黔之驴,但一两次之后,我
还是得飞起来,我要坚挺双脚
把我身上唯一锐利的三个部位之二
插入泥土或者坚硬的水泥,哪怕指甲
断裂,鸡血染红了双脚,我也要尝试
模仿滑翔。这是我试验的第一步
我要练习这种感觉,脱离给我习惯性
力量的大地的感觉,我并非厌弃
这生我养我的泥土和孕育着四季
青草的母体。可是我是一只有理想
和生存危机的公鸡,虽然我很瘦

虽然我很瘦,周身虎狼环伺,人类
爪牙也摩拳擦掌,我的生存已经
接近最成熟的危机,这催逼着我燃起
狂暴的鸡冠,把我的双脚更深地插入
坚硬的大地,我扑棱着让它们垂涎的
鸡翅,紧绷起虽然瘦却结实的鸡腿
奋力逃命的时候,我接受了与生俱来
一个秘密,尽管我从未觉得这是什么
可以引吭高歌的资本。我的翅膀在
燃烧,这让我滑翔了很长一段距离
周围的虎狼环伺着,仍然在寻找时机
我的肉已经燃烧掉多余的脂肪
滑翔让我体验到了一时的快感,可是
我还是一只公鸡,我不是飞鸟。我要
继续练习滑翔,在滑翔中强劲我的翅膀
我要学习大狗巴克,做不是狼的狼

周围虎狼环伺,人类的爪牙摩拳擦掌
我的生命本可以在嘹亮中嘹亮,而不是

腐烂于饕餮之徒的餐桌，我的骨头
应该葬于天空，因为我也有一双翅膀。
我也有一双翅膀，虽然我只是一只
瘦弱的公鸡。但我也有我的理想。
大狗巴克在原野中吼叫，用风传递
野性的呼唤，我的翅膀长出了野性的
理想，我要做一只不是鸟的鸟。
我已经学会滑翔，我的翅膀在燃烧
在积蓄力量。周围虎狼环伺，人类
爪牙摩拳擦掌。滑翔也不足够，我要
飞起来，借助熏染了野性的风的力量
巴克的精神在风中飞扬，我们都是
不羁的灵魂，我们有自己的理想
生存浇灌出的野性和危机的刀柄
都在霍霍地发出声音，我必须飞翔

我必须飞翔，虽然我只是一只公鸡
还是一只曾经十分瘦弱的公鸡。周围
虎狼环伺，人类爪牙摩拳擦掌。我还要

飞得更高一些，远离虎狼豹狮的弹跳
这个距离相对安全一些，我的生存危机
得以暂时缓解，我可以研修巴克呼唤的
奥义，阐释作为一只公鸡应有的雄壮
然后我必须再飞高一点，远离人类爪牙
发射的子弹，我需要飞上云霄，与鹰
共舞。新的危机也许到来，即便如此
我也不会死于荒诞和可笑的肉糜
不会被环伺的虎狼和人类的爪牙撕裂
留不下一支漂亮而完整的赤羽。我要飞
向云霄，与鹰争食。有一天我会被啄猎
但我是死于自己的理想，我学会了飞翔
我远离了虎狼的环伺，是公鸡最大的骄傲

昭乌达盟

循环播放的昭乌达盟上空没有星星
倒扣的建盏是我此生攻不破的大地牢
什么都没有存在的意义，除了套在
我手上的钻石星尘鞋，只留给我一种
落荒而逃的机会。此生我不爱珠宝
我只想让晶莹的光辉射入我无悔的胸膛

作者简介 | 木樨颜，本名颜海峰，山东政法学院副教授，北京外国语大学博士研究生。著有诗集2种，译有《爱的教育》和20余种诗集，主编"东西文翰大系"丛书等，曾获中国当代诗歌奖翻译奖等。

汤笑然的诗

乌鸦　我的饥饿

那天早上,我从羚羊口中侥幸逃脱
手中握着红旗牌锁子
金灿灿的冰凉刺骨
我脑中还是　那只獾惊恐的面部
来不及理解眼前巨大的发生

飞奔中猛回头
乌鸦降落在两座崖壁间的独木桥上
枯木桥上
对面传来劳动的号子声
一个绿色制服的身影在林中闪过

黑色的群鸟掠过山岭
一只独自行走的獾抬头张望
手中捧着土里掏来的食物
闪着金光
羚羊的尖角抵向我

抓起无名的雪……

抓起无名的雪
揉捻成一撮残片
茫然的英灵
有感眩晕之力的召唤

黑暗千里奔袭
悬崖勒马
石之花无从躲藏
阴云沉重

万钧压身
迷梦的一闪
时间蒙着面
夜灵群集于乌有之地

湖水翻转
远遁山林
听闻一种即将到来
又迟迟不来的危险

抓痕

古栈道上的松塔散落如星盘
指示迷途的马队
穿越层峦叠嶂的四季
盼天地神明

枯黄蒿草里窜出一只红腹锦鸡
溯着冻得松脆的溪流在沟壑里前行
双脚抓碎满径枯叶
惊起一树一树的黄鹂

掠过放马坡上倾斜的天空
头羊警惕张望
星座指向东南
群鸟齐呼　山石颤动

马队慌乱嘶鸣
古栈道上的木阶连绵不绝
它沿着崩裂的河前行
孔雀般的尾巴划过一道道口子

冰雪映照月色
一步一步
像抓破全身上下的丘疹
抓破鼓起的时间

黑色破碎的夜晚
双目怒睁
连凛冬的山水也皱缩成
一道抓痕

读塞尔努达

阴沉灰暗绿色的树叶
蜷缩着躲避热望的目光
浸透层层平染的云
与其他千万朵云皆是一样
没有鸟飞过
再过许久也不会有

比树叶更疲惫的是身体
缩着眼缩着肩
缩着胃缩成一个弧形
目光中没有颜色
被缜密的考虑
废止的时间

等待　却不盼望
再没有暮色也没有曙光

在一个越来越被启蒙的世界中……

在一个越来越被启蒙的世界中
意义再无容身之地
我们已经做过最严肃
与最无用的事情
还担心什么词语的
膨胀与堕落

玫瑰与月光已无可歌颂
只见洪流溃堤
一艘破败的皮划艇
跌撞飞落　不做停留
冲向拥挤不堪的堰塞之地

那个吹琴的人

那个吹琴的人又来了
坐在当时的位置上
换了一首新曲子
以前没有听过

好像技艺又提高了
乐音缓缓降落
在一个下过雨又将继续下雨
午后的时间

时间的苦在琴的身体上
仿佛没有留下什么
只有绿色的苔藓生长
生长出一副永不枯萎的模样

周围天色渐暗
那时　吹琴的人将自己的身体

浸在湿润欲滴的空气中
苔藓长满了他的琴

稻草人

寒秋的早晨乌鸦叫过了，
飞过灰暗的树叶的梢顶。
湿凉的气流握住肩膀，
一身冷战
彻夜踱步的暗影四散——

穿过绵延的树林到达峰顶。
你坚硬的目光刺破时间对面
无尽的迷雾之河。
喜鹊被山顶的风托举盘旋，
树叶飞腾。

你被雨水晕染的身体融化
在秋天的早晨，
树木与树木相互依偎。
光线缠绕着你的手臂，
金子般的心。

纪念科恩逝世

我们已经听过各式各样的死亡
在一个疯狂消费的节日
不得不令人使用五十年代
美国人的口吻
说一些消费主义的坏话
像一个垮掉派那样　愤懑而悲伤
赞颂莫可名状的真

我们已经见过太多的痛苦
被包裹在一床无边无际
灰色云朵般的棉被下
娱乐　每一场偶然的发生
都因我不在场而暧昧
忍俊不禁

在每一个逝去的时间
都被纪念的时代
看不到它的颜色

松鼠

你是警觉的松鼠
捧着秋天落下的野栗
站在树木交接的风口
清点树叶的飞行

你跑进群山的暗影
猛回头看见自己
滞留在河流对岸的喘息
树叶剩余的言语

你将存粮埋藏在最高的山顶
羡慕蜕皮的动物丢失身体
滞重与轻盈
沉没在山顶凹陷的圣湖里

你站在光来的地方
升起的灵魂招展
在树木折断的道路上
旗帜鲜明

一年中最寒冷的日子……

一年中最寒冷的日子
河流失去了方向
结冰的水面上
出现命运的花纹

辗转难眠的夜晚
与寂静相撞
力道深重
轻易就感到绝望

冰冻的河水漫上脚背
艰难地前行
在凝固的前一秒
躲避时间的扑赶

你难以捉摸的意识
在水中颤抖
我向你溯游
你站在光来的方向

你坐在梦中那只蝴蝶的翅膀上……

你坐在梦中那只蝴蝶的翅膀上
像群星眨着眼靠近我
阳光穿过你
像拨开一片湖水
我在你身后泛起的涟漪中躲避和寻找

山峰交错层叠出现
悲伤和欲望混在一条河里奔涌而前
冲刷你的饱满的灵魂
沉迷又恐惧
水波中颠簸不破的是月亮的倒影

我是逃逸的船长
朝向地平线无法延伸的海域航行
白色的海鸥在星夜里发光
歌声充满我的灵魂
我只愿在黑夜中航行

在两座巍峨山峰之间的谷地……

在两座巍峨山峰之间的谷地
我瑟缩着
驱赶前方聚集的鸟群
没有道路
我必须穿过一整夜的迷雾
去打捞你

我站立而你躺卧
呈祈祷的姿势
你的词语在风中摆动
挫捻出杏花的香味
你的窗外有一株玉兰
也独自度过一个夜晚

火光点亮道路
黑色映照黎明
我在梦中挣脱了好几个时间
等待明日的目光
降临在你的额上
照拂你紧闭的双眼

烟雾在你眼中

我从熔化的土地上捡来掉落的李子

还未成熟就干瘪
我用它点燃了大门
没有灭掉的火迅速延伸至另一个空间

烟雾在你眼中
这是一种俗套的比喻
语言之匮乏
如梦境　毫无新意的幻想

门窗紧闭
我在白天　奇怪的白天里
回忆起梦里端起一盆水去灭火的场景
那也是一个奇怪的白天　漫长炎热
空气恐惧地颤抖

突然就变换　像组装玩具　就散落
就倒塌
好比刚犁过的土地
记忆在生长
然后侵略　占据　掌控
治理

梦境　身体　词语　李子
还未成熟就干瘪
我用它点燃了大门
烟雾在你眼中

庭院中高于楼房的树

那些方块形的建筑都太过坚硬
即使从中生长出许多绿色植物
在仅有的空间中只能纵向寻求
命运从出生时刻已被规训
却不能十分明确这不可抗拒的力量
从何而来

它们骄傲生长　独树一帜　姿态鲜明
只因围困之地过于逼仄
生长速度之快　兴奋如快爬上
井口的蛙
仿佛可触犯的广阔

钻出那藩篱之后就立刻扭曲
软弱　塌陷　遇风而折
遇沙而裂　遇雨而溶
直至颓败腐烂

可见从未欣欣向荣
亦再无法生出新枝
只有存在过的痕迹
却不足以成为证据
此乃唯一被证实的事

太空鱼

（身为一条太空鱼
你不需要知道
恒星——宇宙的统治者
它想得肯定比你周全
只是你不理解罢了）

我好像突然看不见了。
今夜比昨夜更黑一些。
刺眼的光，照亮
噩梦和鬼魂。

别看我。去看一团
黑中闪着的

另一双弱视的眼睛——

瑟缩着把自己摁进
现在比刚才更深
的虚无；
迅速躲避了我的目光。

书柜

我梦见黑色的袋子藏在
柜子的底层，
身体的轮廓明显。

我不敢触碰。
柜子中的物品重新排列，
整理了一遍，一遍。

书柜每人一套。
午夜，幽灵起身
在书页与玩具之间翻跃。

剧烈的摇晃中，
门锁发出摩擦与撞击的声响，
呜咽着狂欢。

我记得那是很热的一天……

我还记得那是很热的一天，汗水
从脑袋上流下来，滴落在水泥路面
图形逐渐消失

有很多图形在消失，很多膝盖硌得生疼
身体被音响粗粝的震颤摩擦和包裹
夹杂着痛哼，叹息和尖利的
控制不住的深呼吸

来自我父亲的哀泣，穿透一切
混合着蛇皮袋子和干麦草，
艰难又小心地搅动着，那些图形
随着忽高忽低的声音隐而又现

他身后停着过去几十年
土路注满了水泥
空地成为晒场，停放着拖拉机，小轿车
有时也停放人群

人群让人喘不过气，让人不消化
地面上那么多图形
模糊或者碎裂，混杂在一起
沉默解决着一切，阻挡他们的进攻

练车

早上八点，开始练习
松手刹，挂倒挡，打方向
入库，出库，重复。
教练沉默地坐在副驾驶，
突然下定决心一般，打起了电话。

“大哥，你方便说话吗？
我跟你说
我儿干了个啥事儿，他在网上赌博，
回来跟我们说，输了十来万。

后来又改口，说输了七八万。
我不相信。
我想七八万，他不会来告诉我。
他工资那么高，一个月挣七千多，

这么点，他能自己还。

我还好好跟他说了，
你老实告诉爸，到底输了多少钱？
我不怕他输了十来万，我还有点积蓄，
几十万我也能给他还。

可是我怕他，是不是欠了好几百万啊。
原来还赚了一些，
又是买电视，又是买洗衣机，
天天出去吃饭。

他说，我再不拿你一分钱！
跑去跟他叔借了两万，跟他姨借了四万。
他说他自己还。
结果回来跟我们俩说，拿不出来，
爸你替我还一下吧。

我可以替你还，但是你老实说，
到底欠了多少钱？
唉，七八万吧。
你让我看一下，你赌博的网站。
网址我忘记了。

大哥，我就是想跟你探讨下，
你说他是不是真的只欠了七八万？
只有这么点，我想他不会来告诉我。
几十万我也不怕，可以卖套房子嘛。

我也是这么跟我儿说的。
他问我，你卖哪套房？
就现在住的这套。
那我结婚住哪？
钱都是小事，我主要担心
他连工作都丢了。
他说他再不赌了，好好上班
这两年把钱还上，就结婚呀。”

教练挂掉电话，刷起了短视频。
换了一个舒服的姿势。
如同喝退命途中出没的小人，
他又一次战胜。

黑色双翼

黑夜生出巨大的黑色双翼
跳出窗户
越过街道的路灯
爬至顶楼最高处
在错落的屋顶之间费力地腾挪

翅膀那么重
快要和黑夜融合
粗重的不可置疑的喘息
沉沉地敲打在每一个落脚处
暗影的角落

要在未到的时间里飞向
未经选择之地
那片混沌之色中
散乱又虚弱的灯火
模糊了它的光泽

作者简历 | 汤笑然，出生于1991年，北京外国语大学外国文学研究所比较文学与跨文化研究专业博士研究生。

刘巨文的诗

啄木鸟来访

她没有注意到我
耐心在窗外树上找虫子。
细小的脖子机警地抖动,尾巴
撑住树干,搜索。
我小心揣度:她有了小鸟,或许没有。

太阳在树叶上闪光,细碎的影子
落上书桌,风吹动打开的窗子,砰砰响。
但她没有注意到我。

我大声咳嗽。
她吓了一跳,迅速鼓动翅膀,飞走
消失在窗外。我笑了笑
埋头继续准备下午的工作。
稍后,我竟感到羞愧,并被某物深深刺痛了。

湖

水,一直未涨。荒草沿堤岸
向下,步步壮大,几乎抵达湖心,
环绕那一汪浅水的,
嚣张至俯身窥视自我。

也许这茂密的荒草
就是湖的自我,
一个隐秘的信号:它渴望一场猛烈的暴雨
被急速地注满。

我听到了吗……

我听到了吗?白杨树在夜风中
高高摆动;雪来了,扫过干枯的树枝,
落满无人的小径。

而梦中,雨水擦亮寂静的天空,
流入深深的谷底;鸟儿
无所畏惧地叫。

我们朝着死亡挺进。

七月十二日傍晚,在白浮泉公园湖边

坐着。看到,落日点燃了群山,
橘红色巨舌般的长云从东向西
铺展,而数只黑翅长脚鹬闪着光
落下,在湖边浅滩上悠然散步。

这湖也看到了。在它颤动的
半明半暗的眼波中,是大山,
是云,是幽深的天空,和无声滑过的
银色飞机——是一切的汇聚和消散。

自然法则(一)

在我的阳台和远山断续的隆起间
几棵高大的白杨树
站立着,高举三个黑色的喜鹊窝。
整个冬天,除了凛冽的北风,沉重的雪
大群吵闹的麻雀,无物来拜访。
直到四月某个清晨,
在淡绿色嫩叶酝酿的雾气中
我发现几只喜鹊在飞动,
震颤凌乱的树枝。
几天后,一个喜鹊窝消失了。
我感到不解,直到发现
另两个喜鹊窝比以往更大
才知道到底发生了什么:
一个喜鹊窝被遗弃,入侵。
那些喜鹊去了何处?
它们在另一棵我不知道的树上筑起了新巢
还是在世界某个角落
被死亡精准地击落?
我听说喜鹊的寿命短暂,
但我还是愿意相信,此刻
它们正在某处,闪光的枝叶下
秘密孵蛋,等待嘀哩的鸟鸣再次响起。

自然法则(二)

利比亚,苏尔特,更干爽十月的
街角:阿尔戈斯的水泥墙在见证
革命者猛烈的开火——一个前腿屈膝,
紧抱重机枪;一个蹲着,端起AK-47。
他们都绷紧了屁股。
而裹白头巾的士兵在弹吉他,
小夜曲,还是战歌? 你听不到。
但棕红色的弹壳在崩落,乳白的烟尘在升腾,
正午的阳光在闪烁。

另一个正午,同样强烈的阳光,
我,五岁或六岁,蹲在小学操场边,
见证了另一场战争:成群的蚂蚁,
一对一,一对二,二对三……上颚碰撞上颚,
细小的腿蹬开细小的腿。
而蚁流穿梭于被撕裂的身体
传递着战场的消息。它们也在歌唱?
你一样听不到。但我明白,某种黑暗本性
确实无法摆脱。

在北京外国语大学体育场……

在北京外国语大学体育场,
我想睡着。
躺在球门后,身体
贴住光的湖底——
多么清晰的天空,
不像上一个冬天。

高高的白杨树
几乎落尽,
黄绿的树叶随着季节
滚动,包围我。
哦,忍不住的睡意啊!
向着天空坠落。

在阳台上

第一场雪(最后一场)
终于落下,在第四个春天的清晨。
好久,我只看着雪,

就像许多年前，你站在那片竹林旁，
在躲闪的喧闹中，
突然停住，一言不发。

早已有人走过楼下，
雪路上一串模糊的脚印。
已下了整夜？
不会，昨晚并没有雪，
我在体育场走到深夜。

现在，那里没有人，
只有一片空空的雪地
迎来更多的雪。
我只是站在阳台上。
可我多想走进去，
在第四个春天的清晨。

蛇莓

“不要吃！有毒！蛇最喜欢，
躲在果子下，休息，吐口水。”

但我还是停了下来。那些
赤红的鼓着小眼睛的珍珠

正从细碎的绿叶中探出头。
因为它们，我屏住呼吸。

海湾

一

雨来得突然。一转眼，闷热的急雨
就裹住来往的行人。我没带伞，
只好站在打印店门口，看花花绿绿的雨衣
骑着电动摩托缓缓犁开马路汇成的河。
一条一条水的脊骨被分开，一次一次
重来。我忍不住想，是不是
有一群摆动尾鳍的怪物，在水底匍匐，
在我的心里掀起无边的波澜？

二

我奔跑在沙滩上，和一群年轻人
踢足球。在我们头顶之上，
是几千只海鸥，逆着急风，
在无尽的蓝天中不断划弧。
在我们身边，海水浩荡，一波一波涌来
消散，消散在你安静的脚边。
哦，我怎能不请求，请求
记住这一切，就像大海记住鲸鱼。

三

多年没想起你了，偶尔在闲谈的
沉默中才会。那时我一直恨自己，痛恨，
怎能如此脆弱，逃避想象的难题。
如今，我大部分时间会原谅自己，
就像冷静麻木的中年人。
如今，我想看着你
在海滩追逐碎步的海鸥，
看着它们飞起，落下，飞起，落下……

四

在轮轨的敲击声中，我醒来又睡去。
在学术研讨会的发言中，我睡去又醒来。
直到滨海东路，五月底洋槐花的香气
才让我意识到北方还有北方：
这里的海带堆成小山，压低了
打捞船；这里的海滩沙子粗粝，
不像秦皇岛的沙子；这里的海风

更加刚硬，吹不动你淡绿色的裙子。

五

电脑还开着，屏幕发出刺眼白光。
我闭上眼睛，无数回忆涌来
退去，拍打我。我睁开眼睛，
一切瞬间黯淡，又异常清晰，
就像现在，无数剪影站在
我的床前，颤动，呼吸，
直到清晨的鸟鸣响起，熹微的光线
爬进屋子，她们才离去。

一首不想命名的诗

这是你的世界。你为自己的病找病根。
你走在亭子河边，一次一次踩破
远处村子的冬天，看着月亮又落下一场雪，
那雪啊，在你脚下陷落。

这是我的世界，不是你的，除了
你要找的病根。我想让它漂亮一些，
逃避真或为了更真，
可美又算什么？

这才是你的世界，不是我的。星星
跟着你，只是你，不是别人。你说，
你在那里吃了药，谁都不认识的女人
给的药，那药毁了你。

这才是你的世界。你爱上电视里的姑娘，
有钱，还要找你结婚，
她们什么时候都不来，你说，
全他妈都是胡扯。

这不是你的世界。我没学就知道
撒谎骗人，你结了婚，生了孩子，
做生意，照顾老人，总能
神气地出门。

这是我的世界。我写过一首诗，
给你，七行不着边际的比喻——
“你收拢，像衰颓的贝！”
全是我的软弱。

这是我们的世界。我也在
为自己的病找病根。我走在
这个冬天最后一场雪上，我知道
我就是你，你就是我。

寂静

一

每年春节，我们都会来这里，刘家的老坟，
上供，拜年。我们烧纸，把一团团火送到
每一个坟头，他们就有了一年的花费。
之后老老少少排成一队，磕头，
像根粗绳，在地上扭了一下。
最后是放炮，二踢脚，震天雷，挂鞭，
接连炸响。孩子们穿梭在刺鼻的硝烟中，
升起兴奋的尖叫，而老人们指指点点，
议论着这些年渐渐多起的人丁。

二

亭河不知年月，流啊流啊，一到冬天
就结了冰。我们每个人，都像一根鼓槌，
沿着河岸，走到刘家另一处的坟地。
我们在清冷的天空下穿行，鞭炮声
一波一波震动着打霜的田地。我们聊

谁赌钱输了,谁去年挣了钱,谁的老婆
跑了,孩子太小只好奶奶带,或者
小声说几句二爷爷和三爷爷的争吵。
走着走着,我们就变成一个个绳结。

三

寂静等待着我们敲响。我们
再一次把一团团火送上坟头。
这是爷爷奶奶的,老爷爷老奶奶的,
多烧一些,挨着的是大爷爷那支的
也要烧一些。老人们开始争论
以后怎么埋,深浅和朝向,风水之树
在我们头顶摇摆着。我们又一次
跪下,放炮,寂静在嘈杂中
从大地深处呼出自己。

四

我们悬浮于寂静之中?是的,
有人手牵着手,有人扯着别人的脚,
有人干脆卡住了别人的脖子,
三个五个在光影中晃动。
而我,一样?只感到有什么东西
漫不经心就完成了。回家的路上
鞭炮并没有停歇,一样的声响和气息
从更远处涌来。我们还是聊着家常,
一步一步走着,敲打着。

阴香

在美术学院马路西侧,我被细小的颗粒砸中
惊醒,发现淡黄色的花朵
落满斜坡和水泥地。

在我头上,是一排在震颤,发出嗡嗡低吼的
盛开的墨绿阴香树冠——
几千只蜜蜂推搡、踩踏和吸吮的包围圈,

好像春天引发了一场骚乱。

在龙泉峪长城上

风从山坳深处吹来,拍击着
草木,冲上城墙,让我们身心俱震。

云在远处舒缓的山脊上,滚动,
摩擦,好像山后已烧起

一场不仇恨,不怜悯的大火——
我们看不到,听不到。

洪水之后

从漓江学院向南,几天不见的太阳
照亮了崭新的公路,
加热出一股股浓重的腐臭味。

透过高高的斑茅,我发现
路东侧下方的芭蕉和桂树林
都粘上了齐腰的白色泥浆。

它们已经干透,
但只要一场小雨,就会返回
鼓动它们来的地方。

在运河桥边,停着七八辆汽车。
几个光膀子的年轻人
正抽着烟,盯着桥下聊天。

桥下有人在钓鱼。
他们坐着，站着，安静地散落在
退水的河岸和田埂上，

好像一切都被施了定身法。
肯定有什么力量，在召唤，在诱惑，
让我们来到此地，

这条破败的运河旁
等待，等待松弛的渔线
猛然紧绷，

摇动我们的身体，
这条运河，这片土地，这个星球，
还有，我们的心。

乌鸦

——给汪老师

在一本书中，它是雀形目鸦科鸦属中
几种黑色鸟类的俗称，体长五十厘米左右，
杂食，吃谷物，浆果，昆虫
和其他鸟类的蛋等，
栖息在低山、平原和山地的森林，
大多是留鸟，喜欢群聚，常常有几万只，
把巢筑在树的高处。

而在另一本书中，它站在路灯上，
在没有月光，压着低沉阴云的夜空下，
逆着风，侧头鸣叫，
向着密集拍打行人的雪，
向着奔流喧嚣的汽车和高耸的大楼，
强硬，尖锐，嘶哑，
呼喊真，呼喊善，呼喊美

一天

——给志军

无所事事的上午和下午后，
晚上终于觉得日子过得太蠢——
计划都被推到了明天。
这也不错，毕竟不是更坏的一天。
但某种痛苦在身体里生长，
在头顶乌云一样堆积。
这让我心中一惊，想起十几岁时，
我躺在水楼子边的草丛里，
几乎睡着——那柔软的温热，
清晰的天空，那一缕缕阳光……
但我决定不追究缘由，
而是让这一天和那一天
在我的喉咙里紧紧相拥。

在黄河边土崖上

——给雷老师和铁军

在我们眼前，是一个巨大对号，
一弯浑黄的河水涌动静静东流。
在最远南方，是秦岭微茫的山影，起伏着。
天空净蓝，没有一丝云。
我们从更高的土崖上来到此地，
在一座土崖托出的巨大平台上
停下——几处窑洞，
数条毛边小路，一叠叠更高的土崖，
在我们身后荒废。

更宽的土路在下面，被挖沙的拖拉机
轧白，向西蜿蜒走了。
荷花池留下了，但我们看不到荷花，
只有一座小屋在阳光下震颤。

我感到没有风，于是
点了一支烟，想让老师也来一根，
但他拒绝了，吃下最后一个桃子，
向着河水坐在高崖角上，
似乎一无所思。

在我们东侧下方，是一片树林，
浓郁的绿色聚成一堆。
那里也有一条路，沿着河滩，一直向东，
通往几百亩的大片玉米。
那里，如果没有涨水，产量必然惊人。
铁军说，要有路子才能承包。
我们继续聊天，向土崖下扔了一会土块，
看谁扔得更远，还听到
不知名的群鸟的鸣叫。

好多个瞬间，我们一定是睡了，
站着，坐着，或走着。
醒来时，看着河水继续流动，流进
我们的渤海，我们的太平洋。
那里张开翅膀庄严的大鸟
在弧形的天空中，俯瞰海水环绕的波光。
那里巨大的风在轰响，
掀起高高的波浪，
一波一波地拍打着地球，和我们。

作者简介 | 刘巨文，1980年出生于河北，北京外国语大学文学博士，浙江大学访问学者，现任教于广西师范大学文学院/新闻与传播学院，主要研究领域为英美诗歌与中国现当代诗歌。

一棵生命树(组诗)

• 陈蕊英 •

一棵生命树

当你从天国来到人世
残月挂西山,北风长嘶
没有鲜花的美丽等待
因为你不是命运的骄子

哪儿有青春枝头的芬芳
生活是一张空虚的网
网来的全是屈辱的年华
却也练就你奋斗的顽强

几十年过了,随着逝波
一棵生命树犹枝叶婆娑
晚霞光中的一道景观
却使我双眼孕满泪珠

寒冷和酷暑雕琢着年轮
那么的坚实,我是见证……

等待

一条令人生愁的野河
古老的石桥苔痕斑驳
夜夜为等待你的归来
桥头那个孤影儿是我

为什么还不见你的来临
莫非又遭受不堪的折腾
忐忑中猛见隔河的来者
惊喜! 错了! 陌生的路人

这次真是了,大跨着脚步
直向我奔来,双眼冒火;
“等我该等得受凉了吧!”
我怀里忙取出火热红薯

贫贱的夫妻永恒的爱
往事迢遥了,梦一样凄美……

北戴河之忆

这儿的街巷都通向海洋
海风吹送来腥味的芬芳
晒黑的年轻人牵手走过
肩背着救生圈身着泳装

草坪上孩子们在放风筝
亭檐上白鸽把翅膀扑腾
找一个背景:喷泉衬映
我俩合照个美好的一瞬

海滩如银河边一片星沙
闹声融和着大海的喧哗
穿行花荫里拣拾着花瓣
缀你的两鬓也贴我面颊

潮来又潮退，年年岁岁
记忆的海滩，留下珠贝……

雨夜

夏天的雨夜无比清凉
客厅的明灯亮出了安详
我俩却一起倚窗远眺
时光随雨声跌落进回想

你想到远洋无名的岛山
一座茅屋里有人儿远念
风一阵雨一阵，雷电光中
出没浪谷那的一只舢板

我思及冷街雨帘的荒城
流浪汉瑟缩在檐下沉吟
大山的深处有人儿可还
抱着个孩子，燃着松明

雨歇了，这客厅夜得安谧
我们得珍惜现世的美丽……

我愿是山茶

在云雾氤氲的灵溪谷地
有一片草茂花香的美丽
我愿做一棵那儿的山茶
迎春花开时就冒芽抽叶

感谢命送神一片慧心
把我转化成清心的极品
泡一壶香酩伴你长宵
滋润你奋笔疾书的时辰

使文思掩映着水色天光
使幻梦不遗失莺啼柳浪
啜上一口吧，让暮春三月
流进你血脉里染绿心房

啊，灵溪的山茶，我的爱恋
生命的绿色永和你相伴……

星云与风暴

我是一缕素白的云漪
烘托着你蓝星的莹洁
上帝赋予了我俩的恋梦
永远流不尽甜蜜回忆

温馨的世界竟美得缥缈
使我总怀有莫测的心跳
怕秋空忽传来陨歌一曲
朔风里云漪会散成迢遥

命运神并没有给人侥幸
生活的窗口有风景光临
相拥着经受尽精神折磨
星影叠云影全消失湖心

但水色天光唤回了期望
星云辉耀出黄昏的明朗……

灯与光

为生活奔波你远走他乡

却总有一盏灯为你闪亮
它是细小的,但很强烈
逆境中送来神秘的依傍

那是家,菜园,木格的窗户
我在窗子下把衣裳缝补
是三岁孩子甜蜜的笑容
家乡的雪天熊熊的炉火

为心灵探求你闭户孤守
却总有一道光把壁穿透
它是细小的,但很热烈
黑夜中送来红日的白昼

那是我,痴心,期盼的双眼
是千里莺啼出宇宙灵境……

初识

你大大方方地向我弓腰
如云影掠过盛夏的天郊
我也以开颦和浅笑相迎
五月的阳光下明波闪耀

初识留给人奇妙的一瞬
活跃了鱼雁传书的青春
心曲的倾诉像阳雀啁啾
我俩有月上柳梢的美景

滨海的小楼是美的港湾
这里泊下了爱情的飘船
灯光下泛滥着灵感波涛
你有大论文,我也有诗篇

生活不完美却有爱在的
正因为有爱才完美无比……

真好

山涧交响处是你的家乡
芦苇掩映在湍流的中央
当河流与大地迢遥相依
你我艳红了青春的辉煌
我是你眼中翩跹的风景
你的凝望是心灵的朗晴
于是一对人牵手同行了
晓钟声拉开了人生梦境

你从此成为了我的牵挂
即便因世事你暂时离家
我的魂也会随着你远去
你的思念里我笑脸如花

雁飞又燕回人渐渐衰老
向世界同声说:今生真好……

泥路

这一条泥路曾几多来回
路边野草花开了又枯萎
你疾走,我紧跟,同去上学
夕阳里手牵手一起回归

那一次暴雨后塌了小桥
你牵我涉过河赶向学校
忘不了你那时说过的话!
“水不急,不怕,肩膀靠牢”

白云在河面上晃晃悠悠
柳絮在泥路边温温柔柔
多少事随着年华流走了
你的话却还缭绕在心头

心儿里出现脆弱的时光
我多想能靠在你的肩上……

重聚

路边的杨柳已悄悄发芽
飘舞着柔条如天女散花
迎春缀一树淡淡的嫩黄
该是夜空中闪烁着星花

梦一样重见了枫溪母校
同桌的小伙伴挥手相招
你说你心头有个字藏着
我说要来猜也已经迟了
你叹道:一毕业各奔东西
再见面那就是霜鬓如丝
我回说路一起走过虽短
却难忘当年的点点滴滴
礼堂里舞曲响起,我们来
"荡一个圆圈今生又相会……"

老去

悄悄地你和我已在老去
正如同悄悄地来到人世
一生虽平凡却过得踏实
随季节流转,沉沦,奋起

日落了休息,日出了劳作
静夜的钟摆摇一室柔和
博大的爱心包孕着世界
听花儿吸水,守一方净土

我们的花期并不见红艳
不去求辉煌却一生心安
心安于曾努力,日夜奋斗
青春的血液没离开血管

今日世界的参与者——我们
只不过享受过爱中人生……

朝阳非遗馆（组诗）

· 安　琪 ·

1

我们到达非遗馆的时候
摇滚范馆长已等候在那里
他高大、淳厚
有着被古中国文明浸润出的儒雅气

2

今日惊蛰
春风携带冬的余威
死命揪扯我的头发，举目四望
光秃秃的树枝依旧，大地荒寒依旧
我们却已像春草，拱出了地皮

3

我们从北京的四面八方
来到朝阳非遗馆，我们来此接受
古典中国的教育

4

惊蛰日看非遗
惊蛰亦是非遗

5

谁能说出一口铜钟的故事

识货的馆长，把它从废弃的食堂废墟中
一眼认出，移它到非遗馆，放置在最为
显眼的入口处，称之为镇馆之宝，它是
第一口
由外国人设计
由中国人铸造的铜钟，它的存在

叙说着国与国的团结、协作
叙说着国与国的友谊、情意——

这非遗最可宝贵的部分

6

大明之神高高在上
大明之神亦即太阳

宰牛宰羊的血洒向大地、滋润大地
营养大地，大地必还我们五谷丰登

7

“卯时
玉用赤璧，礼神制帛一，色为赤。
牺牲用太牢，乐为七奏，舞为八佾，祝版
为纯朱色纸，祭器均有陶瓷，色赤，祭服御大红
礼服……”

不曾亲临祭祀大典的我
我们，可读《大清会典》。“一场主色调为红色的
祭典
恰与红日相配”，百度“日坛”得此佳句。日坛

在——

朝阳区日坛北路6号。可择日一游

8

我看见了
你们没看见的——

兵马俑披着塑料薄膜
默默立于非遗馆一角，他们面无表情
朝向阳光洒得进
风雨洒不进的窗口，每一尊兵马俑
都有
与之等高的另一尊站立在秦始皇陵
每一尊兵马俑，都有与之容颜相似
的一个秦人注入自己的血肉
于其中。兵马俑，兵马俑
你如今以赝品的形式立于非遗馆只为
作为友好使者走访世界各地，兵马俑

兵马俑，你虽为赝品
却比我走得更远，我至今一直在中国
足迹所至，都是中国

9

久闻瑟名，却是头一遭相见

瑟兄阔大，豪气，“瑟体由整木斫成
瑟面稍隆，体中空，体下嵌底板。瑟面首端
有一长岳山，尾端有三个短岳山。尾端装有
四个系弦的枘。首尾岳山外侧各有相对应的
弦孔
另有木质瑟柱，施于弦下。瑟
古老的汉族弹弦乐器，共有二十五根弦（最早
五十弦）”

我在非遗馆所看到的那张瑟，我迟疑许久
终于不敢上去弹拨的那张瑟，一定是我百度
查阅
告诉我的这张瑟，此瑟曾入《诗经》，又曾入唐诗
宋词

此瑟将在我的诗中复活，但愿我的诗
配得上它的信任……

10

在非遗馆
我们被获准演奏编钟。这仿古的器乐
已经仿不出周朝的盛大庆典。我们逐一而上
地敲打
也只是发出叮叮咚咚的不协调音但没有关系
所谓非遗，并非要你会
而要你懂
譬如此刻
你紧急查阅的编钟知识，便已如非遗所愿——

把非遗埋在心里，给它一块土壤
让它生根，让它发芽，再浇灌之以热爱
看它茁壮、看它成长……

11

酒凭两汉文章下
诗在一楼烟雨中
（抄自非遗馆的一副对联）

12

镶嵌在
社区生活一部分的非遗馆，成为社区市民

业余生活的所爱，他们拖儿带女来此非遗馆
是对文明的呼唤，也是对文明的参与：旗袍
京绣、铁鉴、面具、舞龙、舞狮、评剧团
拉洋片……
它们并非非遗馆的全部
陆续有非遗要加入进来

如何让
市民来了之后还想再来馆长在思忖
积累了四十年珍存的非遗馆等待未来
四十年、五十年……的加入馆长有展望

作为一个区级的非遗馆
我们所定位于自己的服务对象是老百姓
徐伟馆长如是说……

灵魂的门，虚掩着（组诗）

· 张如凌 ·

灵魂的门，虚掩着

光明退出后
黑暗一闪入内

清晰离开
朦胧便悄然而入

悲哀和喜悦
轮流交替式进入

善意和诡异
争先恐后地进出

自由和束缚
不规则地，任意出入

当情感征服了理智
大胆闯入门内
一切，都开始妥协让道

灵魂的门，敞开了

孤独是绕不过的选择

我的孤独
不在红尘路上
在两座古文明的山巅
身体在连绵的山脉攀登
灵魂在轮回中蜕变
孤独是绕不过的选择

过早叛逆，毅然独行漂泊
不畏惧，驰骋在浩瀚的文明疆域
无牵挂，悠然神往于梦幻的诗境
告别陈腐，如上九天揽月
此心无悔，却念故国青山
我找不到灵魂的归属

我的失败
在于撼动了至高无上的荣耀
又极端温良恭俭让的谦卑
世俗亵渎了我的恩遇
我找不到坦诚的心

我的悲剧
在于我坠入了理想的爱河
那条水太深，看不到彼岸的河流
爱的魔鬼正引领我走向深渊
我找不到灵魂的知音

我的成功
恰是将灵魂套上了枷锁
在诗行中亮出了被玷污的尊严
人类已说不清绝对的真理
我找不到心灵的话语权

我的孤独
不在人间烟火中
而是在已被文明的善意
吞噬了良性细胞
灵魂不附身
躯壳无疼痛的未来病变中

孤独是此生绕不过的选择

寄居的灵魂

灵魂寄居在躯壳内
黑暗中,羞涩着,爱恋
肉身。沉默不语,孤芳自赏
阳光下,醒悟着,思想
另一个灵魂。从容自若,袒露心声
逆境中,隐忍着,传承
古老的习俗。缝隙中苟延,恒久藏匿

灵魂寄居在体内
岁月的磨难,色欲的囚禁
有时,也迷惘于美艳的诱惑
有时,在陷阱和深渊中彷徨
有时,又会虚伪慌乱地窥视
另一个崇高灵魂的走向
执意去证实一种忠诚

其实,灵魂寻找肉身寄托
是原始繁衍的天经地义
而灵魂要追寻共鸣的心声
不在于海誓山盟的承诺
而需前世今生的修行及情缘
是灵魂深处追逐的幻想
久久坚守的一种精神

有时,灵魂的呼唤
可以叩响群山
能使冰山融化
能使火山喷发
有时,灵魂的转世
可以穿透时空
跨过高原冰川
一瞬苍宇人间

更有时,灵魂飘逝得再久远
人类忘与不忘,念与不念
它都无怨地栖居世间
救赎苦难的心灵
疗愈疼痛的伤痕
正如仓央嘉措的灵魂
四百年来始终飘悠于尘世
神秘,凄美,不可逾越

如此圣洁高贵的灵魂
寄居现代人的体内
不想城池的浮夸虚荣
只温故美妙的人间旧事
该是何样梦幻的魅惑情怀

灵魂与肉体自由放逐远游
揉碎惆怅,揉碎悲伤
揉碎人间凡尘的苦难与陈腐
让胆怯和卑微
世俗和名利
都变成无声无息的弦音
留在唇齿间柔美如初的亲吻

人类诗歌史的集体记忆

——致阿多尼斯90寿诞

当你来到这个世界
在叙利亚北部海滨的乡村
苦难和贫穷的命运
没能阻挡你对诗歌的热爱
你决定要走得很远
远得再也回不了家园
阿多尼斯,你以诗正名
开始了人生旅途的艰难跋涉

诗歌在你血液中自由灵动
冲破国界,宗教和文明的羁绊
用激情和睿智
用思想和灵魂
抒写人类的诗篇
你桀骜不驯,独领风骚
那铿锵有力,掷地有声的史诗
似横空出世,在诗歌之巅震荡

一个世纪的诗歌革命
你是从未缺席的在场诗人
留下诗歌飘逸的痕迹
天空,大地与河流的痕迹
风与光的痕迹
涅槃凤凰重生的痕迹
更留下生命爱恋的痕迹
以及灵魂追问的痕迹

阿多尼斯
你不愧为惊世骇俗的巅峰诗人
你的诗篇不只属于阿拉伯
更属于全人类
你是诗歌史上的集体记忆
无论我们是否全在场
你都在主宰人类诗歌的命运
正如你能自如地主宰风与光

今天,任凭世间风云变幻
我们都集体在场
从五洲四海为你庆典
我们的诗人,风与光的君主
香草美人阿多尼斯
这是一次人类命运的集体记忆
亲爱的阿多尼斯,寰宇间唯有你
堪此隆重的集体殊荣!

放逐的灵魂

一个黑色的幽灵
在我的睡梦中
滔滔不绝地倾诉着……

他一生所遭受的苦难
是无法数清的黑夜星辰
希望和梦想一样渺茫
地狱中酷刑煎熬
险恶羞辱
罪孽深重的灵魂
互相残杀
历经万劫终于逃出地狱
骑上他心爱的白骏马
向天堂九重天奔驰

我梦见的幽灵
正是从地狱返回净界的但丁
他为救赎灵魂而受难

用血肉之躯的苦痛
为人类洗净蒙昧和罪恶
在艰辛的迁徙流亡中
最终客死他乡
却完成了旷世鸿篇《神曲》
八百年前的预示
恰是我长梦中的追问
灵魂的终极信念

这是一个真实的梦
那么悠长

一个永远被仰慕的人
品透了世间甘苦
坎坷中跋涉而不放弃
梦中情人贝亚德
用纯洁的爱引领他
一步步接近天宇
一步步接近真谛

灵魂在意念中守望
爱是永恒,还是尘埃
不可释解的谜底

当但丁在苦难的迁徙中
失去了深爱的情人时
那锥心刺骨的疼痛
变成无法治愈的悲怆
心灵最后的防线
开始崩溃瓦解
随情人的芳香沉入深渊
爱的驱使,贝亚德的意旨
他在地狱再造三生三世
拯救罪恶之人类

让爱放射光芒
而隐忍苦痛
唱出永世神曲

生命中真正爱过的灵魂
才称得上高尚
躯壳的需求
只是浮云烟尘
如风如空
飘洒无归处

一个高尚的灵魂
为真理在远方迁徙流放
走出荒芜的山野
穿越隐秘的村落
蹚过湍急的河流
遍体伤痕累累
只为寻找那眷恋的魂魄
心智闪烁的无限遥远
在尘埃之上。一个光明的身影
在异国他乡的土地
留下了痕迹。深深浅浅的永远
诗句难以描摹
灵魂放逐的旅程巅峰

灵魂归乡
回归初见光亮之源
是迁徙者的最终夙愿
浮尘与浮世
都是流浪灵魂的短暂寄托
叩问江山一万年
爱是漂泊中
唯一的感念和召唤
真正的归途是一生的承载

只有心灵和天地浑然
才能望见天光所赐的彩霞
生命的启示,永恒的真爱

那个悟透世间的人
从地狱到达天堂
将爱抛洒在宇宙星河
而将史诗留在人间
融入了我的心灵

梦醒之后
但丁走了
留下了灵魂

姑苏一梦

姑苏的美妙之处
始于姑姑家的天井弄堂
那悠长狭窄的深巷啊
给我幼时的脚步留下了声响
那永远走不完的长长记忆……

姑姑的一生是活给自己的
像极了所有苏式人家的女子
无论太平盛世,战乱纷争
日子总要有品位地欣赏
姑姑出嫁行的是教堂礼仪
生活讲究高雅精致
旧时她有轿车接送出行
听一出昆曲,已是泪流满面
用一餐早茶,也要细心装扮
那都是我听来的戏文……

我记事后看到的姑姑
早已遭受了屈辱的风雨
虽失去了过去的风采
可还是苏州特有的女子
言语动听,耐人寻味
行事从容,甚是有礼
那走路的步子呢
才是不紧不慢的婀娜
活脱的昆剧扮相和曲线
幼时我幻想的女人就该是这样

异乡归来。去看望姑姑
厨房里还有乾隆的青花瓷瓶
甚喜。我已多了一分眼力
“留着做个念想吧,
在远处兴许想到姑姑呢!”
姑姑走了,小小的姑苏留下了
这座城池,古往今来
使多少文人痴迷留恋过
它于我,还有更多的文化乡愁
走在街头巷尾,我寻找熟识的人与事

姑姑的老屋已不复存在
幼时的记忆依然绵长
夜宿书香平江府
再寻沧浪留园残梦
醒时故人旧事依旧留我……

衰落的辉煌

岁末寒冬的清晨
塞纳河蓄满了忧愁
借着未醒的醉意
它身裹白纱,静静流淌

早已厌倦了岸边的聒噪喧嚣
此刻它只想仰望天空
闲看历史流动的浮光掠影

巴黎的惊艳
旷世难媲
建筑的承袭
造就了几世辉煌
艺术家灵感的源泉
诗人随风飘逸的神韵
惊鸿一瞥,魅力无限
风情万种,巴黎璀璨于世

乱世传播恐惧
革命怀抱未来
标新立异而达登峰造极
筹谋变革的激进者
并无意毁灭家园
自由,不为颓废寻求辩词
平等,不爱聆听蹂躏的悖论
博爱,不偏执于取缔信仰
欲望,正颠覆着传统的认知

巴黎圣母院塔尖瞬间烧毁
古文明建筑危在旦夕
高贵的人类患了狂躁症
不再做沉默的羔羊
孤注一掷,发泄自我
巴黎濡染上了焦虑
无辜受害,不能自救
它不解人类正陷入的疯狂

慈悲的人类啊
我给了你们遮风避雨的家园
你们欲将我毁灭
不要啊,请不要重蹈覆辙
压碾我的躯体
我已风烛残年
脆弱而不堪一击
明天,我只有敲响丧钟

人类啊,智慧的造世主
请不要再固执己见
我宽容你一时的不肖不逊
我邀你们来我的宫殿
敞开心扉互诉衷肠
风雨飘摇中荣辱共存

反之,丧钟响起时
尽可哀悼我长眠于此
人类演变轮回在即
重寻原始文明的本真
该是人类进化的辉煌吧?

镜中孤影

中元节的圆月
庄重浑厚
窗前,镜中孤影
对月照己,心细碎
镜子晃动,明月落
容颜就像细碎的木屑
提不起来
那细碎的皱纹
已布满前额和眼角
这是暮年的写照

镜中我看到了母亲

不,是不堪自审的我
母亲比我美丽,淡定,温柔
想起当年我离开故乡
母亲泪水晶莹。凄美,心碎
又果断替我准备行囊
母亲似乎看到了自己的影子
不,她离家时才十六岁

母亲是我一生追赶不了的人
她最后留给我的容颜
都是满满的温柔和宽容
中元节,故乡要祭奠鬼神
我看到了母亲,是她在唤我
我为母亲点上孔明灯
孤心伴孤影遥望
飘向那高高的月宫

仿佛并未经过暗夜(组诗)

• 陈计会 •

诉说

据说,今夜的青草将绿遍大地
你轻轻地掩埋忧伤;风中
一个人的命运是多么微不足道

谁在高处,命令你礼赞春天?
然而,真正的春天
青草是从内心长出的

当我遇见缪斯

在更深的夜里
蚂蚁为我指引的道路
是那样的曲折和幽暗
倏地,那一束光芒
将所有的伤口和疼痛覆盖
我洞析了世界的奥秘
它并不比一个蚂蚁洞来得复杂
却像一朵花的开放让人惊喜
顺着她的手指,一首诗的诞生
为灵魂找到了黎明的出口

红掌

潮湿、阴凉,你裹紧
庞大的阴影,陷落
阳光的想象之外
安静地生长,在花店角落
像蜡烛,将黑夜点燃

偶遇,不敢将你置于几案
裸呈在亵渎的目光里
纵使一株卑微的植物
也有一个小小的梦想
擎在枝头,让人止于慨叹

中药

像阳光的手指
清除蚂蚁洞里的阴暗
这些蒲公英、大青叶、牛蒡
板蓝根的汁液:暗黄、酸涩
穿过你的根须,并淘洗
污秽、邪恶、疾病……
脚步逼近,岩层剥落
或被光芒所照亮

身体里,一株葳蕤的植物
仿佛并未经过暗夜

榴莲

仿佛触到温热的阳光
带刺的,从阔叶树罅隙
透过,均匀撒布在它身上

在丰沛的雨水和蝉鸣里
孕育:香味的疯狂

扳开的果肉,溅射
集束的箭镞,蘸满蜜汁
激荡着的,不仅仅是生活
还有舌尖,无法抵达的苦涩
那属于心灵的范畴

大暑

这瓢泼的白光,淋湿
疯长的草叶;你在一棵树的
阴影里:看见蚂蚁驮着
整个夏天,或寻找的归路

天气预报的台风,徘徊在巴士海峡
你无法感知洪水的脚步,以及
家园挣扎的手势;在那黑暗里
蚂蚁逃亡的身影闪过

一棵树就是一条归路
它向阳光开拓着;深渊之外
秘密如花打开:你的手里
握不住大道上奔跑的声音

果园

荔枝树的浓荫,遮住
草花蛇窸窸地成长;抖动时光
隐喻的鸡冠;从花开到
结果:一个夏天如此漫长

锄头起起落落。松动的泥土
或牙齿;六十多岁的守园人
往事已在流水的途中
酒精的孤寂,裸露爱的年轮

黝黑闪亮的腰脊,弓起
夏天慢慢过度:阴沉的秋雨
梦境、腐烂的果实
岁月渐渐沉淀;一张脸
陈旧、黯淡:消失于桉树墨绿的疯狂

七夕

那个传说苍老于夜;但根系发达
在秋天的眸子里汲取露水
玫瑰依然是玫瑰
脸孔渐渐浮现于花瓣
藏在内心的,不易腐烂
譬如那夜的私语:接近星光

是夜

这夜,这雨水
这倾斜于梦境的花朵
有着暗红色的花瓣
犹如沉闷漆黑中伸出的闪电
爱的枝丫,荒凉的将更加荒凉
灿烂的将更加灿烂
在九月的雨水里,谁将泣饮孤寂?

垂钓

秋天:鱼,或影子
如梦。水底的怀想
——潜翔着

落霞与孤鹜，将
一颗心，轻易地钓起

风中的鱼群

秋风的漩涡：鱼群穿过
岁月，吐出闪闪银光
傍晚的阳台，大海的梦
晾着：蓝色的波涛回荡
久远的爱情

鱼群的身影日渐风干
眼里噙着盐巴
闪亮、晶莹；混合着涩涩的
远去的涛声，在旧梦里
留着谁的呢喃？

菊花石

当幽香打开暗夜
枝头的秋色趋于完美
在岩层中行走的人
他的爱，却遗失在孤独里

秋天：留下一条露水打湿的小径

贝壳

暗红色的掌纹
刻下：大海命运的隐秘
一个穿越漩涡的人
额头接近礁石的神色

沙滩上的幻影；海转身
更大的空茫将它灌满

风筝

高悬于秋天的额头
风的漩涡，布满隐喻
事物在面影里呈现
另一种纸扎的命运
这并不为内心所把握
正如被一根线牵着奔跑
往往倾覆于飞翔的梦想

蝴蝶

仿佛遥远的初恋

黑夜的翅膀，张开
一弯银月的忧伤
轻轻扇动：阳光
花朵含羞的门缝里，听见
谁的心跳，与你一样剧烈？

像大海的波涛；轻易地覆盖了
爱与疼痛：在收拢的双翅里

诗山庄（组诗）

· 金铃子 ·

八角水寨微田园

我要是有一个微田园
也种土豆，葱白，三梢梅
种一对爱人，亲密无间，两相依偎
种一群孩子，像星星一样亮着
在大罐小盎，养虫鸣三千
把李白、杜甫请来喝酒，让美人们听蛐蛐长鸣
尝尝我腌制的萝卜丝，石磨的豆腐
如果可能，我想请王羲之写中堂
题匾：归园

唉，我要是有一个微田园
或许我就让它荒芜。像我一样荒芜

黄甲中学听朗诵

冬日，一个小小的盛典
他们干净的声音
像阳光，打在校园。他们赠我诗句
赠我理想。告诉我——诗不会死去
四十年前，我也有过这样的朗诵
我站在前台，朗诵
我的理想，做一个放牧的人
牵一头雄牛飞在空中，疾如雷电
一个大雪的冬日，它安静地倒在城南村
我的理想猝然倒扑
今天，在黄甲中学。我又有了理想
此生，一定要写一首好诗
一首通往干净的好诗

诗山庄

到过许多地方
一些地方是为了遗忘
一些地方是为了再来
一些地方是为了安葬
在诗山庄，我遇到
荷马、纪伯伦、普希金、阿赫玛托娃、里尔克
拜伦、李白、杜甫、顾城、北岛
死去的，活着的
那么多诗人，他们在诗山庄
写诗
把南瓜花、大笨牛、二狗子
无名的瓦砾拿来反复地写
把山庄写成一种预言
一声雀鸣，一颗珍珠
写成菩萨蛮，浣溪沙，木兰花，临江仙
唉，这群诗人们啊
他们用词的舌头哄你
用语的花香诱惑你
让山楂树天天开，栗子树月月结
让你整个秋天从前庄逛到后庄
河的左岸逛到右岸
在诗歌广场，诗歌馆，刘章老屋

总有那么多诗飞出来砸中你
像爱情一样致命

让你痛成一首诗。一堆庄上的土丘
土丘上的狗尾巴草

鲁迅峰

我熟悉你的眼睛,横眉,俯首
你给了我一副傲骨,也给了一个阿Q
那支巨大的笔是你的吗
冲杀,呼号,沧桑

我把手中的狼毫
摸了又摸。我想摸出一只狼来
让它在宣纸上长啸。银河倒倾
白波翻空
可是,什么也没有
我这支笔
极苦,极累,极孤

它只知沉默,沉默中的灭亡
灭亡中的胜利

不死的夜

我拥有一百年前梨花落下的白
真是奇迹
在它们繁生的地方
星群巡行在我的头顶
光明和自由
从一个山坡照到另一个山坡

我爱这奇异的国土
这花和星,这黝黑的熊一般的男人
他巨大的斧头,劈开春天的河流
劈开放纵的花朵
一切荒原的蓄美
有声音的世界
满山的春风,要我去赞美

要我陪它回家
回家……我想不出它住在怎样的房子
漠大无边的房子

站在一块古生物化石前

站在一块古生物化石前
我不敢声响
它们在石缝中翻身,在呼唤我
这呼唤来自2.5亿年前
含有一口清气,一丝依恋
我急急地走开
哦。美人鱼
你印证了我爱得渺小,爱得懦弱
印证了我的柳叶刀
是假的
我必定,无法把你救出来

我那些爱啊
只配落叶满街,雪深几尺
一张写累的宣纸

九龙瀑布

在三公里长的河道上行走
看到龙的鳞片,印在几朵桃花中
桃花怎么可以留住九条龙

我要找到它们
告诉它们,一个来自嘉陵江的人
派出了春风,明月
万种风情打前站

我找的龙王,不是宋陈容的龙图腾
明雕的龙纹柜门
也不是太和殿的云龙宝座
更像爱人,人生的浅滩和深潭
有时,它飞花碎玉
诗歌的骨头折了又折
有时,它含情脉脉
我的诗歌只能静静地坐在一旁
向美低头

这个三月,九条龙飞身而下
情人瀑豁然笔直
桃花惊得花容失色,龙的鳞片洒了一地
我赶紧捡起来,一条龙打湿了我
哼,我不会告诉他们

站在峰顶,我因害怕而颤抖

站在峰顶,我因害怕而颤抖
对自然,我还是畏过于爱

从没有见过那些云朵
它们却像鸟一样向我飞来
从没有见过那些石头
它们却发出咆哮的风声
孤独的重量,形成了山的海洋
这么多石头
这么多宏大而壮阔的石头
此时
天空很静

我知道了,石头是它种下的
它心里的一块巨石已经放下
它一定不知道,这一块巨石
放在了我的心里

桃花行

尖山的桃花
不是春天杯盘处的那朵落红
不是从雕镂中分出来的
漆工华丽的用油,鲜红,暗红
不是

尖山的桃花是我文字的牙齿
祖父为我取的小名——盈盈
我爱那重叠而旋转的词语
自然成文的花蕊
我要赞美黑蝴蝶采花的技法
它的天赋与轻狂
我还要对那群画桃花的诗人说
“颜色太色,这不好,要改。”

我在桃缘桥打望你,用宋良曦的赋给你暖被
用铁榔头给你松土
哦,一个诗人在对桃花说
“对我微笑吧”
桃花侧了侧身
他不知道,他老了
今天,我在听风码头听你开放的声音
“嗯啊……”
我要去告诉他们,桃花的鸣叫
不是一般的景物

这鸣叫足以把飞渡索桥拉长万米
又转瞬缩短为无

它们怎么都可以,浅叫,深叫
它们把尖山叫成一首怀孕的诗
叫成历史的小红点
真的。真的。我知道了桃花源
知道了尖山的风度

一只九曲河的大鸟

一只大鸟,一只九曲河的大鸟
在我眼里一闪而过

水墨披风随青空旋转
大雁之声,似浪非浪

此时,只有我是静止的
我从飞翔处来,知道飞翔的难处
知道雷电也喜欢引路

此时,我身披雁衣的男人是静止的
星空下,多了两个收拢翅膀的人
已杂烟尘,却洁如新月

过梅家坞茶园（组诗）

· 董绍林 ·

过梅家坞茶园

茶垄寂寥，芽还在淅沥雨里沉醉
须待阳光和晴热催醒朦胧

要过上几日，才有漫山采茶身影
小篓里的清香
终会在梅家坞的山谷里芬芳四溢

青叶翻飞在两掌之间
铁锅的温度早被电炉伺候妥帖

把圆润的翠绿压进微黄
将须臾的春天存进四季
再等待某次激情的偶遇

那个龙泉青瓷的碗早已脱釉
满怀的情绪却被汤重新撩拨

拿起，放下
这南方嘉木的一芽二叶
竟谱成了每天生活里的旋律

色与空

炉膛的火焰会撕裂一切
你所有的牵挂在那一刻升腾
时和空都突然消失
在九月十九归于寂静山林

你充盈的惦记、喜悦和怨恨
唯独少了一句离别的叮咛
原以为会有回光返照的相逢
却在黑夜里再一次陷入困境

我亲手分拣了你的骨灰
知道你的爱都熔化成粉尘
古街里的灯笼一排一排
会照亮你明天前行的小径

香火里弥漫了桂花的氤氲
天光云影在灵江里荡漾开去
那个身影终将渐行渐远
刻在心上的印迹却越来越明

宋莲

北宋深埋的土层里
黑黝黝的小身子像颗铁豆
这掩藏千年的踪影
是为躲避金戈铁马掀起的尘土

铁汉也会被柔情融化
铁莲总归会在南方的春雨里发芽
西溪且留下，这是你苏醒后最好的归处
附注着南宋对北方故土生离死别的眷顾

古琴弦上的纤指里
似沧海桑田的回荡
有浪迹天涯的决绝
隐约处，是万谷绝崖传来的回响

以一缸小荷敬献
屋檐跌落的雨水打在墙角蕉叶之上
彩虹跨越过湿地连绵的河网
一条船正穿过桥洞波澜荡漾

台风雨

雨借敲打，展示存在
屋檐、泥土，甚至墙角的芭蕉叶
又借风力，飘舞横斜
以最柔弱的形态，淹没一切威势

一波三折，风不会被计算的曲线约束
忸怩作态的踉跄脚步
它炫耀着自己不受委屈的能耐
无情地抛弃国界和山川风物的差别

台风眼中的平静和星辰，只是一时的虚幻
它夹裹起的云层，原本就是海陆蒸腾的水气
再复归于大地、森林和江河湖海
像是转动的经幡念诵着转世轮回

菩萨会原谅你不请自来的鲁莽
被打破的信仰待时间慢慢弥合
在每年盛夏的日子里
惦记着这想你来又不想你乱来的浪子

复明天使

把虚无从眼帘一点一点剥离
让阳光一丝一丝照进幽暗的眼底
记忆如清澈透亮的溪水涤荡而过
脑海里翻转田垄上那个轻盈身影

再看见斑斓的山峦叠嶂
田野的麦稻后山的茶丛柿子
再听见雨打竹林的呼啸
孩子们在村道跑得大汗淋漓

蒙翳的日子像是在数着念珠
分不清日里与夜里
待外面喧嚣声响起
盘算着日头已从东岗上升起

你把村前和屋后重走了一遍
陌生得不敢相信自己的眼睛
你紧拉着那个医生说话
流着泪，像遇见久别重逢的儿女

思无邪

十月沉甸的稻穗在低头致意
田塍上小小的脚丫，印出年龄
陶醉在金黄的稻田里
烂漫脸庞再掠过你无邪的笑声

林间的群鸟飞过你脑海
跃起的双手触碰到蓝天
大香林迟来的桂花香里
拥抱起扑腾欢跳的精灵

你身后的目光从未移开
像舞台上的聚光灯
随影起舞,照亮你前行的小径
心头的喜悦里夹杂着几丝酸痛

你长高的样子,像幻灯片
一帧一帧的速度,越来越快
你长大的身子,是一棵树
那长长的影子是久久的惦念

览风铃

桂香迟了一月才得以抵达
让满城的欣喜错过预约的节气

湖上的秋风似乎也被阻滞
唯匆匆落叶摇动门前的风铃

长堤似是古琴上的一弦
你纤细的手指总能拨动山川

院落恰如典籍走出的故事
激扬的湖水再映出宋韵千年

览风铃只是湖山收藏的茅屋
却于摇曳的微火里觅得阑珊

思绪弥漫过缺了嬉闹的残荷
翠鸟扑腾又撞开久闭的柴扉

对岸南屏山传来的晨钟暮鼓里
是否有你惦记着那个人的消息

玉泉寺

我去佛前念你的名字
雪还在天空孕育等待降临
佛手果的氤氲香气弥漫了松林
这泓清泉照见了憧憧人影

古城墙已风化得斑驳陆离
那是刻进的风雨,流出的泪水
是久别重逢,是悲欢离合
江水静流,只望见往来的帆影

三江汇流　两塔耸峙
乌龙山注目江水蜿蜒而去
千年前的风雨声里
似乎吟唱着衙府幽咽的婺剧

等你收拾心思走过牌坊
青石板的油光映出灯影
捧着香沿山谷拾级而上
雪已覆盖玉泉寺金色的琉璃顶

运河忆旧（组诗）

• 金问渔 •

新嫁娘

石门到长安
旱路不远，但
新娘得走水道
携着满船嫁妆

流水是外婆
也是伴娘
一路跟着照看，悄悄
消弭新娘挂下的泪花

两岸村庄，都像她
此生归宿之地
轻轻晃悠的屋脊
让憧憬清晰又模糊

木橹一撇一捺
翻起的浪花
是它编织着的婚纱拖尾

收纤

船老大解下长绳
纤夫赶紧收拾
扯起一连串的汗水

纤夫一路小跑
奔向高高桥拱
却一个趔趄
被夕光绊倒在石级

眼看着船
晃晃悠悠驶出桥洞
他坐在桥上
意外有了歇息的机会

好在镇头繁华
前方不远处
又一座高耸的拱桥
只要早一步上去
就能甩下纤绳
再次把船牵住

绳上的汗水已干
包裹着夕阳的温暖
渐渐收拢的小镇
只把纤道留在了门外

放排季

一张张木排挤窄了河道
小镇居民踏上
随时会消失的地盘
像节日相约逛街

少年们追逐着
垂钓者静默着
昔日无法驻足的水面上
小妇洗衣淘米
恍若伸长脖子的石埠
亲吻到了
最活泼最清澈的水

镇上的木器厂
又响彻呜咽的板锯声
纷扬的木屑
化成清晨煤球炉的浓烟

大娘们还会去排上刮树皮
晒干后，做最好的生火柴
把小弄的寅时
燃烧成黎明

一年就这么一个得意的季节
路过的航船低眉顺眼
一张扬
旧轮胎就卡在了排上

总有几只排子会熬到来年
它们暂居了
就会养育半身的青螺
探手一抓
就是一碗下酒菜

河白草

芦苇和香蒲的地盘上
常夹杂着一丛河白草
这不速之客
举着的簇簇浆果
贪婪了所有色彩
蔚蓝、绛紫、桔黄……
让童年的夏天变得酸甜

河白草又名退血草
降龙草、犁头刺、蛇倒退
还有一个莽汉的绰号：
霹雳木

一株野草
肩负这么多责任
她小小的锯齿
就像江南勤劳农妇举起的
镰刀，一点一点修剪
运河的风韵

运河岸的冬天

水永远是活泼的
河岸却在每年冬天休眠

瞧瞧吧

桑树供奉了所有积蓄
只剩皮肤爆裂的主杆
芦苇丛不断坍塌
悄然撤回曾经的桀骜

也有值班者

一群群葱绿的荠菜
依偎着桑树根

运河，就这么坦然
把堤岸的十二月
交给这些女孩守护

她们并不孤独
薄薄的泥土下
小乳汁草种子在潜伏
蝉，酝酿着夏天的换装
和情歌曲目

水永远是坦诚的
岸，只是隐藏了些真相

幼稚园

河边多苦楝

探身水面的苦楝
只把根留在岸上

她们拥有的阳光
再没有其他争夺者

四月开碎碎的紫白花
秀气的童裙
在枝梢晾晒

小小的鱼
聚在花荫下

丢一块石子
河中的幼稚园
"嗖"一声消散
又很快复现

游乐场

船钻进桥洞
我们从左侧跑到右侧
等待船头晃晃悠悠冒出

像要揭开一个谜题
像是期望一种戏法
进去，出来
换了一副模样

其实什么也没发生
镇上拱桥
只是小孩的游乐场
在桥的两端跑来跑去
或坐在石阶上玩洋片
看电影一样看航船
从桥洞钻进钻出
稍大几岁的，会勇敢地
从高拱一跃而下

如今没几座拱桥了
也不会再有纵身一跃的男孩了
偶尔途经的航船
一霎时就出洞了
甚至等不及一只鸟
从这边飞到那边

顺水船

童年的夏天是在运河里度过的
我们以娴熟的狗扒式泳姿
嘲笑烈日，鄙视暴雨
有时也恶作剧

装作打水仗
故意弄湿石垌上大人的衣裳
然后在骂声中，潜水远遁

这时最好有拖船队驶过
拽过来的浪花
像母亲扯起被子
把我们铺天盖地隐藏

不理会“小赤佬”的怒吼
抓住船舷的破轮胎
一人一只，让它拖着
在水面滑行，直到相遇
对向驶来的另一支船队

那时父母把儿女当猫狗养
从不过问我们的历险记
夕阳下山了
我们也像猫狗一样
准时回家吃饭

水上乐园

夏天去运河游泳，我们
常常鄙视门口的河埠
不介意在烈日下
走得很远

一路小跑
每天变着河段
水马齿下有鲤
水花生中有虾
芦苇丛可以躲猫猫
谁说我们只是玩水

还有木器厂码头的竹排
最合适跳水

对了，偷偷告诉你
有时我们也去种甜芦粟和
番薯的岸上
偷点吃的下水
被发现了
就挨到天黑上岸
不然，逃不掉老爹那顿板子

螺蛳船

那一年，沙渌浜出现了
一只螺蛳船

船瘦瘦的
船上的夫妻瘦瘦的
女人划船
男人用自制的网兜
一路扫荡河壁上的青螺

沙渌浜只是运河到镇上
开开小差留下的一汪水
小镇打扮得精致方正
青石帮岸不漏出一丝泥土

螺蛳成群结队吸附其上
像列阵的百万军团
潜伏于清澈的水中

男人漫不经心收割
一半落入网兜

一半逃逸到水底
小小的船舱
却很快满载

隔了几天
补员修整的螺蛳大军
再度集结
螺蛳船如影随形
男人叼着香烟
仍粗枝大叶

女人在后边嘟嘟囔囔
满脸的不满

螺蛳船第三次出现
变成了男人摇船
女人抓螺
她慢里斯条
让每一颗
都成为自己的俘虏

从那以后
再也见不到青条石上
密密麻麻的螺蛳家族了
只到旧城改造
沙渌浜被填平

黑色系列(组诗)

· 南 兮 ·

黑马

“我翱翔,我的灰烬将是现在的我”
从我的身体里起身
越狱,你找出疼痛的部位,却看不见伤口
你想诉说,却没有听众
我把最好的春天用来等你
黑马,我一次又一次想你
我是永不满足的,如果我还没有到达
不管用何种方式,每天都在告别
跟一堵墙告别,也跟穿越那堵墙的动机告别
该如何度过黄昏,所有人都与你保持距离
也许这是你想要的
你在我的身体里
梦一样的存在,我听见来自我体内的声音
也听见青石板上的马蹄声
像要踏碎我和黑夜,沾满石头碎片的黑夜
像你忧伤的眼睛,那些叛逆的龙葵草
已在多年前被亲近的人无意间践踏
腐烂的钟声已经敲响,而我还在原地被自己囚禁
看不见的栅栏时常撞击我的无知
一小块泥土和一把或已经枯萎的草,都让人惊喜
我时常选择一种错误,而你无动于衷
你就是我,我感觉到你在我的身体里游荡
找不到方向,而黑夜从不妥协
这幸福的焦虑无处落脚,你是一个例外
一匹远离常理的马,你背负的虚无多于存在
没有什么是合理的,除了死亡
我试图走近你,黑马
但你钻进我的灵魂,又不肯屈就
你不断地与自己抗争,时常被埋在自身的黑暗中
成为一个异类,强装镇静
那强大的黑暗就快要吞没你
而你的经验不足以改变这一切,这黑暗有形你无法描述
这黑暗无形,你挣不脱
你只是为生而生,为死而死,为爱而爱
黑马,注定是一匹形而上的马
而黑夜毫无理由挽留或者厌弃
我们都无从知晓

黑天鹅

我想那个脆弱的女人
她抛弃了这个世界
无耻的高度,在荒岛,堆满
傲慢者的秘密

自然的黑鸟。像一个病中的婴儿
脆弱,柔软,这种骨头先天构成
你不能主动展开翅膀,假如没有风
然而真的没有风

"我想着我的大天鹅,带着那些疯狂的姿势
比如河流,荒谬和高尚"
这些无常的预设,谁是始作俑者
如果突然有一天,我能够书写
你的黑夜会懂得,翅膀上的黑夜
足够一个女人脆弱的黑夜,拥抱与拥抱相互偿还

这个世界变了,流浪者的忧郁挂满枝头
唯独不说爱,这奢侈的钟摆
在崭新的楼房间徘徊
忏悔、惊慌,但黑夜不是家园
在你的头顶覆盖的
倒置的河流被放逐,失败者的河流葬满整个天空

你已被吞噬,黑天鹅
你美丽的黑眼睛绝望,乞求
翅膀沾满黑夜
这条河流是你的家园吗
干涸的河流,河水已无力对抗
没有生命迹象,小花小草守着一份自责

"我想着你!这条小河,
贫瘠与悲惨的镜子,往昔曾经闪亮"
黑天鹅,你无数黑夜的婴儿
飞吧飞吧!就像黑夜
是不是这样可以对照,可以忏悔
脆弱的女人,你的灵魂有多黑
黑夜就有多远,这些秘密只有黑天鹅知道

黑夜的棕榈林

一切都会变得更好……
离开你之后,质疑尚未到来
黑夜的棕榈林,很多空隙
又被低矮的黑暗占据
渴望穿过,虚无穿过,像摸不到的爱,从你身边走过
"内心的声音像入睡的乌鸦"
随着黑夜扩散
你可会来寻我

美丽的少年,天上的仙子,在树影间徘徊
谁背弃了你,从出生到死亡
这短暂的光与影,在夜半的林子中央
木然的棕榈穿过你的身体
像心灵的灼烧,梦中的幻象
一半,被一辆火车占据
一半,穿过空白,黑夜的棕榈林
一生都在渴望爱,完美的少年
你可寻到那扇窗

树林里到处都是门
但你走不出
你不能选择,犹如你的出生
你不能左右自己的心
最美的死亡,就像黑夜的花开,寂静神秘
还不算晚,尽管编造一些理由
我就在林中,你可来寻我

一切都太迟了,燃烧与灰烬
同样辉煌
你停下,所有的事物都会与你拉开距离
你找不到那些在你左右的人
像一片草地的空白

不想看到你
黑夜的棕榈林,像一把黑色的大伞,没有形状,

但你走不出
几朵小白花兀自开着，没有名字
就像你的影子
“内心的声音像入睡的乌鸦”

潮湿的悲伤卧在草地上，像静止的水流
我背弃了你，以沉默的方式
在密林中，棕榈叶上缀满星星
“一切都是该来的”
你可以保持你自己，我的爱
就像一只夜行的乌鸦的幻象
与虚无一道凌空而去
而林中尚且有清澈的水流
小小的一汪

黑蜘蛛

一

没有死亡的死亡，编织葬礼
端倪缘于一处词语的伤口
你的网，只推进隐藏的距离
但拒绝愈合

黑蜘蛛
一开始就在逃，但离开的不是你
虚构的身体，逃不出先前
赴死者误入歧途　一种炫耀高过黑夜
挂悬黑暗城堡，解开重量
你开始接纳黑风，夜晚，和坚挺的光
在睡眠之上，一张网牵扯的睡眠
迟迟不肯躲入梦境
裂痕早就存在，只是风不肯承认

二

蛋白质与荷尔蒙一起发酵
生与死结成联盟，在体内腐烂
那被融化的尸体，恰到好处
你找寻，但找寻也是一种逃离
被你轻松带过
还等什么？

黑蜘蛛
没有被听到的声音
在黑暗之后，在声音之后
回声折断，只有网还在，可大可小
无日无夜，只剩下黑与残缺
谁能挣脱？

三

倾斜的旋涡，黑蜘蛛
你分解体内的自己
也分解一部分欲望
暂且视而不见，这是致命的
你的黑像颓废的夜晚
没有靠岸的海盗船，水声修补风声
来自外界也来自体内
像一只篮子，黑血，有日落后的静
谁在你的篮子里，留下影子
流水不会声张，看客骤变，迷失黄昏
而你准备的饥饿，玄而又玄
吞噬，在腹中相恋，你的毒无药可救
黑蜘蛛，你是疯掉的母亲，你为分娩吞噬的爱
父亲早已经逃离或在你的腹中重生

四

两年或三年，是你生命长度
不过一瞬，你在或不在，不必说
而你经历生死的手纹，没有退却
重复，织网或毁掉，足够黑暗
而你从不拒绝

微物之神（组诗）

• 莫卧儿 •

腌笃鲜

在岛国上扔一枚原子弹
和在味蕾上投一枚原子弹
会有多大区别

去一个开满野花的山坡放几箱蜜蜂
和在鼻腔里种一亩花田
又有什么不同

下午的厨房
密布雨林冒险的气息
她有时在咸肉潮湿的粉红小径上打滑
有时刚刚爬上竹笋的天梯
就在百叶结的柔肠中迷失了方向

“看起来像一碗雨水，
更像是一碗疗愈的汤药。”
灯光鼓动挑剔的唇舌
两个人的晚餐尝试着在口腔内部
有序地进行一次化学试验

窗外，春天正在自身酝酿的香精试管中
膨胀着一点一点失去知觉

马路牙子

凡城，都有胎记
一座塔，一阕词，一眼湖
它是被视野放逐的流寇
很多次她惊异于这遗世独立
却终日不可止息的欢腾
老式剃刀快速削减毛发与光线
黑色锋芒如箭镞激荡起时空细浪
油条埋首于豆浆的浑浊欲望
试探传统美食含蓄的敌意
而燕子，这灵性之禽
总是带着恒定的信心
将巢一个个垒筑在上方屋檐
每年接收到神谕般准时归来
几米外就是汽车的队列
彼岸喧嚣，此岸从容
世界以罕有的耐心修炼成
飞速向前与不断退回原点的平衡术
其实她不愿承认
久久地观望更多源自一种恐惧
在它深处有着世间最古老的阴影
她不惧怕从里面突然冲出怪兽
她怕怪兽贴近
径直撕开并挤入身体
与潜伏心中多年的那只
瞬间融为一体

葡萄酒博物馆

在古埃及一出生便拥有水晶光泽

和鲜血颜色的液体，令饮者迷醉
被视为此生前往来世的渡桥

古希腊文明圣殿中的一道彩虹
奇迹般与利剑相融合
为发出巨响的古罗马战车抹上润滑剂

当查理曼大帝让这个古老的酒种
在欧洲流遍芬芳时
大胡子叔叔没想到自己会成红桃K原型
为地球上各色肌肤的居民
画下童年生动的逗号

储藏室飘缈的灯光轻易就把思绪带远
有人以手轻扣橡木桶
砰砰声像休止符，像心跳
宣告一些事物终于站立在时间之上

莫兰迪色

不只是紫掉进灰，红加进白
蓝吐出三分真心

不仅仅是卡住热情的脖子
喂她几粒不咸不甜的冷淡

如果见过下坠的雨滴
悬于空中并未惊呼
或是凝望浑圆的果子
想象不出除了美还有何奥义

甚至尝试来到生命尽头
聆听耳边由近及远的风声……

一颗流星汇入了宇宙
一粒火星投身炉膛
等待它们的
将是山峰般绵延的寂静

而大雪漫天降下
俯冲向地面的瞬间
竟化作无边柔软与轻盈——

三宅一生

荡漾是一种品质吗
如果湖水流向眼眶
而睫毛茁壮成蓊郁山峦

皱褶是一种美德吗
当布料与肌肤亲密成
灵魂伴侣，如影相随

设计师在人体上写诗
蘸着散落于三维空间的呼吸

记忆并不总被用来存放遗体
如果伤痛历历在目
是否还有什么无法被摧毁

而自由是打开再生之门的钥匙
走进去，揉碎，重构
等到重新开启
一个时代身着华服款款行来

波　点

仿佛波尔卡舞会上的耳环
还在风中叮当作响
她顺利搭乘到一列

开往这个世纪的蒸汽火车

醉心于古老迷藏术
隐匿在镜中
在蜗牛触须顶端
连地球看起来也不过
是她众多同胞姐妹中的一个

雪纺、丝绸堆就的峰巅
她高高在上
抿起精致的唇,微笑

据说复古与时尚之间
只隔着一小截蛇形游走——

和“怪婆婆”草生弥间约会那天
她说,其实我更愿意和你
共同置身真实与虚幻的边境
仿佛时光流转……

罗意威1号香水

鹿群在梦境的丛林中
消失的时候
日出孵化了她的完整

“一款事后清晨的香水”
理所当然拥有茁壮的根部
蓬勃的茎叶,就像

沉醉于鼻尖下甜橙的
小把戏,你同样不会忘记
拨开巴西胡椒的迷雾
攀上香草与琥珀营造的高潮

毕竟,能够唤醒死亡的
除了挚爱还有什么

作为旁证
当红晕团聚在阳光丰腴的肌肤
还有什么比钟声更能刺探
世界不常示人的性感

娜塔莉·波特曼

仿佛弄错了
她并不是《这个杀手不太冷》中的
柔弱猎物
又仿佛一切如常
嘴角的冰凌
歧路上脱兔般的行动力
都有着相似的童年
显然,哈佛学历不会被允许
像礼帽一样
扣在媚俗的臀部上
而有人在高处看清了
来路和去处
以拒演萝莉系列为起点
柔韧之虹一直延伸至璀璨彼岸
沿途,时光依次为
女王、仇杀队、黑天鹅加冕
与之对应的是
另一条隐秘旅途——
书呆子、白痴女星、抑郁者
如今她需要
在大海上用浪修筑一道足够高的墙
以阻挡海啸侵袭

不见与见(组诗)

• 赵国瑛 •

岸

必须和大地划一条界线
必须有一些石头挺身而出
收留日夜不息的湿吻
必须使木桩站成骨质疏
松的样子……

拍打泥土,让它入睡
拍打日子,让它成为远
方的背景音乐
拍打垂柳,让风缝补五月的歌谣

我要让山洪平静下来
陪我一起漫步
我要让平静的水飞翔
将浪花装进黄昏的口袋

不见与见

稻辛苦一生,由青转黄
被我们搬进粮仓
脱粒,成为白花花的米
稻不见了,只有米
米进厨房变成饭
饭进入我们肚子里
过不了一天二天
又迅速逃离我们的身体
它渴望去田野寻找稻
稻由青转黄,不认识从前的稻
我每天经过的地方
一切都活着,所有转身
都来不及说再见

象群北上

家园破碎了吗？并没有
向往自由和被自由向往需要

新鲜的脚印。没有目的地
耳朵上晃动的白云有热带雨林的个性

你要去的地方没有真相,蚂蚁
积尸如山,仍有蚂蚁不停地赶路

目光那么执拗,有人将它
塞进无人机在头顶盘旋

子弹醒着,假装子弹的麻药醒着
只有时间是麻木的,现在正在过河

即使梦碎了,山坡上依然可见
小草安卧在乡愁之上

看见

狼烟四起，暴雨打在
七月的骨头上，洪水站起来

将村庄推开，路上满是寒
光闪闪的波纹。仿佛所

有树木都站错了地方，让
低处的水咆哮、痛哭

那么多汽车的生日泡在
水里，那么多目光脱去外衣

河流无限扩张，相互拥抱
地下都是嘶哑的倾诉

时间收割死去的风景，用新
鲜的泥土安放爱情的证据

我们正在寻找黎明的出口
我们在激流中以诗的火焰照明

台风夜

台风一来，卷走多少人间事
它的留言要用雨水来书写

乌云压着乌云，十三道
金牌，黑夜也无法篡改

长江口有地雷阵，被观音
辞退的风眼呜呜痛哭

谁在挥鞭？巨浪取回当年的自己
摇晃的棋盘心知肚明

我们都下山了，月亮撩开
云霓，又送我们一程

想要的结果

秋风浩荡，落叶的笑声满地
打滚。螃蟹吃完最后一顿晚餐

细绳是最好的演说家，将不
同的真相捆住。别人的餐桌

有别人的晚餐。果子坚持自己
开口，掏出秋天的肉感与体香

我喜欢她内心幽暗的部分
芳心飘荡被白云囚禁

蟋蟀的心跳粗暴无理，太平洋单
腿独立，将所有的蓝搬上天空

火山那么近，让滚烫的落日犹豫
河流啃食过的原野芳草萋萋……

草木书

山峦宁静，草木疏黄
它们倒伏
再也不能被风扶起

怀里星辰，大地的种子
沉默结成

微软的颗粒

这沉甸甸的胸章
举过头顶，向谁交卷？
除非寒冬收留它们

火热的喘息来自一份
孤独，而对土地的
叙述仍将继续

湖山如一位寡居的母亲
暗夜里等待上苍
赦免燃烧的风暴与炽爱

现在我终于看清声声汽笛里
模糊的背影。月台的美
不过如此，一个人在等候区
写下抱负与离愁
一个人在等候区
等待记忆靠近

每个角落都有无法确定
的抵达。被灯光照料的碗筷
衣被、票证、农具继续
沉睡，而霜雪已收回
夜的悲凉

白塔公园记

上：
白塔小巧玲珑宜作五代
犄角。又白皙细腻
如吴越国皇冠之玉簪
插在岁月的青丝里

东海送来的家书白塔
收到了。涛声依旧正是
继续下去的理由
白浪逗弄钱塘江肉身
慌乱和疼痛承认了
自己的无知……

下：
蒸汽机车在这里打了个
蝴蝶结。黑煤白烟回答不
了青春的梦想
远方很远，或一片空白

铜雕

火的语言不止金色或红色，
这全看铜的心情。
一匹马在尘世长啸，
踢碎旌旗、战袍。
它健硕的身体只有死神
能够驾驭，

与美人的纤腰相反。
她的蓝肚兜埋葬着
英雄、烈士，
高山、沙场。

铜掉进月亮化作彩虹，
铜穿过纷乱的街市。
铜从我头顶搬运战火
牧歌、笨重的礼制。

仿佛天上的装饰，

梦死去之后，白云异常寂寞。

平阳夜

统治深不可测
不要问夜有多黑
灯火有多亮

高楼是风的固定资产
不，也是水的娇美新娘
在月光里领取良宵

走上撷芳桥，与红灯笼
做个交易。我需要一
小块孤独，可不可以？

影子

冬夜运河，流水养育的灯火
偶遇年轻的画舫
我们在月亮的额头谈诗
在诗中看远方的雪景

青石板，一组纯粹的江
南方言，风雨洗不掉
烈日晒不化
白花花的水声端
坐在柳影中间

京杭两地用旧的诗句在
水中交接
又一次次在码头停靠

一千年够不够告别？
酥手在桨声里挣扎或
逃避，大兜路的怀里躺着
一个沉默的话题，被琥珀
色的灯火悄悄打开

雨夹雪的立春（外十一首）

• 张　珏 •

雨夹雪一波一波压下来
白非洁白的冷
锋利着尖刃
刺入血肉明晃晃剔骨
凿刻阴符
北风正驱赶囚徒
身影的时空越来越小
气压很沉
空中洋洋洒洒的来势
覆盖了天地
厚重起来的巨大冻土
接近风化的城
翻开的典籍里怦然举出了节气
我念得太重了
启齿便咬碎了"立春"
舌尖在渗血

光阴里的色差

时节揣着温度试剂
应验生态的哗变
必将迩来的换颜更色
赤橙黄绿青蓝紫
终于分出迥异
极尽场面的多彩
极尽末节里的真容
最是抵近生死关头的身份
明了出标志
底子里的成色
毕露了归属的图腾
出乎耳目之识
最后色差
定格着各自皈依的本质

梦之事

夜已深得足够沉
没有视角的喧哗溺入休眠
抽身成了主角的梦
无拘无束地生动
没有开场宣言没有设计的场景
喜怒着自由成败
寻常或不寻常的情节
接踵组合又分离
人类始终做着可有可无的梦
却反复萦绕
只是在黎明苏醒时分
它便消失

开花

它们从泥土里动身
匍匐，盘桓
然后尖锐着拔起
然后更加尖锐着纵横
直至缔结的核心不再隐匿

开怀日月和风雨
这是觉醒了吗?
收复光芒和温度
收复风讯和雨意
收复开向天心的神气
将超脱的躯体
超脱于人类形影之上

非常期

病毒投下阴影
布施了黑色地带
途径断裂成深壑
开喉的声音残余弥音
悬浮着飘
片段极轻
手中的工具还无力营造通途
时间已经疯长出荒草
一截截隐没形迹
记忆黄了又枯
凋敝的光阴
一触就碎
而固有的领地已越发清晰
部落里掌起的灯
明了着脉络
脚下的方寸扎实出根
盘踞最安然的体温

行之空旷

闹市华丽着装束
光亮高调出进行曲
巨大的表情偶
遍布门庭与行道
进入后戛然空旷出休止符
形影交响已是久远的音节了
此刻,时间依然是王
继续行进着节奏
收录有形或无形的声色
一路下载
与之同行是精准的
可以如实取证
场面和细节

只是立秋

时节举出立秋
眼神们开始注目
天空和秋鸟
田野和秋禾
江湖和秋水
山林和秋果
唇齿开启了描述
清晨里的秋雾
夜空中的秋月
角落间的秋蝉
枝头上的秋枫
可阳光还在热烈蒸腾
将温度推向高潮
陇上锦秀正浓
仓廪存藏仍轻
天高尚不开气爽
真正的秋还远远不实

风之流

破空横行天大的飞刃
四下瞬间分崩

一脉相承的根已经失重
片段飘零成残羽
形影交戈
凌乱着走调
从反复呻吟的阶台
击入战栗的门户
蔽天亭檐已经谢顶
躯干支不起垂颈
毙于风之流
幸存者
幸存下耳道与目光
得以洞开
得以辨识
一场巨大的呼啸

春雪时

江南立春
浩荡出天大的动静
一冬窝藏的雪
忽然倾囊
忽然隆重了尾声
雪白的场面还是太短暂了
一个小小的雪人刚刚成形
雨点便击破了它的身
响彻的水声里
碎了表情
冬的使者猛烈告白后
更猛烈着变声
那些迩来的浴雪脚步
还来不及一起沉湎
相逢便已结束

虚设的多余

果子无影之后
明确了结局
最隆重的已经移出现场
剩下枯黄
时节开始裁剪一个春秋的残片
风不断变换举止
摇摆日光月色
投放尖利的尾声
细枝末节里
爆出越来越多的空洞
形影在分离后凋零
扑朔成游子
轻薄着飘
光阴正在嚼碎
虚设的多余

入秋的花事

温度一路越位
高调行使暖意
在桂子府邸
暗放樱花
潜输的春物
在流金的秋香中独白
不循时令出生的朵儿
固执体温之好
突破春梦
复活源头真相
一场秋日里的自我抒情
出乎了人类的意料
现身错时的花期
孤掷一次没有错过的生

口子

耸立的庞然大物上
洞开一个个口子
时空有了通道
进入无穷
放出无尽
往来的呈现和陈述
以及隐匿的声息
在方寸里交错
在经纬的间隙
反复遗痕
于是坚壁有了一席
流露的豁口
于是时间有了一截
回旋的腔
于是注目有了余地

献给你（外七首）

• 楼森华 •

我想到
要描画出人类所有的笑
妩媚的　灿烂的　会心的

为了再见到
三十年前曾经写过的
那个青年诗人
还有
孤岛　荒草　白云
那东海边的旧屋老街
古镇——梅墟

那里
有嘉静与舜之
有他俩每个周末的约定

这是
从古往今的喜爱
是白鹤　亭梅与香雪
是经年绵恒的山水泉石

那里是
我们经常会回去的

那里有
我们总能看见的它们的好

送给那个笑容像奶奶的好女孩

冬天的心很冷
我想到要去海上
雪花飘落时会化作巨浪
其实上面的风更冷

我想到山里的石洞
想起那歌声曾经的回响

阳光照在石壁上
白天的梦 要有九年才醒

我刚给朋友写信
而冬天已经进入腹地
所有站着的 蹲着的 卧着的全是素装
不久之前
我们曾经是一个一个的春天
一个一个有生气的活宝
只有雪下的再大一些才会在一起抱紧
夜晚的梦不多
醒着时心里话再由自己演绎

昨天看到一个故事
那是让我哭到心碎的两个人
一个一个的两个人
越来越多的两个人

其实 今天 无论白天 晚上
我都要求有一丝暖意
自己和你
连同各种感谢 伤疼 冤结和拒绝
终究最温暖的依然是我们的笑颜
哪怕你再低头抿一次嘴
那也是落在寂寞天边的

这是阳光的暖意
梅花的香不仅冷远
更有酸酸的甜
让所有的……

还是忘不了
还是相信你
知道你是饿了
刚才还听到你说
还是要甜甜的巧克力

雁荡

让她去此岸
让我们在彼岸 有人这么建议
这种感觉拍出来不对 人的尺度不见了

山好在深 水佳于远

我此生不声不响地回来
它们一直以为我去了远方

今天是他们往前走了
人境中只有回来时的风景最美
也有的是久久等待 这是思想的筑建 相思开
始的地方
所有造化都在妙法
都是最小的梦

跟着你走向高处
长春真人跟着我
有一回 他轻轻地说 回来才是成仙

我也这样一次一次来看你
欣赏你身上那满是岁月的伤痕

就这样我们把对方揉碎在怀里

因为 只有高度可以把时间的心
可以让石头有梦
可以这样速生久死

人间所有的情爱落实最难
烟霞忽悠山下的人最容易

虽然你伤心有时泥沙俱下
我也有几滴翡翠
这是所有的人的命运
全部的语言的根基　根本就是风景山水

那雁山中罗带瀑下碧波潭的娃娃鱼 生生不息

它们心神荡漾
那些透明的鱼搞不过我们的眼
那是它们与你我对运动中其适应性急变的差异与距离

这也说明一切与海枯石烂一样
真的是有不死命运的
等到门成为实体　而旷原　与人
成为虚无的此在

熹微

半夜
深感孤独的我想到人根本的寂寞
我望着梦里的地平线　人
原来是上不了天 入不了地的存在
是只能生活在它的面子上的怪物

想起那个夏日莲花也有突然的笑靥
回忆清晨山中小鸟的唱歌
好好听了一阵
而此刻我只能朝左侧睡 就这样呆呆地看着窗帘
没想正好听到视频里播放着这样一个故事
月亮做伴 只因火星撞进地球

它们的本质一样

春天梅花疏影横斜

天空中有我的一个梦
曾经一样的那个梦
而今醒来
只想忘掉他们

乌云度过沉默　突然又垂下根须
那是黑暗中鸣雷的闪电
这正是个恐怖的样子
春天开始生长

我想
其实所有的事物都是一样的
也是一个无边的罐子

而初春是被炸开的

虽然花朵与果实
只是与自己聚在一起
很短暂地与自己聚在一起
虚无梦着虚无

春天梅花疏影横斜

他看到自己再一次站起来

午后　一个老头
他一个人在马路边哭
为了一个将来的老头

没有人看见
他所有的星星都掉落在那条
那已经走了二十五年的小河里

二零二一七月一号
夜晚是幽暗的
光明来自右上方　温暖来自左上方
大家没有办法看地上

那么多设计
密谋着自然的色泽
那么多人已经喜欢
挤在这条炫目的大道上
既粗俗不堪 又热闹欢腾

总有些人
哪怕黄梅天没有月光
譬如说我
就想找个僻静之地坐坐
看看萤火虫
盼着黎明早些到来

然而
他能看到的确实是
自己再一次站起来

致贺勋与朱晨

夜深 北京来的艺术家提前回去了　留给我两首诗，我记住了其中一句。“山将自己抹黑 才能照亮远方”
临走时又絮叨了几句！
嘿嘿 去年离开
……

杭州更是个浅滩
平常日子算是风平浪静
可以织网修船
真到了涨潮时也能扬帆出海

而去上海白相就需要买票

如若再南下
深圳则有些台阶可拾脚
上去那小礁石也可以玩一玩

是梦
上海来的艺术家留了下来
看我画天　抹黑云山

创造

上帝如果只是为了
看到自己 并考验我们
为什么那样创造
这样的一个世界
动物　或许还有植物与矿物

那么多的创造
已经越过了它自己的耐心

这难道还不是为了让我们
来看见我们自己的本性

这地方确实不远

你问我是哪儿
我也不知道
我只知道　是徐霞客到过的地方
水是淡的
山已洗过
天是远的
梦里曾经

师傅一早告诉我
你是走不到的
鸟叫虫鸣 我来了
草木芬芳
这是久违的 乡野气息

我为一桩生意而来
你也不要猜了　它们都在生气
我不怨你不至
你尽情怪我不请

我一直都知道的
你更喜欢的
是人气

袖口的雏菊（外十一首）

·风　舞·

丁香落，草声暗长
虫鸣背着三千胄甲入地而去
风从长山转向寺庙的钟体
在夜色堆积明晨的声响
这无声的行走
咸咸地腌制着清辉中的肉身
在安静的亲吻中捕捉迷途的玫瑰
如果拆散呓语的花环
门襟会洒满高檐上的飞鸣
一声轻叹嵌进软肋
徐徐行走在腕上的脉象
挽不住袖口的雏菊
那滴落在远山的轻吟
像一种极小的气候
喂养我蛮荒的草原

一碗粥的清晨

这碗粥平静得像一汪古泉
稀薄地映出远方稻田的繁荣
犁铧、牛车和古朴的肩胛骨
还有他们雨水中疲惫的翻滚和捶打
泥土的气息是终极的馈赠

煮粥简单，高温熬制
粮食的颗粒已经被鸟鸣剥离
就像我们去掉了内心的沉重
可以在桌前安静地审视每一个清晨
用蒜瓣和酱菜模拟远山的雷鸣
用筷子夹住一天的开端
助行器开始嗒嗒地行走

当粥的翻滚趋于平静
味蕾在满足中跌入胃中
这一层贫寒的粉刷足以抵挡半天的虚空
我们要拾起那些公文包上的铭文
锁上房门,把一些难以言表的词语关在里面
把一些阳光和春色扑在脸上
走到车水马龙的街头去

散漫的行走

我们一起握住一把阳光
把温暖放在掌心细细地摩挲
眼神绵软,泪光飞转
时光是一匹轻快的小马

在我依稀的梦里
一定有一阵荷香隐在风的腋下
裹挟着些许的爱情在行走

我醒来,但又睡去
我想沉浸在这片安宁的细碎中
享受阳光中揉得弯弯的
水一样柔软的笑容

那一展风的翎翅划开苍穹
词语像雨点一样洒落在你的枕畔
臂弯的力度渐渐弥散
胸膛的炉火随草季暗去
那些温热的语言
重铸了你失聪已久的耳郭

我要堆砌一些语境
适合温暖人心,浸润浮躁
像水藻一样碧绿而透明

推开秋篱

牵牛花落
漫天秋雾落满双肩
这轻轻的微粒,来自海洋的盐
大批云集于我的院落
来祷告一场不知不觉的衰败

梧桐静默
秋雨在院中挖井
那些蔷薇的芳香已随风飘散
夏季遗落的几枚蝉声戛然而止
声浪仿佛被利器齐刷刷地斩断
你还有什么犹疑

在这秋后的圣旨到达的午后
偷食的麻雀把你的躯体当作稻草人
你的手臂上,机械在轻轻地摇动
稻子已经金黄地倒伏
曾经的芳菲深藏在根部
那一声嘤吟
落进了哪一页诗稿

养蜂人

蜂箱堆叠成一道绵延的防线
在山地、高原、丘陵的要隘
防御所有花朵的进攻
蜂巢生动而亮丽
规则得像音乐的节拍
或者是音箱的千万个瞳孔

它们听得懂养蜂人的咒语
看得出他的喜悦和忧愁

雨水横行的日子蜂翅沉重
花香潜伏在水面之下
你们，只能反复演练口器和尾针

当花朵抬高了山地的海拔
他形销骨立的手势坚硬地指向远方
带着蜂鸣器倾巢而出吧
现在是最好的时机
不要等风掳走了所有的蜜源

他，和她们
不断地搬迁春天的位置
随身携带一张破旧的羊皮地图
卷边的地方
有一个悄悄的春天躲了进去

十首诗

我在江上
那浮桥，隐隐约约地浮动
就像我偷窥你的眼神
你看过来时，我故意涣散

你在前面
我伸出很多的爪子
我睁开无数的眼睛
你不能回头
你会发现我所有的卑鄙

我气流涌动
甚于水底的流草
在你背后
有十首诗，像模像样
悄悄地交叠，却不敢告诉

我打伞
我给你遮住些许的阳光
就像遮住一些内心的声音
我宁可让它沉入水底

芳菲叠加的夜

江南开始有些松动
这芳菲编织的迷迭香
从水的底部入侵
在风的腰身上钻笛孔
蛙声和鱼卵油榨的声音
为搁浅的船只涂抹木油
替那个弃船上岸的后生看守
时间很短，心跳很长
潮水退去，光影陈旧而温暖
我们看到的星语离得太远
把想象扯得稀薄
将一些零碎的思念撒落在暗夜
有时候我会激动起来
想翻出那片发黄的旧笺
回忆像一匹马儿跑出去
不肯回来

喜鹊

喜鹊的叫声夹着金属的声音
它们在春天的枝头鸣叫
在母亲的床前翻飞
必是两只，言语间爱情在长芽
或是一群，赞赏的言辞心生欢喜

暗褐色的虹膜翻开新土

恰恰的鸣叫唤醒襁褓中的婴儿
春山朗润起来
灵巧筑在高大乔木的顶端
歌唱的喜悦越多
种群的数量越多

以什么果腹?
去年冬天来不及败坏的果脯
在逃亡路上暴毙的虫影
那些蝗虫象甲蝼蛄天社蛾蝇蛆
被组成一首春天序曲
挂在门前的枝头播放

青山,绿水
以声音为典
恰恰、恰恰,仔细聆听
才会听出归人的跫音
春风的消息
或遥远海面上机帆船满载的渔汛

渔汛

朝阳喷薄而出的时候
不要追逐那些受惊的鳞片
它们刚刚在海面上产下
一排崭新的鱼卵
机帆船铲开的浪花是虚拟的铰链
海面的疼痛由表及里

我所许下的承诺凝固成黑色的礁石
风声渐渐小了下去
有些许的鱼汛从海底传来
海浪跃起的时候
生锈的耳朵泪流满面

我难以驾驭的铁马反复踢蹄
像要在来不及结冰的海面上刨出
一张铺天盖地的渔网

鱼和鱼之间陌生得像一堆卵石
不同的形状和颜色被深度冲刷
因为上帝只给它们七秒的记忆
来不及相识就已经忘记
一大批成熟而漂亮的鱼
在静流中沉默得像一本本古书
在海啸中飞蹿成焰火的姿势

所以,因为近乎没有记忆
无所谓生死
一生圆睁的眼睛懒得闭上
那些在渔场上穿梭往来的船只
那些上个季度还游手好闲的男人
他们是来干什么的
总是喜欢把女人和孩子
打扮成咸咸的腥腥的样子

飞越野岭

用翠绿的树枝打造双翼
却需要无数的捆绑才能平安飞起
你必须俯下身子
在离去之前亲吻我的额头
如果我有足够的力气抱住你
要么留下来生一堆篝火
要么揽住我薄如蝉翼的身体

我必须描述飞翔的情景:
飞越黑暗的山林,坦露的岩石
在海的上空敛翅吧,滑翔

相信水的清澈和善意编织的温暖
中意的梅花在远处落了下来
山岗上种满了木制的羽毛
种满了失去鞍辔的马匹

它们的瞳仁平和而仁慈
就像一对对飘荡的经幡
战火退回到书的丛林
那些丑陋的皮囊已经变成灰烬
那些痛苦的挣扎陷入泥泞
疼痛就像打碎的瓷器嵌入骨头
直不起腰来的时候，且把
故乡安放在荒郊野岭

坐后院阴凉

一滴，两滴
清凉初夏的试探声音
似绿色叩开柴门
于小憩之后翻开诗经
群声诵读的新叶铺满后院

我的内心有一条新修的石径
通往后山古老的石塔
沿途绿色覆盖了所有的哀伤
那些光脚的记忆在青苔中游弋
儿时砍柴、拔草、捅马蜂窝
山上的荆棘划破了童年的笑声

如今，我坐在后院的阴凉
看母亲年迈，父亲苍老
佝偻的背影像一个日渐弯曲的符号
而那些记忆就像各种标点簇拥
父母从乡下到城里，从城里回故土
是被子女反复移栽的两棵树

一滴，两滴
是汗水滴进岁月的声音
似泪珠在土地中绽放的坚定
母亲交给我一本圣经
让我在后院的大树底下轻吟

蚕蛹，蝉蛹

在深山里过夜，梦里冷极
我必须亮出砍刀与你一起
在一个风雨交加的海岛伐木
摇摇欲坠的庇护所亟须支护

我无法描摹大海的辽阔、巨浪的沉重
浪头坟墓般一穴一穴地从周遭飞翔而过
我奔着雨射来的万千之箭而去的勇气
是因为你坚毅而苍凉的神情
像是顶着大浪奋力冲刺的桅杆
眼看被雨水折断的节气
在一阵连续闪电之后又恢复前行

悬崖崩塌，梦境在黎明前划出一道
深深的刹车痕迹
之前冷冷的冰雨在脸上无情地拍
巨浪一次次覆盖了我的身体
皆是因为被子变成了寒冷的窠

裹紧被窝，直至上下无不紧贴自身
在密不透风的保护壳里思考
在渐渐升温的茧壳里安眠
好不容易捕捉回来的词语
被针形的口器刺破而变成一种囊形的语境

我要吐出廉价的蚕丝，作茧自缚
提前支取夏季的鸣叫，营土室蛹室
在构造特殊的保护物中停止取食
直至醒来，等待蛹皮裂开
咬开一条出路而蜕出

杜鹃花红（外五首）

• 黄祥云 •

漫步在山道
一簇簇杜鹃花映入眼帘
仿佛一刹那
春天的高光时刻降临

那些无拘无束的笑靥
让我想起自由、快乐
奔放、温馨
想起所有美好的词汇

远处，布谷鸟在鸣叫
湿润的稻田禁不住春心荡漾
可以想象农夫挥动的双手
一株株绿色的秧苗从天而降

那些在田间匆忙跋涉的人
心中都揣着金色的梦想
除了敬佩和祝福
我还可以做点什么

寒岩洞随想

——致寒山子

这是一方自由的天地
松风随意出入
虫声也随意出入

渴了，有洞顶下滴的清泉
饿了，有洞外酸甜的野果

扯住白云作被
揽过茅草为床

当曙光照入
星光照入
你洁白的灵魂在树梢上漫步

世累尘埃落定
名利早已弃之如敝屣

以禅诗为马
你在历史的荒原一骑绝尘

到白鹭湾村看版画

到白鹭湾村去
那里白鹭齐飞
羽毛闪烁银色的刀影

用阳光来勾勒这片原野
凸显土地的黑与河水的白

用清风来雕刻细节
那些黛瓦，那些童稚的笑声

用雨水来晕染这座村庄
涂抹橘子，着色青菜叶

在白鹭湾村
每个农人都是画家
每面墙都是版画

我在恍惚间
堕入版画-村庄的元宇宙

寻找那朵名叫缪斯的花

我当然知道在好多世人眼里
写诗并不比打牌更有意义

但喜爱诗歌的最大好处在于
我内心始终留有一方净土

在这方净土上
肆意生长着清新的草木
还有瓦尔登湖的微波

我披着晨曦，顶着星光
寻找那朵名叫缪斯的花

我心雀跳，仿佛初恋
沉溺于多么奇妙的情思
不管旁人如何评点
我心依旧，伴诗到老

春分随想

用朝阳和夕阳
将一天切成白天和黑夜
用微风将春天分为两半

将春天的前期
分给蜡梅、迎春、玉兰
将春天的后期
赠予樱花、桃花、油菜花

而在春分时节
我该如何划分人生
划分喜欢与真爱，虚荣与自豪，懦弱与宽容

找回童年

和合公园的天蓝蓝的
几朵白云相互追逐

波斯菊、石竹、美人蕉……
那么多大地的模特正在走台

你像出窝的小狗
在草坪上尽情玩耍

跟白蝴蝶跳个舞
和红蜻蜓一起翻跟斗
用水枪给黑天鹅冲个澡

你滑落小溪的窘样
让我想起自己小时候
曾经坠入后门的水沟

时光倒流
从你活泼的背影中
我终于找回走失的童年

红瓤情人(外十一首)

• 李　凯 •

月亮在我手指上系了根红线
被夏天蒸熟的夜晚,从街上倒灌而来
水果摊前,冰镇西瓜向我发出夺魂邀请
口中泛起波澜。穿过绿色条纹的弧形边界
面对初恋时的呼吸大抵如此

冰美人,消除了我被夏天晕染的焦虑
关于爱恋的诗谣,薄荷在一旁默默听着
她内心恪守着炽热,我们在接吻中彻底沦陷

夜静了,还是向西瓜交出了多年秘密:
伴随漂泊,我胸腔内的鸳鸯声越来越低
不知道该称为社交恐惧症还是社交麻痹症
正如我对春天充满期待,也怕被春天耻笑

就让我幽居在这座红瓤花园吧
我熟知她全部,就连她眼中流出的泪水
都带有某种被俘获的甜度

琉璃脆

虱子草从车祸中脱险,被伤口碰落的阳光
在生命的指针面前抽泣

我不愿过多去描述这些悲伤场面
如同不忍再看到那些
远去的炊烟和人影

提把铁锹,去翻刨我返乡的心结
若还有春天,我将谢绝所有奔波的好意
即便是我长有冻疮的双耳
也愿替我身后的人,去阻挡更多的寒意

流水颂

石缝间奔跑,与渔火的约会
是场青春的践行
激情用来托底,泥沙在暗中与秋天较劲
从高原流到盆地,我的肋间挂满漂泊的伤痕
眼泪替稻草人复述过山野的孤独
有时微风也会体谅我,从海岸线吹来幻想
每当夜晚路经湖面,我与月亮之间
就会搭建起一种共时性信任
我的听觉里并不只有龙王的诏令
还有珊瑚礁的传说,以及尼莫与多莉的呼唤

剩余之物

推开眼前这条河,以及被夜晚包裹的山
鸟类的嘶鸣声纷纷从梦境跌落
手掌尚有余温,那些留给我笑脸的人,我将
一一铭记。尝试将孤陋连同失落丢进废墟
秋霜之上还有厚厚的冬雪。意识逃离肉体

在布宜诺斯艾利斯的一棵赛波树下
大朵的花在树枝上燃烧,那火焰般的勇气
一遍遍在我胸膛里翻腾、冲击

我想起坚韧的祖训,内心渐渐开阔
悔恨的雨从眼眶流泻,这是我对月亮的歉意
向风作揖,这一次面对理想
我不想再打白条

回应

那是我与成都首次认真攀谈的地点
在这之前,我只能以陌生人视角
独自观察那些外乡人如何聚集
又如何从这座城市里遁逃
泡桐花在锦江边曾弹奏我行走的唱腔
我的灵魂却在西西弗书店安放并不断垒砌
身份会过期吗?虚荣会腐烂吗?
在双庆路8号进进出出的人已给出答案
戒烟的人正努力修复某些头脑零部件

乡居

我与人心间隔着一条河
想到还能看见河对面的肮脏
我便会紧张
想到我与河对面还隔着一道屏障
我又心生慰藉
想到我的小院里种有满天星
我感觉我的胃里,能容得下所有的童话

2093,再拜陈子昂

百岁之年,于一个夜晚再次来到金华山
老柏树依旧葱郁,如这片诗的放养之地
我想对你说,该总结我的一生了

我曾是朵与故乡走丢的蒲公英。深扎遂宁
精神腹地从此拥有,灵感无法消弭的魔力
被摇醒的眼睛,总会去探究善良与苦难
星星是面被摔碎的镜子,于黑夜里复活阳光
而我则负责收集,被天空遗落的泪水
在亚热带季风气候里,我爱上了涪江
那是我一生中最正确的决定
当然还遇到一群师友,他们与我反复提及你

我们拥有野狼嘶吼般的孤独,但也激荡过
那些在浮躁尘世里,到处倒伏的枯草
如有来世,我愿替世人架更多把云梯
向更高的夜晚,攀爬

减法协奏曲

我鼻尖存有冰霜,寒冬的胸腔里
心事日渐陡峭。平庸往往凹陷于瞳孔诱惑
在这越拉越长的环形琐事中,我缓缓抽身
蜡梅花矜持于冷艳,逍遥于独宠之间

一万匹积雪面朝善良,汹涌而来
喘息声弹拨着疲惫的神经

成年后，你内心是否还能触摸到月光？
它的纤细、孤清、优雅、温暖……

目光斜靠童年，象牙塔已被打上马赛克
外面的风太大，我得往思维里加一剂拒绝
在斑斓的灵感边，修缮快被压垮的城墙
我的风衣是黑色的，这将有助于我
隐遁在某个带有伤痕的夜晚

倾听黑暗

今夜，我被寒气包围在门房
那些被风磕疼的树，还在苦苦挣扎
我站在窗前，默念着蚂蚁的信仰

这是独属于我的秘密：
将善良的标枪投掷给黑暗

我一遍遍在微醺中替混沌的人
练习承受。在孤独中，描摹彩虹
星星向我倾诉心事，引力波称我为：
地上的月光

春天刚刚开始

于她而言，春节是春天最好的说辞
面对而立之年就已双鬓长满银丝的归乡客
年迈的母亲收住眼泪，加快做饭节奏
花馍、碗秃、抿圪斗、莜面栲栳栳……
仿佛这些食物，才不会让远去的人走丢
多少年了，路标箭头在地图上来回穿梭
南方的油菜花此时正日益拥挤
地表升腾起清香的温度，那是执着的确认
更是美的召唤！他在南北穿梭间
找到距离的平衡——
从南方回到北方过年，春天刚刚开始
从北方来到南方打拼，春天刚刚开始

要给春天腾出更多空间

听说，每当抗过一次寒冬，身体就能
更结实一点。在春天，新泥以俯瞰的角度
体恤水泥地。屋廊已将燕子认作家人
矢志筑巢，偶尔吹几声口哨

此地房屋规矩地坐南朝北
像是特意为这些燕子而建
担心它们迷路，就像担心健忘的父亲
找不到回家的方向
日渐稀薄的心愿，如今只能藏在
一朵喇叭花里。怕黑夜，怕未知的寒冷……

忧虑在春天面前，总会保持缓慢的节奏
我不悲哀冰雪曾传染给我几根白发
就像抱薪者坚毅的心上
不知承受过多少钉子冷漠地敲击

想到这，一股使命感让我多了些打算：
我要给春天腾出更多的空间
好让北归的燕子，飞得再从容一点

鹅卵石

车辙是这片河床上最后的泪痕
那天，夕阳与故事一起跌倒在大山深处
痴坐在河边，两块鹅卵石在手中被我把玩
传说数亿年前曾有块棱角分明的巨石
在与冰川长相厮守中，备受苦刑

泪水在巨石上搜寻呼吸空间
那些疤痕被反复冲刷,撑开爱的枷锁
最终散落成无数颗星星:圆滑并有颜值
或许有一天,我也将成为这片星系中
一块新的成员:接受曝晒、冰冻以及孤独
而内心坚硬的基因,将会成为我
日夜默念着的母亲

对峙(外七首)

• 许春蕾 •

一些光被黑夜放出,对峙就开始了
我和那个在路边拔草的女人,也是两种躯体
的对峙,她穿着黑色裤子,绿色上衣
上衣的空洞里露出整个干瘪的乳房
我无数次在镜中摸过自己的身体
那些花朵还叽叽喳喳地动着凡心

男人和孩子依次抚摸过她的前半生
那些摇曳的山水在一场秋风里被顽固抵抗
春天不再
一些草注定要被拔去
她的乳房,也像被吃完的葡萄皮
皱皱巴巴
多么像,我五十岁的母亲

我的母亲,也很少穿内衣了
甚至洗完澡,也学父亲,光着上身
在堂屋里乘凉,她们垂落
像再也不会敲响的门环,春去秋来
一些门关上,就注定再也无法打开

杀生

我们吵架,因为一颗坏了的土豆
你说发了芽不影响食用,我坚决扔掉
我们啊,两个写诗的人,在高楼
巨大的身影里,不过是两只寻找食物的蚂蚁

情人节,我订了一个六寸蛋糕,炫耀地告诉你
才花了二十二块钱。下雨,我步行去店里提
你担心,下班后打车接我,我却在马路上哭着
埋怨
你浪费了,我步行省下的六块钱

你买来三条鱼,三十块钱,说新鲜好吃
我剥葱的时候,你正刮下鱼鳞
你说你从未杀过鱼,杀生都是为了我

祖父母的爱情

又梦见逝去的祖母,那样真实,她坐在
我的房间里,讲述雨天与病痛,讲述
右边靠后牙齿的脱落,让她无法再咀嚼食物
甚至,我扶她迈过破旧的门槛

摸到她,后背上奇异的肉感

她一定还深爱着人间,深爱着现已颓圮的老屋
甚至包括倒了的南墙上,刚刚开花的南瓜藤
她一定也记得,掉了牙的祖父爱吃煮南瓜
所以,才变成一只鸟
收获时分,在最大的果实上,啄了一个洞

舍利塔

“去栖霞山几次,有时候遇蛇,有时候遇佛,
有时候遇落花”
得道的高僧死后留下舍利,便要承受
人世间无数的欲望,香客绕塔
告示牌上说“单数为佳,不宜太多”

佛看多了也会头晕,不如垂下眼睑,看阳光扶住
一朵小花
看塔上的蜘蛛网——一只蜘蛛如何练习吐丝
阳光下秋千纤细,佛不舍得大口喘气

一只猫趴在塔旁,闭眼,忽略脚步与尘土
有时候,佛也会打瞌睡。三岁的孩子蹲在地上
数蚂蚁
香樟花落在他头上的时候,佛睁开了眼睛

万物静止

在冬天,万物仿佛是静止的
包括你在人群中偶然瞥见的某个人
他站在你的面前或离开,都成了
你心事中,静止的一部分
只有空气在体内微微颤抖
只有,一棵树在阳光下默默反刍

在冬天,光亮也是静止的
我走近岩石的裂缝,发现了一朵
掉落枝头的蜡梅,它的黄色比阳光的黄色
更多些香味,在静止的光下
我们久久地坐在石头上,互相辨认彼此的体味
并以此相认,我们在人间相同的部分

在冬天,带有故乡属性的事物
也是静止的
远望当归的路上,万物静默
直到,我在梦里看到——
黄昏从我身旁走过,带着一声咳嗽
吱呀一声,门板开了
母亲从梦的门缝里走了出来

人间不知何谓小时与岁月

我将自己囚禁于这间小小的丛林里
在虚构,你所说的,神学家与上帝
关于人类善恶的选择
“人类出现以前的堕落深重,
物质世界在魔鬼的力量下成形”
我们都在以魔鬼的名义
豁免事实——我们即是罪恶本身

借助一双神的眼睛,你得以看清
欲望像染料一样,将大地涂抹
因为躯体里的窸窸窣窣,人类被分成不同颜色
在这一维空间里
人间已不知何谓小时与岁月
一群人站在死神上唱歌,来自地狱的
呼救声,大于一场四面八方呼啸的山风
你在街头遇见的每一个人,都开始拒绝

人类的真实面孔，你守坐在湖边的石头
耸立比肉体本身，更像活着的证词

上帝在告诉我们，荒谬即真实
模糊的事物，终归要现出平静过后的真身

黄昏

黄昏很轻，比如，光线柔软的触角轻轻缩回壳里
几朵小花，开在秋天里，也轻言轻语
不低头，是看不见她们的——
细微的心事，总是被高大的部分遮挡

天色将黑未黑，一些瘦小的事物突然丰盈
少女的脸颊也被赋予了杜鹃花的颜色，偷偷走向你
轻轻——我啊，只想变幻成一棵树的样子
在拥挤的暮色里，获得隐秘又沉重的满足

此刻，黄昏构成一种美学之外的表达
你走向我的时候，我也正走向远方
我离开的方向，恰好与你——
相悖并无限延长，我们啊，两颗小小的雨滴
站在人间对称的两端
却也只能，流淌成不同季节的河流

与故乡书

为了遇见你，我始终怀藏一片森林
用最初的露水，最清澈的阳光，爱你
用原始的风爱你
爱你一瞬间的落雨，爱你落雨时皱纹般的涟漪
爱你的雨把院落的青苔打湿
爱那青苔上仓皇不知措的蚂蚁
爱你在九月的雾霭中朦胧的根须
爱你的手在屋瓦上弹奏的每一曲别离

故乡，我在远离母亲的地方，爱你
爱你平平仄仄的青石，爱青石上那些虚晃的时光
爱邻家奶奶蒸的甜软的米糕，爱那些灶火
吐出的木柴的香气
因为你，一些故人充满了动感的体貌
部分乡愁在春秋的水里生生不息

我在远离你的地方，去闻闻田野里的麦香
妄想在抽象的气味里，遇见具象的你
那时，清晨第一缕阳光照向河道，也照向人家
你捧着一片水色走来，格外动人，又格外明亮

故乡啊，你生长在我的身体里
变成了我的手掌，我的眼睛
故乡，你朝我走来的时候
所有的光，都被赋予了无形的重量

荒草古渡（外七首）

• 周天红 •

一缕风在何处停泊
古渡无舟
只有一滩荒草
流浪的脚步
旧时的腰刀
一弯冷月
多少时间都已荒凉

在一河水里无处打捞
给我希望的残破的
那些千年的流沙
水击石卵
一缕月光就要追问乌云之前
我把一本书收藏
埋入万年的土壤

然后默默诵读
听涛声沉醉
听钟声清醒
那些穿风破雾的松竹
那个说书人把一卷经书
握在手中眼里已是荒草丛丛
身后是一条春秋交替青石大路

残阳灯火

就在灯火打亮之前
一抹残阳催着时间的脚步
满山枯草以及乱石林丛
马蹄声里
有人骨瘦如柴

坐在残阳的山口
微闭双眸
一点一滴
化为灰烬或尘土
找不到时间的出口

那位砍山放山的老者
手里的刀斧早已锈蚀，分不清
山前山后月色和阳光的岔路
灯火和炊烟的迷途
只在一根线上反复播送

暗尘

风起云动的那一刻
我就是一粒尘埃
躲在昏暗的角落
等待阳光到来
给我希望的花朵
还有蜂和蝶影

随风奔跑的那些叶
你会在哪里等待
流水和山歌

霓虹或楼宇
被每一缕阳光照耀
那些彼岸的烟火

我能把每一片炊烟饮尽
细数着那些生命的阶梯
一步一步抵达
然后小心地放逐自己的梦
和夜晚对白
飞入远方的天空

听笛

就在那些落花未落之前
听见笛声
听见你将要离去的音讯
我收起那些花瓣
以及叶的伤痕
把一切埋藏在一本书里

满道风沙
或是炊烟一缕
被笛吹给流云
吹给那些背囊和行人细听
风卷流沙

你会在哪里停泊
在每一盏灯闪亮之间
在每一叶帆展开之瞬
我只能躲在暗香里
化为风尘

吹着夜空的笛

站在小巷和古墙
听见笛吹着夜空
想那些流云已布满你的窗
还有烟花和星光
以及那些永不消散的霓虹

我就在村庄的角落
像一枚古币陈旧
那些旧了的墙头飞檐
那些旧了的童年和玩具
让时间和尘埃包裹

一枚叶落水击出的微波
像敲击着灵魂和血肉
一口老井无法飞出的天空
长篙声里
让笛洞破

我把你画给夜空

是星星醉了月亮
还是一壶酒的冲动
我把你画给夜空
画上你要的木屋和院落
还有姑娘的灰色衣服

有花有草有流水绕着
蝶儿会飞向你的天边和云朵
种一些萌芽的种子
还有你诉说的童年和玩伴
那个去了远方的小哥哥

夜不再难过
手牵着手
奔向那个牛羊吃草的山坡
望着驶向城市的列车
梦里有花瓣片片飘飞的彩虹

追光

清晨青草荒凉
我追着光
想那些青春早已散场
一滴露落在身上
追着光把时间反复打量
追着通往窄窄道口的欲望

远方已远
变换的尘埃随风来来往往
天空的冷和风的静
容纳着那些美丽的五光十色的山梁
坐在光撒下的陷阱边缘
一粒石子落在水面击起的波浪

我无法跟上光追逐的远方
用童真去回忆蒙尘的玩具
想一支笛还吹着那些年的青草塘
村庄就在一缕光中斑驳
老旧的墙
还停着一只红蜻蜓的梦想

三口茶

满山茶香
我只取一缕
三口茶
听见有人来往的方向
村庄静
一叶茶慢慢展开的声响

岭上阳光
我握在手的中央
掌心暖
但求一次相遇的愿望
草已枯黄
随一列火车驶入谁的心上

唇在茶的边缘碰撞
梦能结果
或盛开在夜晚的天堂
一口接着一口地守候
谁能与你相守一场
诉尽一杯汤水的衷肠

寂静（外四首）

• 何春燕 •

一街的张灯结彩。这片言只语的寂静
砸疼了年月的深情回眸
躲避这晚的狂风暴雨
我尽量接近一场寂静
一路奔跑，无眠时听听寂静的声音也是好的

这样的夜，再来一杯寂寞吧
出世是痛，入世还是痛
撕裂天真的伤口，你的笑如同悲悯的铜像
我们学会一次次在痛中治愈
生命中的灿烂终究要用寂寞来偿还

若隐若现。一场恍惚的突围
最后让一棵稻草压倒了
夜的寂静如约而至，黑暗风起云涌
眼里写满了诱人故事
脸上却不见一丝风霜
放在心窝窝的，已成往事

有风吹过，舞动一夜的寂静
掩盖了流言的恐惧，多少的岁月匆匆
舍不得忘哦，饮尽一杯青山绿水
像绽放的夏花
我与寂静保持恰当的安全距离

想你，是一份荣光的浩荡

我稍一探身，繁花似锦的风景便弯成了弧度
从春到夏，一诗一城
从秋到冬，一叶一生
踉跄的眼泪好像失去了秩序
想你，是一份荣光的浩荡

指尖扣拍，一道厚重的门扉应声而开
心跳跟呼吸一起狂欢
倾城的光见证了我的执着
我重新爱上了白天与黑夜
重新爱上了四季与回家

是岁月的一束刀斧之光，砍伐中
我伸展着头，不想随意系住一些什么
眼里的苍凉跌入肺腑
这辽阔的想念太柔软
我总是以为不舍，就可以得

什么都可以一笑而过
我趴在临街的窗，看一颗心的灿烂
看爱的陌生与逆来顺受
在一场没预谋的想念里
形单影只的风迟迟不肯归来

新月

这一晚它肯定不是完整的
如燃烧了半晚的白蜡烛
白茫茫的光，闪得有点跌跌撞撞

我想一镰一镰地收割
从一轮新月的迟疑读出了夜晚的心思

深陷在新月之中，轻薄的影子低入尘埃
我手中的杯子有痛，据说是安神
我需要很厚很厚的凝视
尖叫从喉咙纵身而下
来不及说出月光照射的诱惑

不停驻，是为了不缺席一场盛宴
只需一次回眸，满月时的浩荡
默许了星星的莽撞
再一次献上了静默与依恋
月是新的，光仍是旧时光
一些绚丽仿佛一直不曾离开

中和街的老井

我站在老街的井边沿，岁月的青苔斑驳
中和街之前叫解放街
中和街的老井老少皆知
我在中和街19号出生，一直到20多岁出嫁
我常常不动声色把老井从记忆放出来
它总是烟熏火燎
不带隐喻，鲜活了四季

我匆匆而来
那一瞬间，只有春风灌注而入
好像一声急促的咳嗽由远及近
时光挂在了这条老街小巷
这么多年，中和街这一口老井一退再退
盛满了小城镇的炊烟与我儿时的故事

黄昏落下来了
想起了年迈的祖父，撑着拐杖在中和街来回踱步
想起了慈爱的祖母在老井旁打水，叫我洗菜
如今中和街的老井老了，尘封了
跟随织篢河的流水，深深浅浅的
淋湿了裹紧多年的心情
我已经很久，都不敢想起父亲与母亲

老井终于停下了蹦跶
如慵懒的萤火虫
被坚硬的时光一遍遍抚摸
等一个潮汐的日子
安静的老井晃出了中和街清澈的倒影

更想借老井的青苔抵挡一下
痛得轻一点
一种原始的焰火从眼里升起来
久违的，柔软的
暮色的炊烟从老井矮墙边透过来

流淌的织篢河

蜿蜒曲折的织篢河也叫丹江
织篢的旧城老街依织篢河岸而建
是阳西这座城的母亲河
抬起头，像看到了春天的河水流淌
面对这条母亲河，我是卑微的

奔跑的织篢河，是一种向阳而生的物体
从仰望到内心，多年了哦
每一个人心里都流淌着一条母亲河
织篢河不断撩拨四季
它如母亲一样隐忍、包容和坚强
吹绿了曾经的沧桑

只需要一个呓语的交流
在晨昏的梦里，织箦河奔跑着
捍卫了流淌的秘密
听不到河风的私语
多少隐喻无从追寻

何等的相似，每个人身上都流淌着故事
微不足道的咆哮，跟这片河床一样悠久
我指着河岸光滑的石头
一切该虚幻的虚幻
该飞奔的飞奔

烟花的轨迹（外六首）

·壬 阁·

将一束束幻想点燃升空
冲破夜的封锁，摆脱
故土的引力。回落之际
与父母伸长的视线相遇

在他们含泪的眼眶里，可发现
映入瞳孔的烟花，正是远送出门的
儿女，在每年除夕缤纷地回归
在家乡，一朵一朵地开放

故乡的浪

为了迎接我，它跃过枯死的礁石
溅起半空的浪花，又在沙滩中
趔趄于我的跟前。它以我熟悉的姿态
复沓又苍老的声调，念叨着潮起和潮落
这些时间的摆设；念叨着海滩和码头
这些生活的摆设；念叨着海鸥和流云
这些空中的摆设。然后念叨我
这个老人面前的摆设，在每年一度的探亲期
连绵地，反复地，一浪高过一浪地

拍岸

我体内的层层浪
在拍岸时散开，露出
一夜积雪，满身伤痕的礁石。

浪花碎后，漫了自己一身
如同往事，一滴，一滴，
没入石缝或沙滩。

有水迹可循，浪花撕裂的
仅是浪花。更沉重的命运
将跟在身后呼啸，拍散，再涌……

落日倒在海平线下，黑夜
趁机蒙住视线。三两海鸥声
鸣叫回应，催我靠岸

给春天写一封信

像我体内的血脉，爬山虎

漫无目的往上走
墙始终冷硬。阳光和月色
都会选择适当的时机退去

从一片绿叶开始，给春天
写一封信。绿叶渐渐变红
将内心的温暖一片片透露

雨点飘洒如肺腑之言，春天
将岁月的火留我身上，把根
留在墙角，把肥料
留在无尽的黑暗

桂花落

昨夜从枝头滑落的桂花
有我的骨肉。浇灌十月
孕育簇新的，浮动的喜悦
却在几天内，无声落下
大部分背过脸，陷于泥泞
或脱水失色。只有边缘几朵
撑着四叶金色的脸，如同
撑开了，微型的十字路口
途经的人，都将呼吸困难
是环绕的余香，勒紧着脖子吗

一阵风吹过，又一片细小的生命
将枝头的十里香闻，带回泥土

矿工的月光

矿工身着灰土，手提电钻

从月牙一样的夹缝中
开挖一条日子的出路

岩石对抗钻头，冒出火花
汗水将手柄浸出锈斑

他只顾盯着钻，一寸一寸
突破。月光跟随他的行动

仿佛正在一寸一寸
照亮他的前程

每到月圆时，他习惯
抬头看看那个圆满的意象

一定有个满月的日子
会在矿洞深处等他

已十个中秋，再次顺着月光
转向拼命的入口，他知道

矿洞太黑，月光总被吞噬
连骨头不剩。他放下的电钻

突然钻入心口，在他的骨头深处
一寸一寸，钻开了时盈时亏的心事

草木皆亲

想起人生赛场，许多
草木一样的亲友
他们陪我冲刺，一起
落入情绪熔炉

他们守在跑道周围

风里也长，雨里也开
枯败时，还挤出一棵芽
用青黄相接，感化某段软骨
目睹他们，我再一次引燃
眼底的柴薪，将泪水火化
将赛场上压力，煎熬成
一味良药，苦口补心

血月亮（外八首）

• 童　鹿 •

一个巨大的月亮悬置于头顶之上，
如静物一般。充当背景的
幕布平滑工整，
空无一物，皱褶只存在于
诗人暴君般专制的想象中。

它习惯于被观摩，被审视——
李白或者波德莱尔
看到的也是同一个，但一定没有今晚的大。
今晚的——
圆弧边缘的光带随心所欲地向外伸展，
如圣母的胸脯，环抱住清冽的阴影。

当有人轻信一些言论：今晚会有一个
血月亮——
在惊愕之余，它就将自己变得更大，
如上帝般——
怜悯抑或震慑那些失望的人。

一出戏剧

他转身在画布前挥动画笔——
像是把一杯咖啡倒进泥土里，
少顷，被黑色的闪电切割。此时，画布上的
色彩好像她钢镚似的话语滚成一个土色弹珠，
啪嗒掉到地板上，滚了很远。

她倚在门框上看他作画。
一缕嘲讽藏于不易被人察觉的浅笑中，
像是已被碾碎的香烟在烟灰缸里
挣扎着收拢零星的余梦。

调色、上色、洗笔，
时不时站远些眯起眼睛看，
再上前加几笔，连串的动作熟稔。
未几，咖啡色的泥土变成：
车厘子色和绛紫织成的大块条纹、
宝蓝、松绿夹着一点黑色的海面、
绒绿色的草地（几块暗红企图
力证这并不是春天）
以及一大片白（像是大雨后出逃的瀑布
或是小兴安岭下得仓促的雪）。

她又倚在沙发上，也斜着，
此时，
墙壁上的白漆突然大块地掉落下来。

所幸还有光

一场大雨将你送来——
波浪在摇曳中安眠。
当触碰一词被优柔的手指冒领
整场雨就被关进眼眶里——
倾斜的瞳仁
蔚蓝。

瓦楞状的雨水倾斜,如此这般。
我们坐在鸟喙般的屋顶上,
看一只蜘蛛倒悬
试图将体内的黏液和盘托出——
但这一滩漆黑可不是你眼中的夜色。

你说黏液中也有几粒泛出一点白,
像是暗夜中的几点晨星。
我暗自庆幸,
一场大雨将你送来——

当海域成熟时

大海横躺于陆架上,石头垒起的城堡像一只
巨大的白鸽翘首以待,甚至感觉某一刻
就要飞出去了!
翅膀遮天蔽日,听从同一种颜色的指令。

而“盘旋”本身的功能与
一根触发按键的手指无异。没人不想
回溯这片海洋最初的生命形式——
当时,一只蚂蚁即将产生意识,
一块心神不定的岩石正在自我驯化
死亡刚找到一种新鲜的声响……

当它成熟,就张开巨型的漩涡,
试图将一切吞噬。鱼虾们在水壁上撕咬,
像一群省略号收割着或长或短的句子。

光影

夜灯即便规律地转动
暗影与光亮如何幻化却无规律可循。
你说需要脱离出柏拉图式的沉沦,
但沉沦真的只是沉沦吗?
难道不是云层里鼓胀的雨滴,
想要坠落。

在这一片瑟瑟的光影中,
肉橘色的楼梯婀娜而上,
乐曲如一群羔羊在绿茵上奔跑
或吃草,绒绒的羔毛在微风中翻动。
酒也不是只有一种,
来自法国,新西兰还是日本?
脾性或暴烈或绵柔。但现在,我只是想问:
你真的窥见那扇窗里的
一根抖动的蛛丝?

异度空间

漫行——踏过太阳——
那些阳光不能抵达的地方
如钢琴的黑键——
与白键排成一串数列
在耳蜗里泾渭分明

缤纷的触感诉说着一种真实——
在频率音色互为斡旋的声波网之外
手指爬过另一个缄默的空间——

那块长满青苔的岩石
触感与三角钢琴并无差别。

一片连墨水也染不黑的白
跌进太平洋搅动波浪如多米诺骨牌——
抹去所有痕迹——
一并捂住月球那张不甚明朗的脸。

行为艺术

首先它不是一只普通的口罩，
它是一只红色的口罩，上面印着“新年快乐”
——
罂粟花苞似的嘴巴往里面躲。

被蘸了墨水的狼毫压住，洁白的
胴体在鲜红的“嫁衣”中延展，——
那赤足直钻达地面的尾椎，
栗色的头发在空中盘旋一圈，又垂落在肩上。

一种凝视，如同大鱼在激流来临之前
放大瞳孔——
一种来自鲜艳口罩背后的——
如台风前满天乌云的踌躇，抑或是战栗。

但若是隔着口罩吻一下，
如擦拭了阿拉丁神灯，死神便任你差遣。
只此一瞬，或死去，或永生。

偶然

沙子不需要考虑哪个贝壳，
更适合。在它看来，
这仅仅是一个名词——
“贝——壳”
两片唇突然碰撞又弹开。

若是哪天它路过，
某个贝壳恰好张开，
如同“一片树叶从一人的肩上
飘至另一人的肩上”。或是
“门铃上一人先前的指纹被另一人的
覆盖。”

而这种偶然并不是万有引力，
无法被科学公式固定——
它更像是雪山上迟疑不决的云，
无法凝神将倒影投射于某一团雪上。
太短暂了！——
以至于“真理”都成了疑似病例。

结束往往意味着开始？
此时，最好保持沉默，

野猫

最初是被它瞳孔的颜色吸引——
一只如琥珀般的黄绿色，
一只是空洞的水蓝色，如一颗行星
浸泡于一片水域。

它们从来不曾碰面，点头
拥抱或者彼此交换秘密。
但当它们还是一个胚胎的时候，
就知道彼此，这种参与指向永恒。

像两个隐秘而强劲的漩涡，
将驻足的人群、狂热的广场舞、

跃到半空的羽毛球甚至黑点似的飞机
都一并吸入。它们交织缠绕
延伸到时间与空间的咽喉处并打了个结。

沙漠与晴空平躺于两边，
如同生与死分立于两侧。彼此张望，
视如分身，一如生死这对孪生子。

而它身上的毛一白到底，一如法官的假发
接近于某种寓言般的奥义。

当它眯起眼睛，
——就泻出一种流浪的王者之光
整个城市擎起惊雷为之加冕。

春砂仁（外四首）

· 黄赤影 ·

春砂仁：风雨，烟火和烈酒的名字
一个长于坑洼产于坑洼的物种
带着苦痛与使命共存
为等待四年后的蜕骨？

春砂成熟于夏季
钻进九曲回肠的山海
处处可见沟渠，水渗过根部
隐蔽处，暗红的脑袋团团簇拥
像村姑：质朴，羞怯。闯入这方天地
瞬间有与世隔绝的感觉
丛林的空间，闷热，散发出腐殖质味
久不残暴的蚊子闻风而来
奇痒，潜逃之余仿佛有窃笑的声音
不经体验不知劳苦
采摘的山民有神来之功吗？
很多年轻人不堪苦力，离家谋生
人工授粉成了每年山民的心患
想到一年一季的劳作
愁云锁住一望山头
目光难以穿透茫茫雾海

春砂仁的变身，必经12道工序的考验
烟熏火燎腾起的思考，接近
骨头的打磨。敬仰
干枯失水的外表裹紧生命的色彩
风干孤独的灵魂
细嚼这股辛辣的味道
精辟通透，暖肺醒脾
难眠之夜至今醒目
此刻山民的心患能否治愈

待黎明将回神的酒斟满
太阳宣布另一个名字的存在
舌尖的浓烈抵达眼睛
目光浮现山壁攀爬的身影
一条焦灼的路

浸霁湾

听长者的讲述我看到许多张脸
顺着浸霁湾的溪水流下
流下，自愿或启蒙地流淌
下游有许多思想者
他们是时势擦出的火焰
跟随这条与命运相连的溪河漂浮
耳朵装满声音
和河里的兀石一样有力

古堡出现在溪水转弯的地方
它已被风雨淘洗得只剩下骨头——四壁独立
驻足废墟，有如坐井观天
灰沙墙，碎瓦，青苔，鸡屎藤
在阳光下露出底色
岁月沧桑了时空的变迁
我从摇篮的疮痍中寻找历史的源头——
密集的枪眼与炮孔铁证如山
求生的劫难把牛羊和人逼迫到墙内
墙外的枪林弹雨裂开守护与追求
贫穷，落后与夜空的黑融进生命的河流

日夜送别远去的车轮，触摸眼前的残墙
它与铁骨铮铮的英雄相似
像丹竹直指苍天，做出灵魂深处的质问
又如溪流，迂回曲折之后仍坦然于心
思潮顺流而下
抵达清流处我看见背后的江河

花市

撕开冬的面膜，我看见春的脚步逼近
花陆续在架子上晾晒容颜
音乐陪衬的热闹貌似与花无关
花盆的精致抬高节日的身价

花草炫目
被光环映射出孤独的叠句
它们自带的气质在同类中难以竞技
试图从花盆回到土地，回到
它原来的位置
每一枝都有它自由的向往
接近我原本的眼神
抵达
深不见底的凝视

大洲村

村中的百年古榕：凝重，苍老
父亲与根须站成一树
重逢激动双手，摸索，寻找
倾听叶子摇动年轮的回音
面对这种近得可以触及灵魂的凝视
我肃然起敬

镀金的记忆难忘书室的精神喂养
恬斋公书室，名声被丹江飘远
现在它已修葺一新，鲜艳的色彩
与陈旧的青砖瓦砾诉说往昔的故事
父亲笔耕苦读的形象清秀蜡黄的岁月
所幸：家族长者的眼光不被世俗同化

落日无声诵读老人的背影
他的足迹，还在新铺的水泥路上延伸
岁月的风霜与尘埃抖落至根部
——滋养新叶，舒展光芒

再见福湖海

走不出初夏的梦境——披着月光的松林
困惑一串心血来潮的脚印
裹挟着预言打探海的入口
手电筒杂乱的光柱
惊动爬行和飞行的家族
口技诱惑与模仿被误为同类
丢落的笑声与海滩筑成梦的归宿

决定再见
路途似曾相识,几经打听
幽闭的松林终于渐露白羊肠
林间渗出熟悉的咸味
此刻,涛声泛滥了记忆
近了,更近了
隐蔽中忽见一处开朗,海风击掌
怪石高低耸立如两扇石门
海在森严的府邸中休养生息
太阳不敢撒野
相对而坐,海已经苍老
平静如缄默的爱情,沉淀包容与守护
礁石与浪花的小滋小味
自由的飞鸟,时而梳理海的头发
时而抬头感怀岁月的飞短流长
贝,被娇宠出随遇而安
酣睡的呓语暴露神秘的真容。这一切
似乎与大石无关,他居高临下
注视过往的船只,表情接近雕刻
眼角透出一股冷峻深邃的光
折射不测的风雨和生命的浮沉
谁知沧海桑田有那么点
烧灼的疼痛

海风徐徐,夕阳收起霸气的光芒
内心深处苍茫如海
耳边的召唤来自游离的思潮
与云漂移涌动,潜入梦境
再次触摸疼痛
少年的忧伤已被海水疗愈

回归(外六首)

· 柳 欣 ·

徘徊窗前,向外靠海的岸,
相对山与景的惊艳。
胜于青鸟的海鸥,言不尽意……
妙处,大小悉可以落笔
乡书几里,还归锦盒的自身。
君望长安,未尝见家的片刻
散落一地的箫音。可有拾起的必要?
战栗风中的邮筒,伫立
人间,逗留的铜绿
……原地暗淡。
檐下风铃,应和着渐远的涛声
照亮新月唇边,湖水的平静。

何者与爱情交握,庄周的蝶梦

滴沥故去，媾合与孤帆远影。
目送……暂停手挥的谕示
海平面的暮色远眺
终点斜照，捧卷等候的彼时。

魏晋的风雪

太阳的梦碎裂。
现实野合我们的唇齿
思念，旧衣上经年的酒色

血污，交还与腌渍的斜晖
那几句话，门前依旧
石子融与皓白。

静思

旧日的车票与书，
感情，是否出站的凭据？
水滴石穿的辞格，风化多年

以前的刻痕，伴随的声息渐无
生命的涌入……偕同微光
的星点。其余却留给死亡与时间。

沉塘的传说

她的秀发夹住了桥的阀门
交错与礁石伴蓟草的味道

镜面苍碧凝成微粼的芬芳
锁住咽喉暂时的一缕洪水

昼夜不止的溪流偕同梵音
神女峰与水鬼互换的气息

前方岛礁，还是些微青叶
谁主沉浮，多少又生枝节

独白

自顾自的洁白。静穆千年的纯粹
渔父与跣足者，风尘相对着人生
古代英雄给严霜熔铸多年的蜡像

风雪夜归，谁收拢过他的旧斗笠
清光是琉璃灯盏的风月，是足迹
并茫茫的幽邃，尽些自由的端点

素梅与鹤，目送水底高深的影迹
竹林伴月，啸出无关背景的填充
浪子穷途的声色，风中瑟瑟生凉

千万孤独，偕同寒鸦的闲适越过
山谷的深林，人不知溪流的沉潜。
天地之间，何者独自去往前面的
塌方，湮灭的尘土交替谁的烛光？

海边的爱情

码头，清晨四点。来来往往的集装箱。
混合着货币与施蛰存立体的味道。
毡帽两顶，幽微地眨闪着货车后部。
缝隙中线条那纯白，同鱼虾正淌水滴的玉。
几时爱情与车前行，人生此刻的方向？
眼角余光伴清气，流畅的脸庞相逢豆蔻。
天真同酒窝成双，嗤笑橄榄为情所困。
刹那和前额照应微云拂过林木葱郁的无邪。

杂陈

戏剧竟让你活成了莫名的人生
千万标题，同悲欢类似的配方
沸腾遇锅底，依旧原来的回味……
椒盐、八角、茴香，执笔的手。
柴米油盐，粉尘的墙纷纷剥落
空荡荡的古镜应合山水伴虚无
宽袍大袖中，没有血肉的骨骼
震颤榫卯的梁柱，余音与喝彩
之声部。谁的潭影曾承载泪眼？

一个无言的下午（外三首）

· 杨计文 ·

门框的右下角
午后的画
一个七十多年的岁月
光阴皱起
斑驳的痕迹

眼神穿过浑浊的水潭
小巷来往中摆渡
寻找人海中熟悉的鱼
游近心中的水域

一个下午无言
鱼鳞皮的手背
膝盖上晒起
老茧深藏光的背后
那是大灰鲨和金线鱼留下的痕迹

日照从门框溜进屋子里来
找到了右下角的表情
讲述沟壑的故事
大海曾经在此流淌过
反复冲刷

无动于衷过去的日出
难忘怀一段接一段跌宕
心中瞬间重启
伤痛包裹的日子
前半生送走
留下嘴角的微笑

午后的阳光
把老人供成一座神
寂静的语言
崇拜午后的悄无声息
不解释也不畏惧
坦然平凡和不平凡的曾经
深刻了每一寸光阴

元宵

灯火燃烧
一种古老的激情

谜语中翻飞

温柔的语言
与灯火一样璀璨
滚烫着拥挤

从这刻开始眼角的语言飞越千年
到了心口
说给离去的背影

无奈黄昏
枝头挂起白雪
冷却了灯火

暗淡的视线
灯火烧烬
剩下一个字
留给下个月圆和东风

背影又一次

海陵湾

漠阳大地的西边
拉开了一个生命的口子
南海深情亲吻她的奔放
缠绵亿万年

鱼从漠阳江游过
口子里回旋
在龙高山和海陵山脚下跳跃
阳江的龙门

海陵山秀美
荡漾用她的名字
写给蓝天
一马平川的蓝
轻舟划过
南海的风光

晨曦晚霞装饰海湾画面
春绿微风绉起
秋帆常闻
永恒的涨退
狂风暴雨每一次
壮美了海陵湾后来的模样

早已深情这片水蓝
潮汐在皮肤和眼神中留痕
渔网捕捉风光
潮语虽然多有沉默
不缺朝去晚回的渔歌
老父亲呢喃的方言
夏酷和冬寒打湿的乐章
从古到今的流淌

两岸开遍稻谷花香
还有鸟投村场
湛蓝画面映现稻谷弯下
锄镰海风中飞扬
渔汛热闹了圩期
一湾两岸
脚步跨越湛蓝的宽广
来回往返
……

赤脚于岁月中深浅
新潮已是抹去

不绝的航道
太平洋的笛声轮番拉响
流连这片海湾的蓝

远去的白帆交叠新涌的白云
潮满两岸
龙高山和海陵山上
风车一转再转
日出和落霞的金色

一垄贝壳

很久以前
海洋创造了一种壳的瑰丽
人类审美这笔财富
存储在史诗里

不曾料到
柔软的生命
最后留下无比的坚硬
日月光华下
斑驳了诗情

一壁精美与沙子一样晶莹
那是灵气垄积的游龙
起伏的节奏
蜷曲大海的涛声

海浪和风雨
早已洗去曾经挣扎的记忆
装饰温馨的梦
一串斑驳的痕迹
挂在爱情的脖子上证明
永恒可以相守

醉意铺满石阶（外五首）

• 余 露 •

月色在鹅卵石上变得圆润
心事酡红。高悬于栾树的枝梢
阴影斑驳出流萤二三
各自。我们在角落承受一样的苦
于暗处，扎根在安静的夜来香旁
晚风中有星子的悲苦 执着生长

夜色又凉薄了三分

风在试探，描摹出一些不存在的悬崖
陡峭 冷峻 深不见底的欲望
凝视任性和无知的边缘
醉意似乎更浓了些
无须酒精参与，柳枝便迷失在水波的最低处
星子稀疏，寥落成几滴清泪
坠在湖心的粼粼银波上
湖风已醉。四散的灯火暖不了
一尾搁浅的鱼

夜色浓郁如酒

我在晚风里，约了一湖波光
粼粼。和漫天星子对饮

夜莺将鸣啼捣碎
揉凝成一滴碧血落入月亮的眉心
夜来香的言语愈加迷离

夏虫和酒香一同出走
香樟树轻颤着叶片和多余的誓言
厚重的 轻盈的

我在夜色下咳出一抔血来
滚烫的梦境剥离出无数巨兽

远山变化着轮廓

迷蒙间，似乎已经不是我曾见过的那些山了
也不是我在月色下，悄悄说过无数心事的山了
有更多的雾气从湖面蒸腾而起
清旷的几笔，寥落出离人的背影
月亮落在柳枝最柔软的细尖上
折下的霓虹散成细密的波光。粼粼
鱼群皆醉，酒意滂沱成更多的月亮
晚风送来栀子的香气
远山开始有了自己的模样

春天惦记每一滴雨

它将秘密藏进峰峦的起伏
用湖水的澄碧，安慰一冬的惊惶
白鹭衔来飘缈的山气
幻化成林间的深红与浅红
青苔将昨夜借宿的瓢虫唤醒
山谷的曲折中，春天的酒
在每一片花瓣上酝酿
醉意，是花下相遇的你我

灯熄灭每一间铺子

我从新安东路的另一端走来
夜来香的脚步很慢，踩过每一处的熟悉
在夜色中送出十月的醉意

空荡荡。那一路的夜色裹挟着
影子静默，来自路的另一头

桂子的吟唱恍若秦淮的碧波，粼粼
所有的馥郁滑入游鱼的眸子深处

散落的雨夜。星子明亮，舒朗
随马逐人，在樟树短促的芳香里
酝酿出另一个季节。火树银花

游楠溪江(外六首)

• 赵幼幼 •

烈日　开着七月
朵朵刺眼的花

几条竹筏
一拨拨　疲软的人

泛舟　二胡咿呀
楠溪江
似小情人撩动

藕花　无觅处
滩鹭浅飞
山歌　水声起落

可惜——
我们不是诗者
只剩下

身轻如羽
一晃眼

便到了岸

西塘

桥　画舫　流水人家
桃柳巷陌　小娇娘
含羞

临河茶楼
青豆　伴黄酒
一朵时光　静默

青年酒吧
吉他　校园民谣
鸡尾酒　夜色　麝香般

哦
夜来香啊,艳来厢

雕花木床
烛影　一抹抹
摇红沧海桑田的月光

星星不够耀眼

假如,所有的星星
不够耀眼
她便来取代烟火满天——

隔岸相望
吾悦广场的高楼
吹着
流光溢彩的风

夜空太美

静谧的永宁江
太动人

五洞桥

一半尘间
一半水中

白鹭掠过
灯火亮起

她便是西江之上的
一颗
美人痣

浦坝港

又看见了月亮
云在走
她也在走

爱吹吹风的
请都过来
哦这里——
特别特别空旷

想头发被风吹得多乱
就有多乱

在台风刮过浦坝港的夜晚
昼夜交替
之时

容易爱上一个人

布袋山

布袋有形 山无形
太多的变幻莫测 并不总像
我们所知
——那一年山中老者如是说

还原一个真相 是多么困难
我举步维艰
看着玻璃窗外的车流
随后比世界更陌路自己

每当钻入死胡同之际
我开始怀念布袋山上的一碗米酒
能在强烈后劲中
打开死结 愈合二三两伤痛

传奇

通天洞上去
便是天上人间
爬过飞鹰道的英雄
藏雪坛引泉长啸

山下村落数处袅袅炊烟
是老翁细数家常
菊花盛开之时稻田一片金黄
古镇 静如处子
一家酒坊山水乾坤

自古传奇有天意
极致之时无章法
比如破茧成蝶绝美的酒器
也抵不过杯中的香

火红的莱丽花(组诗)

• 彭惊宇 •

火红的莱丽花

我会永远铭记尼勒克木斯乡的花海
火红的莱丽花,多么红艳而妖娆的莱丽花
仿佛那青春岁月的颂歌,漫过西天山的草甸
仿佛那纯真爱情的火焰,腾腾点燃最美年华

火红的莱丽花,神奇而自由的哈萨克之花
随风迁徙的种子,如同转场的毡房人家
经过多少雨雪风霜的洗礼,磨红了一颗莱丽的心
天赐之山日为轮,岁岁年年,阿肯弹唱走天涯

火红的莱丽花,定然是哈萨克少女的热情之花
姑娘追的浪漫风情,谁不想与你奔驰草原,扬鞭策马
火红的莱丽花,黑环是黑眼睛,还是镶边的裙裾
火红的莱丽花,可是姑娘应诺心上人那脸庞的红霞

青铜塑像:恰秀

我们的哈萨克母亲,同样是大地母亲
她行走在西疆边陲,展现博大的胸襟
仿佛天穹上那永恒闪亮的白羊星座
给我们带来吉祥幸福,和岁月的安宁

我们的哈萨克母亲,经历了多少艰难苦辛
无数风霜雨雪,在她额头刻下深深皱纹
毡房就是经行天地的日轮啊,为着子孙繁盛
和六畜兴旺,哈萨克母亲拥有人类最朴实的坚韧

在遥远的西天山,在伊犁那拉提草原
哈萨克母亲捧献出宽厚的笑容,和奶酪的真情
恰秀,恰秀,我潮热眸光所仰望的青铜之手
抛举的可是母亲那笑掠沧桑之后的博爱心灵

格登山色

乌孙山支脉,一列高高的土丘陵
头枕苏木拜河细而长的清流
坡势陡缓,并没有想象之中的崔嵬
而面对伊犁河谷,仍显出雄浑的气象

红色翼亭内矗立着格登山碑
历二百余年风雨,不尽沧桑的容颜
有往古之气息,有些残损和文字的漫漶
甚至有几处大头盘羊等动物的拙趣岩画

我仿佛由此打开了一册久远历史的图卷
格登山一片星光下的宁静,骤现铁骑
阿玉锡等三巴图鲁率尖刀直刺叛军营垒
混乱的人影和火光中,达瓦齐趁夜逃离

一段战争的遗迹,一座乾隆御笔的丰碑

就这样使得格登山变成了史册中的崔嵬之山
正午晴光下，我感到了夏风的劲厉与明媚
朝正南眺望，遥对西天山雪峰的峻岭绵延

哦，格登山色，竟是大地无垠的平畴之色
是棕红坡岭边，此时盛开的格登山花

听阿苏唱萨满歌

你迸胸一喊的歌声令我心头
蓦然一怔。你这西迁伊犁两个多世纪的
锡伯后裔，察布查尔大地养育了你
也养育了你西天山一样壮美的诗情

你的胸廓敞开了，仿佛遥遥西迁路
戎装褴褛的士卒泥流般缓缓前进
劳顿的牛车。怀抱婴儿的产妇。漠北高原
你的心变成苍茫的海，无形的力的海
你的先祖蹒跚着，正从那受难者的队伍走来

带着喜利妈妈，带着海尔堪玛法
一根麻绳把故乡的火延续到西北边陲
一路充饥的乌穆尔野菜，茅草如葛衣
包裹二百新生儿脐血有痕的啼哭

而你，我们尊敬的锡伯诗人，犹如
烛火摇曳、青烟缭绕中驱魔的巫师
伴随你的是暗夜里咚咚敲响的神鼓
看那旷野之上，猛兽正以凶恶的脸谱
龇着血盆大口向弱小的人类族群奔扑

你挥动神矛，为牺牲者招回失去的魂灵
并让胸口铜镜照出一切妖魔鬼怪的原形
我们的诗人呀，你的萨满歌为何如此动听
浑雄、深沉而又张扬，多像你血脉中固有的
刚毅和艰辛。你借此说出了锡伯民族的秘史

阿苏，你萨满歌似的激情令听者陶醉
我感觉那些鸠占鹊巢的凶兽正逃遁远去
我们空空的躯壳，横贯着来世的春风
我们那一颗颗复活的心脏，正疯燃如炬

旷野之葵

旷野之葵，是北方古老的精神谱系
是准噶尔地平线上永恒存续的一抹微光

旷野之葵，一片浩瀚无际的秋葵之海
展现生命轮回的壮美风景，与褐色大地浑然相连

它们是青铜列兵，是拓荒者不朽的雕塑
是我们日渐苍老、或已远逝的父亲们的群像

旷野之葵，曾经有过金色年华的缤纷迷梦
重瓣葵花向阳盛开，比阿尔的梵高更痴狂，更热烈

旷野之葵，结满籽粒的葵盘一一垂首沉思
仿佛罗丹的《思想者》，在追问，在叩谢泥土的恩情

旷野之葵，犹如残损的鹰翅，执傲不屈的夸父的头颅
犹如父辈们低沉的骊歌，引领我们向古铜色的夕阳走去

草原斑猫

从月亮的洞穴里衔走嫦娥兔
迈着肉垫的脚步，沿云梯悄然返回

微型的豹子。夜精灵
两只眼睛放射出萤石的幽光

它灰黄一体的身上油滚滚许多斑纹
警觉的耳尖竖立起棕黑色簇毛

它尤喜捕食奔跑、跳跃的鼠类
向天空低飞的鸟儿也伸去欲望的一爪

它轻手轻脚地行走在草原、荒漠之上
面对夜色中的村庄，投过意味深长的一瞥

它曾像一个盗者的魅影，忽地蹿进人家门槛
呲起凶猛的脸谱，与持棒者搏斗飞檐而去

仿佛人间的通灵者，发出饥乳婴儿似的啼哭
它是在呼唤爱偶，还是在叫醒这个繁育的春天

江布拉克

东天山丘麓上的一块变色翡翠
哈萨克牧人称语中的圣水之源

江布拉克——蓝天，白云，雪峰，林海
烘托出一幅无与伦比的山地田园画卷

是伟大自然的梵高，纵情涂绘的硫黄色块
是印象派的油彩巨画，骄阳下阿尔的麦田

是贝多芬的《田园交响曲》，乡土美景一一呈现
带着清风吹拂的旋律，和波澜起伏的爱恋

珍贵的黄金，一锭锭地在江布拉克熔化了
鲜明的橙黄，在大地上拼贴儿童蜡笔的金帆

拱曲低回的山坡，铺遍黄熟的麦浪
一些墨绿的老榆树，成为绝美风景的点染

顺着田野土路，我看见无数沉甸甸的麦穗
在猛烈地结实籽粒，新麦的气息迎风扑面

江布拉克，别有人间。感谢你纯净的阳光
我多想变成一棵准噶尔蓟草，轻轻摇曳在你身边

我看见了大地的丰盈(组诗)

• 亚 楠 •

枕相思而眠

1

那一缕缕涌起的光,也曾
在时间里
堆积。又缓慢沉潜,
像一抹远山。

或者就像我的那些心事
被水墨画浸染。
有一种痛,因记忆而骤然跌落,
也就锻造出了乡愁。

但我从来都不曾忘记,
宋词里的江南,小桥流水映红了
万千荷花。

2

便纵有缱绻古意进入
不眠之夜。
……那起伏的心事也会在古老
时间里堆积忧伤。

所以呀,我就在记忆中
捡拾故乡的
碎影,就与那朵落花一起
蛰居在自己的心里。

3

于是乎,我只能在这远方
默默注视你,
在梦中聆听,满目皆是
江南烟雨,
和故乡不老的心情——

丝竹之声啊!
你如此柔韧、缠绵,却只能用
相思馈赠父老乡亲。

雨水反哺大海

在更辽阔的海域
水只是
隐性物质
一种从未有过的悲伤以泪水
的方式涵养我
就像风暴席卷整个大海

也曾疑惑过
闪电照亮的夜空为何就不能
把疼痛说出来?

总以为
大海只是在永恒的律动中
静默如初。却有时
被蛊惑的风总是让人不得安宁

他们伺机聒噪
但大海从不忧伤

而雨水总以自己的方式
并不惊扰什么
当闪电出现之前，雷霆的誓词比
天空明亮

毕竟大海浩淼的幻象
早已深入人心
我未曾把这迷雾般的花朵示人
也未曾从一滴雨水中
找到能够揭示生命的谜底

所以我只是看见了苍茫
那里水天一色
万物都在雨水中开启自己的心智
若精神苦程
动与静都是一条必由之路

在喀纳斯看大红鱼

仿佛这冷水鱼的世界就只能
被水隐藏着
也被他既有的神秘感
置换
成为神话的一部分

还是让我们先看看哲罗鲑吧
看看大红鱼
这个传说中的喀纳斯湖怪
怎样揭开谜底

可是那么多大大小小的鱼
摇摆着
都从我眼底消失了，也从一部
古老神话里

朝向我们人类洄游
而水中若即若离的倒影，这时候
就在那影子中
把模糊的记忆都清除掉

在赛里木湖看金莲花

这些花朵仍在湖畔绵延，她们
有着黄金的色泽——
迎向光扇动柔软翅膀
就仿佛无数小蜜蜂把嗡嗡声都藏进了
我的记忆中

可是啊，你也曾和我一样
安静地注视
远处那些云朵。湖鸥就像一支支
箭镞穿过了层层巨浪
隐秘的内心

所以我自然就是一个幸福
的人
能够看见湖水滋养生灵，金莲花
那片茂密的芳草地
而不远处
黑森林好像隐藏着人类古老
的秘密

那拉提天界台

他竭力攀升。但俯瞰

却是他一生必修的功课。存在
就是必然

此刻他遭遇了一场风暴
好像有人
已经在梦中祭奠过

请记住吧
鸟鸣仍在初春的山谷

宛如东布拉的
金色涟漪。此刻我记住了丰盈
在广袤的大草原
没有人能把神话埋没

所以在天界台
那移动的
马群比想象中更真实

野百合花

雪仍旧泛着白光
仿佛恣虐的风在高山牧场挥动
他招魂的经幡
这时候，野百合昂着头
她在等待着什么？
这小小躯体啊，黄金的梦幻曲
拥有足够的喜悦

此刻太阳出来了
云雾被风驱赶，就像一群牛羊从
东边走到西边。而远山
这巨大的水墨画
让墨绿色森林
守护静默。却又在茫茫白雪中
就像一个童话诗人
把梦幻铺展在寂寂天空

我惊喜这舒展的春天
野百合花，洁白若鸟羽……她的蕊
带着晨露的芬芳
这大地精灵呀，你们看
密密匝匝的雪原上，那些高昂
的头颅宛如
星辰对生命的礼赞

而远天，祥云浮游
我知道在那拉提美誉就是
灯塔
他追寻着一个丢失的魂灵
返回了故乡。也正因为如此
那辽阔之美，那星星和童话就一直
在人世间传扬

乌伦古湖

在秋阳映照的湖面上
野鸭成群结队地
嬉戏着
向芦苇滩那边漂浮过去
它们正在寻找
其实，野鸭的喜剧就是把
昨天都彻底忘掉
只留下一个
谁也破解不了的谜底

但湖水依旧在澄澈里回应着
远处的涛声

尽管此刻我还没来得及
多想
没来得及把眼前的事
都说给你听
也不必惊诧于遥远
的往昔啊
惟那些无法抹去的泪水尚有
余温

那就这样吧
秋阳还将持续地照彻湖水
野鸭的心思飘忽不定
所以我更愿意在
寒冬到来之前让乌伦古湖
不断追忆
让往事
把迷茫变成生命通途

鄯善，楼兰（组诗）

· 张映姝 ·

库木塔格沙漠看日出的女人

似乎万物的眠，为了此刻的醒
似乎无数个昨天的沉，为了此刻的升
似乎闪烁星河的寂灭，为了此刻唯一的登临

库木塔格，每一粒沙酝酿欢呼的仪式
库木塔格，小兽早已藏伏，足迹
泄露黑夜里不息的生与死

两个女人，行走于沙脊线
两个女人，行走于生活的刀锋
每一步，都是陷落
每一步，都是拔起

网——网中
孤星和残月，把黑夜网住
光与影，把手持相机的人网住
沙粒的凉，把裸足网住
风，从玉门关而来，携十万人的体温
百万草木的气味

寂静，是顶礼、膜拜
无言，是等待、苏醒
那只鸟振羽而过——使者的口信
她一直站着，用手机记录
她一直坐着，盯着地平线

她早已确定，光的起点
太阳露出了头。不是云层后的凌空一跃
太阳在奔跑，向南
她揉揉眼睛。露头的太阳
还在奔跑，向南，向南
奔跑中，露出臂膀、腹部
舒展四肢，长出双脚

崭新的太阳，跑出一个永远的奇迹
古老的渔父，撒出闪亮的网
此刻，库木塔格，与塔克拉玛干、准噶尔
与撒哈拉，享受一样的恩宠
此刻，她、她们，与它、它们
与他、他们，有相同的容颜、内心

——这宇宙间，伟大的和解

品尝多尔玛的女人

当一株无核白葡萄株，抽出鲜嫩的枝叶
当一枚绿色的葡萄叶子，发出黄金的色泽
当一枚黄金叶子，裹住糯米的香甜
当一个多尔玛，盛放于白色的纸碟

她才确定，十几年前
奇迹已经出现。古老的鄯善
古老的葡萄树
古老的葡萄美酒夜光杯

一枚崭新的黄金叶子，延续
楼兰的古老、神秘
摹画千年的美好生活愿景

多尔玛，“叶子包米”
她小心翼翼咬了一口
未知的事物，她总怀有一丝胆怯和敬畏
那味道，超出语言的边界
糯米香、蔗糖甜，和某种(些)香料的味道
迷迭香，罗勒，地椒，或是藤椒
她被这奇异的混合之味迷惑

唇齿间，余香缭绕
她又吃了两个多尔玛
据说，这已是上瘾的数量
她只想品出黄金叶子的本质

五千个黑塑料大桶，在烈日下布阵
亿万枚葡萄叶，在桶里脱胎换骨
等待点石成金的一刻
她打开桶盖，取出一片
她接过，放进嘴里
咸，除了咸，还是咸
她似乎品不出葡萄叶的味道
新鲜的葡萄叶是什么味道?
她突然想起，自己并未尝过

无意间，她问起她的过往
大学毕业后，在城建局闲了五个月
辞职，进入吐鲁番一家企业
从车间工人，干遍所有岗位
最后升为副总。四十一岁的她
有花朵的名字——再克娅古丽
眼前的这个古丽
——一枚黄金叶子
她的芬芳藏在内心深处
生活之盐的浸泡、腌制
才能提纯、升华她

古老而崭新的大地——
亿万枚黄金叶子
亿万个她

楼兰酒庄的傍晚

她走在楼兰酒庄的夕光里
仿佛走在那个清晨
扶郎花仍在开放
狗尾巴花的芒还需要逆光欣赏

葡萄架上空空，那些垂挂的紫色星辰
走在黑暗的长路上。从一粒果实
到一滴酒，一种粉身碎骨的疼
一种销骨蚀心的醉
她甚至渴望那样的时刻

那个把壁画画在酒窖、酒桶、酒瓶上的人
坐在三轮车上，望着她，微笑
看他的壁画时，她也是这样微笑
这个壁画艺术的传承者，端坐
在画中的供养人像中
他把微笑，奉为自己的宗教

她走在夕光里
走回那个新鲜、透明的清晨
即便走不回，她想
还有另一个黎明可以走到

它也是新鲜的、透明的
属于楼兰和楼兰酒庄的清晨

别赤亭

刮过戈壁的风,埋伏骏马的嘶鸣
千年的葡萄树成精,在岁月的佛音中
修行、悟道
羊群的肥尾巴,晃动一个王朝的繁华

狼烟呢,就从此刻划过的鹰翅
鹰翅掠过的巨大气流
鹰眼迸射的野心
鹰爪张开后的致命一击
搜索,捕捉

一座唐城的孤独
一座烽燧的沉重
只有时光能够容忍、承受
我把自己,膨胀成一个宇宙
也只能装下它,烈日下的
一个午后的荒凉和干渴

观蜃的女人

从那天起,开始喜欢黑夜
那幻景,只在烈日下,成像

从那天起,不再相信眼睛
那虚无,曾经聚焦于视网膜中央

从那天起,对世界产生怀疑
她不再纠结,平行世界的存在

从那天起,她对透明的东西
保持警惕,比如玻璃、空气

她怕,一不小心
就会闯入另一个空间

可是,那天,她多渴望
从朦胧的蜃景中,找到

——一个熟悉又陌生的自己

向着叶尔羌河走去(组诗)

· 刘 涛 ·

鱼

站在岸边,思绪在水中游动
一条鱼也在岸边散步
它看了我一眼
又朝水中游去

多年后,我忘不了鱼的眼神
在这陌生的街头
它何以看我一眼
何以又转身离去?

一个退伍军人面对花店

你的身体依旧柔软
时时对汽笛的尖啸声感到烦恼
花店里摆满了玫瑰和康乃馨
透过玻璃窗你看着姑娘的脸

要留下我们,这中间代的花坛
伤痕累累的中年隐藏着早年的枪伤
你举起手,仿佛多年前的军礼
卖花姑娘消失在你的微笑中

那属于你的黄金时代已经过去
缓慢的脚步夹杂在匆忙的人流中
天气预报让血压升高
卖花姑娘的笑让天空放晴

清明

好看的夕阳,不知在何处发出虫子的嗡嗡声
那里的人们一队接一队
在墓碑前放下白花
这些手捧白花的人
身体藏着一段哀乐
他们在星期天上午想起遥远的名字

多汁的荒原

秋日的黄昏已将我们打湿
淹没在北疆的寒风中
方格本上的月光
照亮第几个不眠之夜

沙棘草被挤出酸腥的草汁
喊一声:大雨,赶快来吧。
旷野潮湿如同多汁的荒原

我在雨中保持仰望的姿态
要么,在风中灌浆,洗浴
被劳动惊醒的荒原悄然进入大雨的黎明

泛青的白菜被一把掐出水来
青涩的少年喊出它的疼痛
多汁的荒原带来咸涩的雨水

草、泥土以及思想的传说

荒原往往是野草和尘土的叠合
这种结构不够紧密
却往往因为马的骚动
显得有些结合不稳定。

最糟糕的是，野草长出了思想。而
这时，恰逢青春期，又叛逆。
泥土憨实的情感无法满足她的需要。

最后，她跟了一匹马，远去。
而马又往往使她晕眩。
最后，她被自己的思想弄得眼花缭乱，
只能，下决心回到过去，
稍显枯燥的生活。

向着叶尔羌河走去

当晨曦像远景一样挂在窗前
羊群开始在画布上移动
它们和清晨拉开的距离
就是鞭长莫及的距离

每一个陌生的羊角上
都在认真寻找着收音机的夏天
是被野草长得越来越绿
羊在吃草时已习惯于沉默
像听长笛那样忘情

但荒原上的草，显然乱了夏天的节拍
它粗硬的根被羊卷进胃里
打夯机的每一次震动
都被羊深深感知

羊，最终不是世界的谛听者
一阵刀郎鼓声震荡叶尔羌河
羊，终于走开
向着叶尔羌河的方向
——那块人间最美的画布

星期天

星期天想去爬山
让身体和一些硬的东西接触
还有尖利的、带刺的

阳光翻过天格尔达坂
一辆沉重的卡车加速、冲刺
它们和我体内的油耗相等

站在路边，很久
站成一块路牌
但是没有到站的人　像鸟飞过

在滚动的车轮中
不经意漏下几个句子
顺着山坡冲进绿色的松林
在车窗中望了一眼
那种伤心一闪而过

沙漠：昨天的阳光

在沙漠中，捧起一把沙
昨天的阳光仍在烫手

骆驼已经起身
摇荡　不安的沙漠

渐渐远离路边的铁桶
和姑娘

那边小小的岸向我飘来
每一头骆驼聚集了风暴的中心
思想已经在炎热中搁浅
由于思念滴答作响的女孩

铁桶的光，在夜里
反射我，把我的耳朵照亮
我总是听不见　沙漠中心区
蜜蜂的嗡鸣

植物或其他（组诗）

·吉 尔·

野葵花

它肯定不是一棵普通的野葵花
肯定没谁知道它的身世
现在是七月，它朝向太阳的花葵
蜜黄而灿烂
它肯定不知道自己是长在墓地
肯定不知道，寂静时
来回走动的是亡魂
但它肯定知道，这些灵魂因为干净
而变得轻巧
现在，阳光正好
一棵野葵花
微微低垂的花葵想起了什么
但一棵野葵花肯定不知道
在墓园站久了
会把自己站成墓碑的样子

风滚草

你们就要去远方
那是诗人要去的地方

风滚草，盛大的秋天更深的荒凉就要来临
为什么我心生悲凉
为什么我悲痛不已
大风吹动灵魂，就像吹动母亲的衣襟
大风吹过四个农场共用墓地
老人们来之前，在麦草上晾晒灵魂
有一年高婆婆在墙边晒太阳
被窜出的雄鹿顶在墙角，她用瞎了很多年的眼睛
看到一片黑暗
她举着衰老的手臂挥打一片空气
这只发情的雄鹿
用鹿角挑走高婆婆晾晒了一半的灵魂
走的时候，她绾起的发髻
插着结婚时的簪子
那也是风滚草要去远方的时间
我知道，总有一些灵魂被风吹来吹去

芦苇

我第一次感受到苍茫
是在深秋的芦苇荡，枯黄的叶子
互相碰撞，像骨头磕着骨头
哗啦声扫过沙丘、野鸭的惊慌
像飞走的雁群带走了什么
而我第一次感受到恐惧
是提着红柳条筐走进芦苇丛
芦叶划过脸颊
带来火辣辣的痛时，我第一次意识到
我可能会在芦苇丛走完一辈子
今天，我在父母的墓前待了一个上午
我们已经很久没有说过话
就像在芦苇扎起的小院里，我端起酒杯敬你们

其实我从来没有敬过你们
一生中有那么多来不及的事情
立在我们之间
像白了头的芦花在人间幻灭
一生中那么多时间被风吹到身后
把我们吹成披着大风行走的人

刺头菊

村里最老的寡妇
深陷的眼窝里住着一口井
我担心,她的眼窝会不会跳出一只蛙
这个又老又旧的身体里住着多少山脉
又住着多少干涸的河流

我们躲着她,像躲传染病
可有一天我忘记了怎么走进她的院子
她在灶台上烙玉米饼
她唤我过去,我想跑开
她又唤我,我慢慢挪向她
我想起,村里的孩子都叫她
"鬼婆婆"
鬼婆婆给了我半个玉米饼
村里的老人说,鬼婆婆年轻的时候
是村里最漂亮的女人

鬼婆婆老了像田里的刺头菊
人们都绕着她走,像是用锋芒筑起铠甲
与世界两不相欠

野枸杞

谁的手在采摘紫色的浆果
谁的手停在秋风里,一根一根数着少年的发辫
如此多的野枸杞,环绕墓地
是谁
栽下它
像如此多的儿女,触手可及
又遥不可及

野草疯长,是我一次次缺席
野草枯荣,我们已相隔太远
而当我看到挂满果实的野枸杞
环绕你们的墓地,那一瞬
仅仅那一瞬
我放下二十年的牵念
我知道,是邮差送来了讯息

红柳

母亲过世后
墓地右边有一棵红柳
有一年清明节
我和二姐去上坟,铲去了墓地的荒草
和那棵红柳
父亲知道后好几天不进谷米,直到大哥
去墓地回来说红柳又长出了新芽
我们才知道
那棵红柳是父亲移栽在母亲墓旁的
父亲过世后,我们将父母合葬
父亲静静地回到母亲身边,就像他踮着脚回家
怕吵醒午睡的母亲
后来,在墓地的左边长出一棵红柳
每次去上坟,大姐都说
"红柳又长高了"
如今,它们长成了两棵树的样子
左边的那棵比右边高一些

花开的时候像两团祥云停在墓顶
其实我知道，这两棵红柳根在墓穴下
盘在一起，长成了同一株根

无字墓碑

来不及铸碑
就用白杨板木写，以前到城里去铸碑
紧赶慢赶也得一个星期
母亲的是，父母合碑也是
那些当过墓碑的白杨板后来当成了柴火
烧的时候火苗幽蓝，火星在灶里迸发
声音总比别的柴火响一些
那天，在父母墓前，我猛然明白
我是用名字铸碑的人
你喊一次，碑就长高一些
不能再高了，它只能和我一样高
再喊就喊出碑文，密密麻麻
题头是我的名字
落款也是
我想好了，这是一座空墓
就把这座墓留给后人
我们回到山里凿墓，墓穴铺宣纸
我想好了，用无字墓碑

南岸笔记(组诗)

· 王兴程 ·

村委会的早晨

早起的太阳光线温和,露水还未消散
墙角的几丛野草有霜降后的深绿
牵牛花扯着藤蔓,还在做着最后的攀缘

昨晚无梦
宽大的核桃树叶,一夜落尽
我在院子里伸展了一下四肢
深深地呼了口气
清晨仍是一片潮湿和寒凉
十月的龙沟,无言无语

院墙外的天空像是久别的幻境
几朵白云在稻田里游荡
我们抬起头,追逐着一群鸽子的哨音
不断地盘旋在村委会的上空

霜

一个在黑夜出逃的暗影
穿过了沉沉梦境
此刻有人正在梦里起舞
有人还在彻夜奔走

月落乌啼
我们无法预料
霜将落在哪一片屋顶、石桥或是
离散的路口
我们也无法看到,是谁刚刚转身离去

漫长的命运无从说起
霜,只是一个瞬间的比喻
是有人在世间找到的一个替代的词

我们只是看到天亮后
煤块上的霜
像极了一张黑白的照片
而林荫道上,所有叶子一夜
红透、干枯
果实冰冷,摇摇欲坠

大雁开始南飞,芦苇顺风倾斜
一个清晨,阳光再次铺展开来
万物已经度过了自己的一生

一个词背负着另一个词

雪上加霜,只能是一个形容词
有时候无关事件的发展
是一个不堪重负的词被压上了
另一个词
现在,霜是一把迎面而来的刀剑
而雪却成了一个事件中的旧物

那人无语,披霜而立

茫茫夜空，星光微弱
他在独自承受着万物的悲伤和寂寞

题龙沟某月十五

我们终于把月亮请出来了
今晚无须上酒
月亮已接到过太多的邀约
见过太多的酒
昔时的杜康、绿蚁和花雕，而今的
茅台、五粮液和伊力特
月亮早就醉了

需要吟一句诗吗？
月亮已经见过李白、杜甫和苏东坡
月亮已经烦了，早已无所谓
悲欢离合

可我们还是止不住地感慨
我们在重复着多年前的心境
感慨的毫无意义
而今无相约，无别离
月亮能做的，只是初一、十五
阴晴圆缺

夜凉如水，月光如洗
我还是想把今夜的月亮送给你
不用担心，天涯共此时
现在需要的，仅仅是一部手机

月亮

月亮也是从东边升起的
院子的东边是稻田，稻田的尽头
是一条大河
而大河的对岸是一整座城市的灯火

夜空里光线混沌，犬吠此起彼伏
我们在院子里来回踱步，无聊地
数着步数

这几天，月亮升起得一次比一次晚
我们不断地向着东面张望
我们甚至来到了稻田边上
听着河水在黑暗中涌动
月亮仍是没有一丝动静
而对面的城市霓虹闪烁，浮光跳跃
整个夜空一片暗红

想是人间纷繁，牵绊太多
日复一日地
月亮已经是不堪重负

剩余的稻谷

阳光温暖，几台收割机扯着链轨
突然开进了午后的稻田
像是一群坦克经过长途奔袭
终于占领了一块泥泞中的阵地
它们吐着浓烟，横扫一气
随后又匆匆地撤离了现场

风大了，好像雪又要来了
下面，就让我来做主吧
把那些遗留的稻谷分成三份
一份留给捡拾的穷人
一份留给过冬的鸟儿
一份通知田鼠拖进洞里

芦苇

这个冬天,芦苇已经死去
躯体干枯,苇叶卷曲
而芦花高高飘扬,仿佛遗世独立
唯有风,让芦苇拼尽了一生
唯有死去
我们才可以虚构它的精神
唯有死去
我们才能看见芦苇在风中
升起的旗帜

秘密花园（组诗）

• 徐丽萍 •

秘密花园

我的心里有一个秘密的花园
有百鸟朝凤　奇异的花朵诵读着经卷
飞禽走兽各行其道
它们修炼着内在或外在的
气质与涵养　柔韧与力量
我放任它们成长　宽容与残酷
不惊动自然界的规律
不对抗命运的不可理喻
我只观望　看梦里呈现出的仙境
看风铃草追随着季节
用绿色书写的闪光的诗句
看蜜蜂提着甜美的生活飞在花丛里
这些相亲相爱的日子
让时间都沾上了香气
我的两重心　灵心飞翔　慧心静守
我在落叶上行走
看凋谢的花朵双手合十
对宿命的安排不悲伤也不欢喜
我始终注视我心里的秘密花园
我沉迷在这安静的修行里
炼一身的仙气　炼一颗情比金坚的真心
炼这众生喧哗中的超凡脱尘与返璞归真
我诗意盎然的秘密花园
盛开在时间之外　与永恒同行

忘乎所以的春天

真想用一滴酒来分摊今夜的月色
坠落在你眼睛里的星星　流转成银河
夜多惆怅　与你对饮成了一个奢望
我用一首诗悼念早已错失的青春
还有那么多懵懵懂懂的
青烟一样的思绪
那些胡乱堆积的迷恋
被不解风情的夜莺唱乱了曲调
爱情有点石成金的魔法
让人病入膏肓　又走投无路
那些狂乱又漫长的心疾
吹乱了一本书无序的章节
刀刃上左右摇摆的三尺白绫
向死而生　死灰复燃
或许　一滴泪就能淹死一片海洋
或许　一场醉就能颠覆一个
忘乎所以的春天

我跟我的憧憬走在一起

从一出发就确定方向的行走
是一场蓄谋　一次试飞的演练
或许行走是成长中必备的柴草
东一把风景　西一把风景
它们凑过来　喂养人类瘦弱的心灵
我们一路拼命捡拾的亲情的珍宝

又被大风吹散　被时间掩埋
遇见饥荒干渴　也遇见无限春光
遇见悲怆死亡　也遇见风花雪月
我们的行走　挣脱了时间与空间的枷锁
是开悟的过程　能点石成金
我追着一束光　自己也变成光
人迹罕至的地方也并非是绝境
与我并肩行走的人
落在了时间后面
而我跟我的憧憬走在一起
危机四伏也无所畏惧
我知道　我的前方
是枝繁叶茂生机盎然的未来

小情书

或许只有用交换信物的方式
才能确认这暧昧的情感
仅仅是擦肩而过时
碰撞出的火花四射
它大部分的情节还处于虚构中
一见钟情或日久生情
都令人沉迷或沉沦
波澜壮阔又宠辱不惊的现在
总是让人心绪不宁坐卧不安
暗恋是一味致命的毒药
要烧毁一段柔肠一曲哀怨
想念太久会让人癫狂
我看见的每一只飞鸟
每一只脱兔　都追随你
为你写的情诗　为你贴的花黄
西洲曲的红莲里有你
鸩鸠鸟的歌唱里有你
而你只是我太阳里的
一颗闪亮的黑子
不扩散也不激荡
离我不远也不近
像两条平行线
没有交集的爱
都停在虚妄里
没有拥抱的温情
就只能静止在冬天
我千言万语和一颗真心
折成的小情书
永远无处投递　无处安放
一封冬日里的小情书
一曲百转千回的乐曲
缘起缘灭　婉转悠扬

此刻离你距离最近

此刻离你距离最近的
就是我左侧的肩膀
温顺的小猫　寂寞的钟摆
华丽的灯盏上倒映的银河系
星星们觥筹交错　惺惺相惜
把耀眼的蓝　铺满整个天幕
有一朵花还固执地为你绽放着
它芳香馥郁　暗香流动
时间停留在此刻　喧嚣的杯盏
酒醉了　夜色撩人的心跳
醉了擦肩而过的一次回望
此刻　离你距离最近的
应该是我左侧的肩膀
它又开始了密集的思念

我用一秒钟的时间想你

也许，我只用一秒钟的时间想你
这一秒比一生还要长　还要刻骨铭心
你无所不在　像一座城堡　一株罂粟
一滴晨露　一颗黄沙　一片苍穹
我的世界就沦陷在你散发的无限光芒里
我所听到的每一种声音里都有你
我所看到的每一种色彩都像你
我沉浸在你的无限柔情里
无法自拔　无力解脱
心被搁置在一个真空里
那些要窒息的思念要发起暴动
我极力克制这要命的情绪
让内心不断升到沸点的温度冷凝
然后用一生的时间　慢慢怀念

时光之茶（组诗）

· 如风 ·

时光之茶

有时，茶是具象之物。
也是无形的时光。

与友对饮，
与山河对饮，
或者，与皓月对饮，
其实，最终与你对饮的，
是时光。

时光之茶，
在沸水中慢慢冷却，
在流水中悄悄流逝。
这么多年，我端起又放下的，
是茶，也是时光。

仲夏的午后，欲雨
这时候，宜空杯
待茶，待雨，
待午后的时光被雨水轻煮。

时间赶着我们迁徙

转瞬即逝的，是此在。
来路渐远，去路云遮雾绕。
一切，都是未知的。

蝴蝶扇动翅膀时
平静的大海，是无辜的。
瘟疫袭击人类时
追着花期迁徙的蜜蜂，是无辜的。
它们却一批一批倒在
通往春天的路上。

一切都是未知的。

时间赶着我们迁徙
赶着我们从庚子年惨淡的冬天
向着未知的春天
转场

在恩宗纳西古寨

我爱的，无非就是这些事物——
大地上蓬勃生长的果树、蔬菜、庄稼
和它们近旁自由舒展的野草
以及，群山间隐匿的山寨
山寨里日日燃起的炊烟

除此之外
没有什么能让我心生欢喜
没有什么能让我死灰复燃

小隐

自己晾晒的沙枣花香包
自己种下的玫瑰与月季
自己培植蔬菜瓜果
自己一个字一个字记录这样的时光

在这样的缓慢中
有多少美妙
小隐其中

多尕特洞穴岩画

一万头羊从山坡经过
一万匹马在草原奔驰
一万亩云于天空牧游
一万年前的狩猎、竞技、繁衍
　　——这生生不息的万象啊
渐渐渐渐后退
退隐到一孔静止的岩画里

一万年后
我站在多尕特洞穴岩画面前
万物，都是一种隐喻

乌孙古墓

左手持剑
右手端杯
一边护佑苍生
一边豪饮天下
伟岸的石人
雄踞河谷草原
乌孙人长眠的躯体依偎着
那拉提群山
列队整齐的碑林
仿佛就是策马征战的卫士
草原上悠长的马头琴声
还在回响

时光永不倒流
历史却永远屹立

我终将被烟火中这些事物认领

两碗面，小半碗水，
用力把它们糅合在一起。
一边揉，一边想起
父亲说过的话：和面要三光。
面光，盆光，手光。
回想父亲擀面的样子，
手上的动作
就不知不觉，向着那旧时光
靠拢。

揉面，醒面，再揉面。
这个过程，多像
一个不谙烟火的纤纤女子，
在岁月里日益圆润，
日益被烟火中的事物
慢慢认领的过程。
是的，我终将被烟火中这些事物认领。
就如，一滴向着时光低头的水，
终将从战栗的草尖起身
步入灰蓝色的大海。

大雪在夜幕降临之前扑下来

大雪在夜幕降临之前扑下来
千千万万只白蝴蝶
静默而凌乱地
飞

光秃秃的枝头挂满旧事
那么多故事需要一个出口
大雪,和即将到来的黑夜一起
让未来
变得和过去一样
白茫茫

另一种行走（组诗）

• 申广志 •

沙丘遇狐

彩玉滩，一座守寡多年的沙丘
此刻，已情奢智昏
竟然，无视铁锹、木棍的威胁
轻易便扼住引擎，掳去轮胎
非要逼我聆听，她编纂了
毕生的死亡词典，甚至
不吝唤来一只同样饥渴的狐狸

十米、九米、八米、七米
我总算看清了，这位仙姐儿
是想再次燃起，从商纣王那里
宠出的胆量，亦步亦趋
果真，像极了龙床上的绣枕
连我，贫居戈壁都愿放弃赶考
难怪朝代更迭，比闪电还快

可命中注定，你是一尾彗星
能游出太阳越来越冷的目光
却跳不出人类，越来越热的掌心

请原谅，我永远不会向你
投掷食物，并不停地驱赶你逃
是害怕，哪一天，你也
步姊妹们的后尘，走失在
我亲朋好友的笑容里，脖子上

瓶中乌苏

如同前三季的彩，终须还原成白
而乌苏的色，复归于金

也好。在最想新疆的时候
快来一瓶乌苏啤酒
雪山、松林、草甸、沙丘
毡包、牧群、管弦、歌舞
任你推杯换盏，一饮俱全
即便，贴了红商标，也不会夺命
顶多摄走你的灵魂

都是阳光酿出来的生物
一片梭梭和一群人
谁高谁低，谁贵谁贱
事实证明：百姓享有，世人乐道
一个县，就能兼并一个省
更何况，从建厂到垄断
还未及不惑之年

深信：只要还能喝得起乌苏啤酒
人生，便不算潦倒
天下熙熙。醒来，装模作样
醉去，一个鸟样

玛纳斯湖

满车的惊愕，都开始朝您绽放时
我的眸子，却如同躬身的葵盘
怎样也无法平视，这暖秋里的雪景

小拐，中拐，大拐
单从地名，就能揣测到
您曾经的体量和气势
但尚不足百年，一窝
挣脱过烈日追杀、大漠围剿的湖水
就悄然，窒息在自己的梦呓里
以致天地再次陷入混沌
唯见骨渣，不见翅痕

风，从河上游偶尔递来的几方云帕
着实，产自新生的绿洲
只可惜，玛纳斯湖
连半滴泪也没能噙住，仅剩下盐了

深秋，我何尝不想成为一枚辍叶

如同飞鸟，须臾片刻，都极不情愿
离开树，恨不能让每根羽毛
索性，就长成叶芽
而我，又何尝不想栖上枝头，哪怕
深秋辍别，也总算
在有生之年，宁静了一回

自己不是上帝，但，已能造出
大把的光，以及更多的绿荫和翅膀
并可豪横宣布
先把苹果分了吧，敞开吃
然后，再去安抚，那条受委屈的蛇

楼兰酒庄

剪断纠葛，洗尽沉浮
碾碎束缚，滤除杂念
一粒粒早熟的鄯善葡萄
在承受太久的暗淡与寂寞之后
最终，被多情的橡木桶
孵出霞，育出金

浅尝，带点苦
如同玉项上矜持的汗
细抿，夹些涩，
堪比花眸里羞怯的泪
关键，楼兰——
这位沐浴着坎儿井水，和
十二木卡姆音律的姑娘
又经过杜康传人四十余年滋养
回味，必须醇厚、绵长

迈入酒庄
假若，没有备足彩礼
迎娶窖藏的阳光，只是奢望
算了，就斟半杯玫瑰香吧
并需将她缓缓摇醒，细细品咂
让时光慢成一轴炊烟。此刻
即便你两鬓苍苍，已孑然一身
也能找回初恋

和田玉在且末，是甜的

谁的幽默，让几星枣泥儿
自失控的红唇，跌落于
冰雪初融的颈与腕，刹那间
石头，也有了心跳和体温

或许，胸坠、耳贴
手镯、指环……
原本，就是灵魂附身

糖青、糖白、糖青白……
这条连绵几千里
开采了上万年的昆仑玉脉
恰是一牙甜瓜，真不该
再被切成玉斧、玉刀、玉剑
结果，墓主人枯萎了
深藏的玉器，仍滴淌着蜜

和田玉在且末，润在眼里
捧在手上，是甜的
蜷缩在窝棚，沙哑在店面
又是咸的，苦的。所以
别太计较，针鼻大的那点
斤两和伎俩，真正爱玉的人
一生，想变坏都难

像荷或鹤一样站立(组诗)

· 堆 雪 ·

滴水沟

看多了江河湖海的惊涛骇浪
就想看一看这滴水沟里的一滴水
就想看一看:
莽莽天山山系的青钢龙骨和冰雪气息
如何于纷乱尘光与空寂洞天中
奉献出世间——最后一滴幽静

月亮地村

白色的,蓝色的
月亮地。有影子斜风细雨
青丝一夜熬成白发
黄金一梦镀成白银
须眉间挂着半世霜雪
有车马出山
有牛羊入云
有羽毛一样暖的屋顶
夜晚,星星自言自语
庄稼自斟自饮
有人,从花下归来
有人,在麦场醉去

麦秸垛

母亲在一座麦秸垛前跪下
像是跪倒在一生打下的江山前
母亲跪着,伸出干枯的手指
像是朝一座山发出最后一次乞求

母亲用了毕生的力气去抽麦秸秆
像是从一束光里,抽回自己的时间

像荷或鹤一样站立

如果选择一种站立的姿势
我选择荷,或者鹤
都是在一汪水中
都是用一条细长腿。独立

除了优雅,还有安静
再加上一点点儿的与世无争
你开你的花,我打我的盹
水中,还有梦的倒影

在米泉三道坝的荷塘
我看见那么多好看的荷静立水中
就有赤足下塘的冲动
像鹤那样,在水一方

身体

丰收过后的田野,比往日
矮了许多。此时,天空走下大地

云朵,仍留守高处

躺平后,才发现
那是一座山脉。辽阔无边的怀里
仍抱着一束干枯的阳光和麦穗

鸟雀飞抵,一个
突然降调的音符。没有人
把一片泥土的沉睡,唤作母亲

看着她的身体我不再说话
面对渐渐冷硬的风
我寄望于来年,后又寄托于来世

记住这个秋天

记住这个秋天。记住
这个世上最早的早晨
最晚的黄昏。记住还在怀里挣扎的露水
出门时,没来得及披上外衣的风

记住低矮的土墙,青涩的瓦屋
檐下即将飞走的鸽群。记住
那条怀抱妄想孵化过湛蓝天空的蛇
逃离时慌不择路的轨迹

记住一片宁静而潮湿的菜园。园子外
因霜降蓦然失语的远山和鼓钟
记住怀旧的炊烟与动荡的羊群
一盏一盏被花瓣和雪片提走的灯

记住这个秋天。记住
玉米、小麦、豌豆一样的画布和心情
泥地里的萝卜与芫荽。一片咳血的荞麦地
记住最初路过最终守候的稻草人

记住离开时一对坐在门洞的老人
空寂的院落,不断滚落枝头的小红枣
记住夜雨敲打书脊、疼痛钻进命里
日日与盛满黑暗的水桶一起奉迎黎明

最后记住,那棵被果实压弯的梨树
一簇簇野花椒新娘一样惊艳与感恩的红
记住:粮食在火里打坐,星辰在酒中翻身
大雁用旷世的迁徙,缝住人间最长的划痕

雪与诗歌的夜晚

他们在帐篷里读诗时
外面,正飘着鹅毛大雪
这样的感觉极好。就像
一群人站在炉火边复述幸福
注定是一首长诗。它穿越了
从古至今的人世,来到
她红红的舌尖时,已几近战栗
太阳和月亮,是今夜不宜示众的金玉
风霜,也都在呼吸的夹层
万籁俱寂,且让一张纸平铺直叙
让万物听到,一盏冬眠之灯的心声
雪,越下越大。仿佛
正在赶往梦里的步履。炉火也更旺了
像一颗,噼啪燃烧的心脏
等五更的长诗吟到雪停,推开门
才得见,帐篷外围满屏气凝神的星星

内心降临细纹的温暖(组诗)

• 姚 晨 •

奔跑或停顿

喀拉峻,深陷时间的谜语
云端奔跑多年的风收纳了鸟雀

混浊而坚硬的青春
穿过乌孙夏宫、八卦城
无处遁形的陈迹
向变软的记忆里走去

校门口呼啸而过的少年,点燃一抹夕阳
那些追风的词语:果园子、操场、数学老师
温柔抚摸过的窗台和朦胧
此刻,红T恤掏出一抹明亮

几缕风情的裂变,辽远而纯粹
中年的目光捡拾碎片的锐利
孤独的部落、行吟者
渐次走入佛的度化

停顿的植物,茂盛地在黑暗里生长

曦

羽翅穿透浮生
与我的意念相符
两只未曾迁徙的鸟
在金光梢顶相望
朦胧的雾苏醒
一匹枣红马安然咀嚼山色
木栅栏内怅然的羊群
牛犊用童声祷告

散落山谷的木屋
袅袅炊烟
浮出昨夜星空下的细语
长靴的送奶车
和冬不拉驰骋的姿态
在阔克苏河清冷的风中嘘寒问暖

村庄扯着自己的影子
鹰沉思的瞬间
光线凝结在这个清晨

给YS

原谅我,那束百合
写就的晶莹没能与你交接
立下的誓言与等待
终究有着同等重量的无奈
整个琼库什台村的绿色已戴上白色冠冕
盘山道上的迂回
埋藏在季节里

许多日子和沉默取代了
诗和山峦的曲线

太阳、羊群，草原之上的月色
距离和缄默双双隐匿

缓缓升起的那个向晚的苍茫
草坡躺椅上的我们
或看雪，或一本书遮住话语
或出神纯净的尽头

寂和静

高踞幽暗，漫溢是完整的
冷冽打量岩石的余温
特克斯河丢弃暮色
在山巅勾起沉默的月亮

云影和丛林微微颤抖
寂静都成群结队
辉光安抚喧嚣，漂浮的岛屿
潮湿的心和宏阔交融

白桦林撕开口子
倒出风和鸟雀的睡眠

木屋的村庄

木屋把一生交给雪山
交给空谷云杉
交给琼库什台古老
的村落

哈萨克人把一生交给木屋
交给走马
交给布满野生植物的原野
它们比鹰的托付
更为值得

村庄里炊烟袅袅
木屋没有烟火味
记忆中
好像只有朝觐的蚁群在
在月光下沉湎

触摸大地的脉搏
喜悦和泪水，摇荡啊
这神圣的夜晚

光与影

记忆和想象
披挂秋日的阳光
重叠的灌木林置身事外
风亲近的你
水流般冗长，恍惚的蝴蝶
写满浪漫的诗句
岸边沉默，蓝和绿
色彩深邃的虚无
时间走向渐变
内心降临细纹的温暖

琼库什台的白

天穹打开心扉，空茫穿过松林
白踩碎晶体的风声，午后的阳光
建造众神的居所

水墨蹲踞，两头牛对视光影的喻体
犄角划开的静立，云烟缥缈
黄昏投入河流的黑白之地

驼蹄的凹窝沿着鞭稍迈向高处
木屋托举粉饰的光线，雪杉层叠
雪壁上坑洞的蓝影静守散落

日月种植嶙峋的往事，歌者皈依
时间至纯，深渊倾轧骨质
凛冽的素瓷，深陷冰封的尾音

土拨鼠

悄悄地蜷缩在深深的洞里
背着弱者的法则，经久不息地张望
练就利爪，只为刨出藏身之所
不想成为猎物，逃亡是唯一的计策

顶冰花开放的时节
探出头兜着最小的圈子
亮出软弱，用谨小慎微
保卫小小的享受
美的权利

偶尔挺身发出尖利的呐喊
在乌孙山，被巨大的空旷包围
那是认出风暴而仓皇

终其一生追寻最大的安全
将所有的闪烁逼回内心，退回命运

雾

踉跄的内心
挥霍云层和山峦的底色
突兀、清晰的线条，隔世的热烈
归于言语
迟到惊扰慨叹
凡俗无从惶惑
风物依稀
微茫缠绕弯月

雨落了一整天

雨落了一整天
唯一上升的，只有一个词“疫情”

一整天，我都受困于雨中
此刻，雨并不急于展示或辩驳
它耐心而细致
砖地细小的夹缝，泥坑，时光的角落
老鼠的脚印，血流过的地方
以及所有的隐秘——
这天意的承载，施洗万物，近于神示

雨细细密密的，经过一个又一个窗口
黑色的树枝上坠着晶莹的雨滴
明亮，润泽，丰盈
戴口罩人的迎着雨行走，浑身湿漉漉的

雨落在我灵魂的空白处
春日渐深
我渴望待在雨中
直到这广阔而安静的上苍之水治愈大地
所有的伤口
直到我恢复记忆

七彩梦（组诗）

• 王语轩 •

旧时光

日头暖洋洋，晒着
麦田，池塘，绿汪汪的河
遍山的杏子熟透了五月
门口的槐树叶有风吹过
篱笆墙上牵牛花开了二三朵
阳光像金子一样散着光环
窗台下大黄狗吐着长长的舌头
老石磨躺在墙角想着心事
屋檐下镰刀与锄头为邻
金灿灿的老玉米陪着蒜辫儿聊天
辣椒串在一边咧开嘴偷笑
外婆坐在灶前添着柴火
粽子在锅里上下翻着滚儿
馋嘴的我吞咽着口水
屋顶上小燕子张着嫩黄的嘴
偶尔有布谷鸟的叫声钻进耳朵
也有风吹来蝴蝶和云朵看我
外婆的拐杖将落日举过山顶
一半照着我
一半照着旧光阴

七彩梦

村口的桃花开了又谢了
一群乌鸦长着凤凰的模样
它们衔来七彩祥云
在小院的槐树上做了一个窝
父亲从水井里打捞青苔
一轮圆月跌进了黑瓷碗
锅台上写满了一撇一捺的诗经
母亲正用抹布擦拭灯盏上的灰尘
那些稀稀落落的陈年旧事
迈着碎步和群鸟飞走了
一群鸡仔像小黄花开在母亲脚下
而我还是那个扎着羊角辫的婴儿
躺在有几片槐花铺垫的摇篮里
听星星们在屋顶上唱歌讲故事
夜色漫过窗棂
一只黑猫跳上屋顶
黎明抱紧村庄，石头，森林

夜话

月亮从老屋的这头走到山的那头
撒下一地树影，蛙鸣，狗叫声
父亲在月色下低头摆弄农具
镰刀该磨了，叉子也该装结实了
今年的麦子长势真的好啊
饱满的麦穗个个像绽开的铃铛
在风中丁零零地摇着丰收
父亲想着想着就笑了
掏出一沓旧报纸裁好的纸条
熟练地卷了一只莫合烟
吧嗒一声，就着月光点燃

一明一暗的亮光
像极了头顶上的那片星光

烤红薯

风吹过寒冬的傍晚，偷听
乌云与雪落下的声音
一群鸽子翻飞，哨声悦耳
正消失在伊犁河的彼岸
一对情侣从桥那头走来
女孩手里捧着热腾腾的烤红薯
热气穿过红围巾的空隙
与鼓鼓的羽绒服一起飘扬
他们说笑着相拥远去
雪花落下来，又被风卷起
我靠在桥栏上瞭望着他们
幻想着某一天的风雪里
走来穿着羽绒服的我
也有一个他相拥
手心里的红薯正冒着热气
我看见
一个迷路的孩子
找到了家

春韵

门前的梨花开了又落
做窝的喜鹊，逆着风雨
探访一座森林的秘密
院子里拥有的静谧
母亲用颤巍巍的白发来装点
她侍弄的菜园子里
小鸟会把辛苦读出声来
芹菜萝卜押着春韵
把信手拈来的诗句搬上餐桌
我更像一个忧郁的旁观者
看春天在故乡的体内醒来
走进耕牛的眼睛里
听布谷鸟唱着丰年
稻草人和父亲
数着稻穗的饱满

怀想

小鸟啾啾
林间溪流环佩叮当
我提着裙摆从远处走来
有蝴蝶飞过红衣白裙
幽静处是三月的春意盎然
那毛茸茸的松鼠跳跃于松果之间
灌木丛中闪过兔子的尾巴
老树枝上萌动着翠绿的嫩芽
轻晃的春色在这一刻到达
走在松软的落叶里
我更喜欢探寻未知的鸟鸣
它每一声鸣叫都在啼醒沉睡的河流
在我路过的风景里
涂鸦属于春天的那幅画

窗前的梧桐树

雨落在树叶上
发出嘀嘀嗒嗒的声响
饥渴的枝叶没有得到缓解
与飞过屋檐的秋虫相互抱怨
我站在窗口寻找雨的来路
并未惊讶这突如其来的降临
仿佛宁静本来就不复存在

只是我们期望多了
喜欢接受一些温顺安良的事物
去安抚喧闹和动荡
这原本就是一个梦
装满田地,树木和绽放的花蕾
想开花就开花吧
在姹紫嫣红的季节里
谁不想争一分春色

傍晚

倾斜的阳光
从窗口洒进斑斓
书桌上铺满日子和温暖
窗外是谁在把夕阳渲染
一树的麻雀跳动着风轻云淡
小女孩正踮起脚尖
小手采摘着鲜红的枣儿
细碎的阳光照在她脸上
像镀上了一层金色的柔软
这和谐的画面比我写的诗更美
我与她的对话接近无声
一阵风吹过
红枣与叶子发出窸窣声
和蝉鸣混在一起
一只猫,蜷缩在我的怀里
那样子
要多温柔就有多温柔

叶莲娜·古罗诗选

• 董树丛　译 •

报上广告

驼毛做的绒衣、衬裤、长袜，保暖效果出奇地好。

制作过程：伏击那些年轻而明亮的精灵，它们颀长而善良，如披着圣光之绒的身形高挑的金色驼崽。长鞭噼啪甩向空中，将它们驱赶成群，这些柔弱温顺的生灵太过善良，还不明白痛苦从何而来。脖颈和脖颈交抱缠绕，它们推搡、纠缠着，瑟缩着身子拥向简陋的围栏，在拥挤中失掉身上柔顺的毛羽。

天边的骆驼，毛羽温暖，似孕育生命的春日。而后便落入凡尘，被收集起来，织成绒衣。

"怎么能就这样残害这天上的骆驼呢？"有人不安地问我。

"哪里杀害了，——只是在驼毛松动的时候驱赶着、驱赶着它们，隔天再放回去，绒毛便又立马长长了，比之前的还好。"

冰雪消融的天际

那纯净至极的地带，远远地伸向北方。

它们整日漂浮在渺渺湖云中，宛如骄傲的天鹅置身碧空。冰雪消融的天际泛着玫瑰似的红，栖身于黑桦林间——呼气吸气。

呼吸浸润着桦树林。

信使们从高处降临，穿行在冰雪消融的天际，穿过日渐倾斜的天空。只有那些被天穹深处照亮的、柔弱而高傲的树魂，和那些无法抵达的高塔，可以听到他们的声音。

还有那柔弱的天空，它正朝着大地爱抚的手掌坠落。

他们走在安然自若的天空，天空闪烁着柔和的淡黄色，它俯身贴近大地，不再远离。稚嫩的枝条在空中摇曳，城市的靠近触动着他们，令他们悲伤。（电车一辆接一辆飞驰而过——枝条们看到。）

信使们行走着，——声音传到远方山巅和高塔明亮的灵魂那儿。

它们听到，便现身祷告。

而湖水正在某处漫延，——湖水，——湖水。

当男孩朝着北方前行，风径直打在额头，他的额头空阔，还不懂得胆怯。

头发飞散，像骏马的额鬃。骏马般的灵巧涌向前方——而前方——湖水，——湖水。

就在此刻，哪里的门廊在融化，头顶上的落叶松伸展绵延，宛如云杉树枝。落叶松呼气、吸气。

"有人说——我们要实现……"

有人说——我们要实现，有人回答——我相信。

四周悄然无声，——如此深邃，玫瑰色的天空如此深邃。

一个过路人走来，他们呼唤——朋友。

黄昏的谷仓渐渐结冰，发出回响——朋友。

他停下脚步，说：我相信——我相信你们。

——请进来！

——不，我还要赶路。我要赶路，但我相信，——所有的道路终将沿着宇宙的轨道通往各自的方向，——而彼此呼应。

如此深邃，玫瑰色的天空如此深邃。

如此美妙，恰似说出的遗言（福音）激荡心灵，话语盛开、来到嘴边，却带着疑问欲言又止，在口中熄灭；而那未脱口而出的，又再次绽放。

恰似有人走来，向以不羁的步伐和姿态迎着光阴的急流飞驰的、无畏而高傲的人们投下傲慢的一瞥。

在塔形拐角

请收紧帆缆！
西北风！
高峰已如勇者
飞奔天宇
涌向天际
肃穆而遥不可及，
天空也因之——高飞。

难道这不能展示给大家？

请原谅，我要为你歌唱，岸，
你是如此高傲。
请原谅，我为你痛苦，
当人们对你的美视而不见，
践踏你，砍伐你的森林。
你是如此遥远
遥不可及。
你的灵魂渐在消逝
如同你河湾明灭的光，
当你看到它偎在脚边。
请原谅，我的到来侵扰了
你纯洁的孤独，
你——女王。

在浪里

当母亲用围巾裹住儿子的脖颈，——我注视着你们的船飞走，高傲的，高傲的春之造物！

我们不想懒散地活着——我们渴望获得超越，如果匠人买来了种子，——（我们要买）——我们如何是好呢？

厌恨已衰残，捆住手脚！！

诗人先生！你把记事本掉在了水里！

快艇飞入海中。我们在海里看到了黝黑的大肚腩，——（是那样）躺着……然后它转弯（如此灵活），变成一只带翼的小鲑鳟鱼……它乘风破浪，总是难以尽兴——（一次又一次！）！

而海浪汹涌澎湃！！

我们会失去对方吗？……不对，因为我们是同路人，——我们身后是风暴，——前方是春天！……！

我们摇摇晃晃，被荡到高处！

离别只属于那些胆怯地停在原地的人……！

让我们一同飞往他乡，在粼粼水波上跳跃腾挪、气喘吁吁！

一起来吧，一同启程！……！

清风拂面，落叶松散发清香！

观众在我们的展览上哈哈大笑！好极了！好极了！……你们很快就要写完自己的戏剧？……我们相信威望和信用！我们相信……！

昨日好容易才从海边回来，波涛起伏，风声如蚊虫在毛发里吱吱嗡嗡——死神！死神！……好极了！好极了！观众哈哈大笑！

落叶松如春日般闪耀！……！

***

而那里，带着孩子气的顽皮，大海渐渐平息下来，沐浴着暖意融融的黄昏，悄声诉说自己的羞怯。

大地，请告诉我，为何有的心灵自少年起便已沉默，而有的心灵却仍在歌唱，歌唱着你……！

用无与伦比的声音歌唱着你！

歌唱着你那仁慈的太阳，大地!!

这是为何，它璀璨夺目地活着，却突然悄然无声，仿佛整个一生都再已无话可说？……

春天，春天！

多么滑稽的一只驼崽——那么勤勉。竭尽全力应对考验，又因腼腆忸怩，甚至古怪孤僻而失败。每个黎明，他不但不将鼻子卧在枕上休息，——反而偷偷写诗。

他因勤勉剥夺了自己的喜悦，春日天空里早生的叶子的喜悦。可他不懂，怎样不让裤子从腰间滑落，怎样让衬衣不像口袋一样悬挂，不懂怎样在他人面前如鱼得水。

他不懂得表达，他并不想打草地网球，——所有人都看到了，他因腼腆而不懂得表达，他想掩饰自己的腼腆，却做不到。他在痛苦中明白，大家从他身上真切地看到，他感到难以忍受的不适……于是他看到，快乐最常是飞向远方，穿过树丛一闪而过。

而触不可及的黎明闪现在明净如镜的湖水的深处。孤独的清澈的天空。

当驼崽望向天空，那亲切而温暖的故乡正从玫瑰色的天空溢出。

***

哦，那相信一切的心，你饱尝悲喜。

沉思——孤独的奖赏。

总在别人的火光旁取暖的人，会明白吗？他人的火光传递的温暖甚少：——因此经常将人驱赶。

面对我们所爱之人的嘲笑，我们答应不会垂下双眼。(还有我们昨天曾相信，及今天早上依然相信的人。)不！我们将用平静而明亮的、炯炯有神的双眸来迎接他们的嘲笑，并将其佩在胸前，像勋章一样，毫不掩饰。

这嘲笑来自那些我所祝福的人……

我所有的梦想都将萦绕在你的脑海周围：一个幸福的梦想家的梦想，围绕着你，我可怜的、可怜的爱嘲笑的人。

***

我愚蠢，我无能，我愚笨，但我向你们祈祷，高大的云杉。我愚笨不堪，我是懦夫。我昨天被一个我并不尊重的人吓到了。由于胆小我学不会骑自行车。对任何事我都缺乏意志，但我向你们祷告，高大的云杉。

昨天，那位善良的送我牛奶和奶油饼干的夫人问我，我的作品都在哪里发表，出于一种难以遏制的恐惧，我决定不向她承认，我在写颓废主义的诗歌。我说，我生命的主要使命——乐此不疲地授课。今天，我出于惭愧和后悔而捶胸顿足……

昨天，我写完了诗歌，但完全不是用我希望的方式结尾，但我知道，他们会来嘲笑我……所有人都散步去火车站了，而我向你们祷告，高大的云杉，没有你们，我异常愚蠢，异常……

沙丘旁的蔚蓝色一天

君王林立，烛光加冕……

在自由——自由的高处，君王的桂冠之上，孤零零的旗杆轻轻地刺透一片蔚蓝……

我在此立下誓言：永远不为真实的自己感到羞耻。(真实的，不为发表而写诗的)。走进客厅，不管那儿有多少可恶的客人，都不要难为情——不要忘记，我是一个诗人，又不是一只潮虫……

永远不要指望在他们的杂志上发表作品，不要像所有人一样，不要剥夺动物的生命。

我为什么会这么想?

诗人是生命的施舍者，而非剥夺者……看呀，多么美好的世界，——沐浴在日光下，——它相信你的感觉和你将来的作品，向你投来感激的一瞥……

诗人是生命的施予者，而非欺凌者和掠夺者。我承诺，面对那些文质彬彬的猎人，无论他们多么招人喜爱，我都不怯于讲，他们是卑鄙的人——下流东西!!!

谁都不要来理我，我强大着呢!

可我会信守我的承诺吗? ……我会坚守它吗?

我握紧双拳，我孑然一身，岿然独立。

这在我转瞬即逝……

我的手举起一块小石头，将它抛开……它呈螺旋状盘旋，在蔚蓝之乡的林地上空画出一道弧线……它曾一生栖居在土地上，是我的手带给它这场飞行……当它飞越那蓝色世界，——它会心满意足吗?

"绿色卷发在空中飘扬……"

绿色卷发在空中飘扬。
天空露出了笑容。
旗帜从高傲的旗杆流出，
在乡间的别墅群里飞驰，
在蓝色的风中飞舞。

"狂者，癫者，飞行家……"

狂者，癫者，飞行家，
春日风暴的缔造者，
内心波浪的雕刻家，
蓝天的追逐者!
听着，你，疯狂的冒险家，
奔跑吧，飞驰吧，
穿越吧，那不羁的
痛饮风暴者。

"有一天你们会发誓，幻想家在此……"

有一天你们会发誓，幻想家在此，
当仰望事物起飞，
仰望高大的云杉起飞，
仰望远处的飞船滑翔滑翔，
奋力仰望苍穹之巅，
不向任何人交付崇高的纯洁，
向梦想和永恒的信仰起誓，
保有骑士般高傲的疯狂，

笃信自己的青春
笃信高处的誓言。

作者简介

叶莲娜·古罗(Елена Гуро，1877—1913)，俄罗斯立体未来主义派唯一的女诗人，其创作极富个性，在俄罗斯先锋文学史上留下独特鲜明的印迹。古罗同时是一位才华横溢的画家，常为图书绘制插画，为自己的诗集进行装帧设计，经常参加先锋画派的画展。1909年，古罗出版了第一本作品集《手摇风琴》，收录小说、诗歌和剧本。她为该书绘制了未来主义画风的插图，文字内容则贯穿着象征主义主题，体现出她对勃洛克创作的倾心。古罗的才能当即受到那些最专业最敏感的读者——如列米佐夫、维·伊万诺夫、勃洛克、赫列勃尼科夫等人高度评价。1912年，古罗的剧本《秋天的梦》出版(古罗作画，米·马秋申谱芭蕾组曲)。古罗去世后，朋友们出版了她生前便在策划的诗集《三人》(收入古罗、克鲁乔内赫、赫列勃尼科夫三人的作品，马列维奇绘画，马秋申作序)，还有她最杰出的作品《天边的骆驼》(1914年初)，这为她赢得了更广泛的声名和读者的爱戴。本次收录的诗选译自《天边的骆驼》的起始部分。

译者简介 | 董树丛，先后毕业于浙江大学俄语系、北京外国语大学外国文学研究所，研究方向为俄罗斯诗歌，曾赴圣彼得堡国立技术大学交流学习。现供职于山东文艺出版社，副编审。出版译著《我们不会告别：阿赫玛托娃诗选》，译文及评论散见于《中西诗歌》《西部》等刊物。

简·赫斯菲尔德诗选

• 刘立平 译 •

1.山

这一刻,山在早晨强烈的阳光下
清晰可见。下一刻,消失在雾中。
我回到杜甫,害怕从阅读中再次
抬头看,在窗口的月光中发现——
但我抬头的时候,雾还在那里,
只是古代诗人的头发已经变灰
一只鹅从他身边经过,默默无声。

2.狗和熊

在雾与毛毛细雨之间吹动的,
今早的空气,

像雪中的一只白狗
嗅到一只不在那儿的
雪中白熊。

胜似看见
胜似听见
他们站立,彼此瞪视。

在每个季节,多少听到的已失去。

霍普金斯,和他的悲哀抗衡,他写道:
"思想有高山[①]"。
那天,狗让熊陷入困境。

3."致":分析实验[②]

如果作为一个卡通人物来画,
你总是身体前倾,多线条的双脚
隐现出冲劲和匆忙。

你的神一定是赫尔墨斯:
信使,发明者,
他喜欢看旅行者穿过任何方向的
十字路口。
你的报应?事物如其所是地安静存在。

我在这里用第二人称说话,
你也安静地在这里。
你也在被给予的礼物中存在。

作为方式而非终点,你通常朴实无华,
顺从如同铁轨通往来临的或未知的事物。

然而你的工作既需要
瞬变也需要巨变:
夜晚变白天,雪化成雨,猪的前腿变成肘。

用到动词时,你有时把他们变成
形容词、副词、名词,
一种我想

可以带来极大快乐的技巧，
你本有能力获得这种快乐。然而你却无法做到。

你生活在幽默、傲慢、委屈和悲痛之下。
无论给予你什么
你承受，对于自己的命运如同行星一样漠不关心。

然而那是你
礼貌的时间和空间的保持者，使我们想到自己，
没有脱离身体的房屋
从出生的一刻到你低声的喃喃，“从尘土到尘土[③]”。

所以我们说，“今天”“明天”。
但是像我们一样，从昨天起你已经消失了。

4.一个人步行穿过他的一生

一个人步行穿过他的一生
像他在孩提时一样，
在这儿摘一个梨，在那儿摘一个苹果，
三个桃子。

很容易。它们在那儿，在路边。

我想对他说，停下来。
我想对他说，你种的李子树在哪儿？

但我怎么能说？
我陷入自己问题的困境，
我每天也享用着别人的劳动成果。

5.一日来临

嘴厌倦说
“我”的时候
一日来临。

然而它仍被
一个必须言说
渴求得到的自我占据，
奇怪
自我相信它也有权力。

怎么办？
舌头与牙齿相互磋商
它知道
嘴和自我都会存活，

微笑——那是它们的自然姿态——
无言。

6.终点

我想要，我想。我不能拥有。
无法改变的拒绝之石，世界充斥着鸟的歌唱，
温柔地对待海星和苹果。
多么平静地说，“在第二个拐角右转”，
明白了，
看见事物到达，仿佛他们就应在自己的终点。
然而我们以谜语的方式说——
“沉默就回来。”“递给我这座山。”
最后我们彼此点头，装作懂了。

7. 伦勃朗最近的自画像

这条狗，死去多年，在梦中不断回来。
我们在那里看着彼此，想起过去的快乐。
她的礼物总将我带到现在——

睡去，改变，醒来，穿衣，离去。

这幅画想要表达
幸福和不幸的不同，
如同黄金捶打出的水桶和压制的锡桶的差异。

上面写着，里面装的水都是相同的。

8. "夜晚，天很黑。"

一场雨穿越任何质问。
问题和答案与雨无关。

然而我在雨中前行——
左脚？是的。右脚？是的。
一直想被雨浸透，
如同杏花开放得太早，
12月中旬，
缓慢地浸入花瓣，然而花瓣未落。

仅仅颜色稍深。
获得果实还有遥远的路程。
在隐藏的星光下左脚紧随右脚。

我呢？
展现一个又一个的问题，
像一头训练过，可以用心绘画的大象。

9. 长久沉默以后

文雅褪去，

月亮游出窗口后
一条小的凤尾鱼闪现
离开盘碟架上翻倒的罐子。

迟到的自由之一，那里黑暗中
剩下的汤也倒掉。

重要的是区别。是否一只山羊的
安静的面孔应该叫高贵
抑或称其为冷漠。适当的严厉和骄傲之间的
　区别。

无法翻译的思想一定是最精确的。

然而词语不是思想的终点，却是它的起点。

10. 许诺

那几分钟，它们神秘地进入。
神秘地离去。
仿佛那条防卫心灵的巨大的肯修神狗[4]，
它总是很警觉，意外地睡去。
不是因为任何大事的觉醒，不是，
只是从琐碎中后退。
我凝视着蓝色山脉，
喝小溪里的水。从岸边扔一块小石子
不管我的命运会去哪个方向，我相信。
即便是贪婪，即便是悲伤，我相信。
没有什么需要挽救的，不是幸福亦非危险。
狗的尾巴在梦中微微摇动。

11.可能:分析实验

我再次向窗外看。
我的周围,早晨天依旧很黑。

可以见到山的轮廓,但是看不见山。

然后邻居面对着充满了佛兰德式绘画般色彩斑斓的
玻璃,敏锐且温和。
珊瑚,蓝调音乐。

那似乎是未来的预演,但我
知道,这一刻仅仅看起来像在别处,
仿佛一个已经哭了数周的女人意识到
她的饥饿。

12.灾年

即使在灾年
苹果生长茂盛,果实圆润。
我和三个朋友交换故事:
活体检查、流产、孤独
一位家长阐释身体或思想。
什么是可以信赖的? 你能抓住什么?
我希望知道未来。
未来——谁的辨别力是完美的——
什么也别说,但是滚动另外
一个苹果,让它从紧握中解放。
充满希望的黄色夹克,开始寻找
裂缝,那个容易进入的点。

13.死去的人不想让我们重蹈覆辙

死去的人不想让我们重蹈覆辙;
留给活着的人如此微不足道的错误。
他们也不需要我们的悲痛。
不需要任何补偿——不需要愤怒,也不需要哭泣。
如果他们中的一个,任何一个回到世上,
看到:如此傻傻地手舞足蹈,
如此拙劣的玩笑讲述,如此的享受!
甚至一根黄瓜,一颗茴芹的种子:享受这一切。

14.那些没有权利抉择的人

“那些有权利选择的人必须受苦,
苦难成了真理”——
埃斯库罗斯忽略的是:
那些没有权利选择的人也会受苦。

姐妹遭到放逐。
无名之狗
很快被杀害。

甚至旁观者也一个个地
逝去,
无关紧要地,在不被注意的痛苦中

15.半透明:分析实验

一条硕大无比的狗
溜进我的梦,蔷薇石英颜色的毛发。

我从没见过那样颜色的蔷薇,
或石英的纹理用带软垫的脚上穿过的缝隙。

尽管这是肯定的:她想让我跟她走。

她没有回头看
阴影在她的身后展开又合拢。
我跟在后面仿佛通过一个门闩
滑动关闭它自己静寂的重量。

真的,并不是如此不同。

仿佛更多的是叙述者转身离开
放弃了这个故事,
每一株树木,每一块石头,远离了自己完整的
命运。

梦如同狗一样,继续前行,到别处旅行。
经过一切可能已经改变的一刻。
经过我知道我想让一切改变的时刻。

******

感发的生命与沉静的智慧

——简·赫斯菲尔德诗歌简介

著名学者叶嘉莹认为诗有一种感发的生命,“这种感发的生命,可以使你的心活泼起来,永不衰老”。弗罗斯特则认为诗歌要“始于情趣,终于智慧”。简·赫斯菲尔德(1953-)的诗歌就同时具有“感发的生命”又充满了智慧。她的诗歌让人感动、引人深思,同时又能唤醒人的伦理与道德意识。

简的第一首诗发表于1973年,然后她停止写作,在旧金山的禅学中心研修长达八年之久。诗人这样解释她修习佛学的目的,她说:“如果我不知道生活的意义是什么,我就不知道如何写作。”她在禅学中心完成学习后,一边在大学教书,一边写作,迄今为止已经获得了美国诗歌的多种奖项,包括诗歌中心图书奖、哥伦比亚大学翻译中心奖、普施卡特诗歌奖。2004年,她获得美国诗歌学会的杰出诗人奖,过去获得这一奖项的都是著名的大诗人,包括弗罗斯特、庞德、威廉斯等。这足以证明简在当代美国诗坛的地位。简·赫斯菲尔德已经出版了《之后》《赐予的糖,赐予的盐》《内心生活》《十月的宫殿》《关于重力与天使》等九本诗集,除此之外,她还翻译了古代日本女诗人小野小町、和泉式部的作品并收入诗集《墨黑的月亮》,出版了表述她诗学思想的散文集《九重门:进入诗歌的思维》等作品。

简的诗歌非常注重从各国文学中吸取养分,除了美国诗歌的巨匠惠特曼、狄金森和艾略特,她还喜爱阿赫玛托娃、卡瓦菲斯和聂鲁达。她对中国古典诗歌也非常热爱,对她产生比较大影响的中国诗人包括李白、杜甫、王维和寒山,而日本的俳句⑤更是她文学的启蒙读物。她的诗和其他英美现代诗的风格迥然不同,英美现代诗那种抽象与都市的快速变动的画面在简的诗歌里几乎了无痕迹。她的诗歌同样反映了世间万物的变动,可是这种变动是一种内心沉寂下来所体会到的宁静,而不是尘世的那种匆忙。

她认为一个诗人最重要的能力就是能够唤

起读者对于真善美的思考，从而更加热爱生活，珍爱生命。她的诗歌绝不抽象，绝不形而上，她从平凡的生活中、从她周围的一切——花草树木、动物、天空、大地中思索人生的意义。她似乎只是在描写每天生活的细微体验，可这是一种万物与心灵的互动，所以更有感发的力量，在这种感发中又融入了佛教的智慧，所以读起来简单，却非常深刻。她的诗歌呈现的就是人生的真实，她在一首诗中写道："所有他们讲述的故事都是他们自己杜撰，你的故事就是'你快乐，你悲哀，一切周而复始'。"我们每日的生活不正是快乐与悲哀的循环吗？我们不能掌握命运，我们要接受命运，才能享受美好的生活（《就像这样：你是幸福的》）；她在午夜想起蚂蚁忙碌的生活，联想到那些为名利奔忙的人，他们追求微不足道的东西，从而丢掉了人生的真义（《午夜狗依然在叫》）；我们要安心接受生活赋予的一切（《一个声音说，要多些》）；她希望消除物质世界的冷漠（《在物质世界和感情世界之间》）；人与人之间要互相信任（《许诺》）；她希望我们能够拥有一个完美的世界（《半透明：分析实验》）。

她的许多诗歌都受到了佛教禅宗的影响，可是我们不能因之将其贴上宗教诗人的标签，她并未因为修习禅学而远离社会，反而对于人间的苦难格外关注。她在诗歌中寻求一种宁静，即使是面对暴力和流血，她也希望采取一种和平的方式去解决。九一一袭击事件发生后，简写下了《死去的人不想让我们重蹈覆辙》。她不相信这种以暴制暴的办法，"不需要愤怒，也不需要哭泣"，她预感到已经发生的事情将来还会再次发生，而以暴制暴的办法只会使更多无辜的人遭受苦难。这是一种人为的灾难，如果不从根本上解决问题，一切都是徒劳的。她的另外一首诗《那些没有权利选择的人》是对天灾造成无辜的人的死亡所进行的反思："那些有权利选择的人必须受苦，苦难成了真理。"⑥主人公的受难变成了真理，我们所谓的悲剧是：主角本不需要死，但是由于他的选择和性格弱点，他只能死去。可是那些配角的悲剧命运谁来关心呢？我们如何看待希腊悲剧中的那些无辜的旁观者呢？他们的命运催生了亚里士多德所说的怜悯与恐惧之情，一首诗因之产生了。诗歌的最后一行，"无关紧要地，在不被注意的痛苦中"，从语法上来说这句话没有写完，思考也在此处戛然而止。这种语法和那些在海啸中死去的人的命运一样，他们还没有完成他们的句子就死去了。他们无法走完他们的一生。他们不会得到像希腊悲剧主人公那样的"有意义的"故事。他们的生活只是断裂的、不完整的情节。这些无辜的人是历史上没人注意的牺牲者，而他们其实就在我们身边。简就是这样关注无辜者的命运、关心那些被人忽略的受苦受难的人，这也让读者有了更多的共鸣。

注释：

①霍普金斯的原诗是："O the mind, mind has mountains; cliffs of fall / Frightful, sheer, no-man-fathomed."

②简的好多诗的题目都用了"分析实验"(Assay)这个词，这个词和essay同源，都来自法语词根essayer，意思是"尝试"。assay这个词是科技用语，原本用来指对于物质成分的分析。简用这个词的意思是将她的想象力进行类似于这种科学的分析实验。简的这类诗的节奏、音乐感和想象的跳跃使这类诗读起来颇像散文(essay)。

③出自圣经旧约《创世纪》3:19，原文是：

"你本是尘土,仍要归于尘土。"

④这是作者发明的一个意象,读者也许会想起守卫冥府的赛普罗斯(Cerberus),作者这里想表达的是:我们大多数时候都在防卫自己的心灵,因而无法感觉到人生的完美。但是我们需要这样一条狗,否则我们无法获得安全感。

⑤她八岁时买的第一本诗集就是日本俳句。

⑥这句话出自埃斯库罗斯的戏剧《奥瑞斯忒亚》三部曲,简的这首诗是关于2004年发生的海啸事件的诗。

译者简介 | 刘立平,1977年7月出生于黑龙江省齐齐哈尔市。天津外国语大学副教授,北京外国语大学文学博士,美国宾夕法尼亚大学访问学者。主要从事英美诗歌研究,在《外国文学》《世界文学》《华文文学》《中西诗歌》等杂志发表论文和译文多篇,出版专著《纽约派诗歌研究》(南开大学出版社,2014年)、译著《纽约派诗选》(新华出版社,2017年),并主编《名著阅读笔记:简·爱》(大连理工大学出版社,2010年)一书。

论徐志摩的诗歌艺术(下)

• 骆寒超 •

我们已对徐志摩的诗艺探求较偏于外在的两个方面——象征艺术与抒情方式,做了较深入的考察。但还得看到,正像"一首诗应分是一个有生机的整体"那样,徐志摩的诗艺风格也是一个有机整体。要想全面了解它,还得进一步探讨埋在深层处的"秘密"——出之于内在感受的语言与音节表现的"匀整与流动及其外现的规律"。从一开始新诗创作起,徐志摩就对诗歌艺术上的事儿很感兴趣,正如同朱湘在《评徐君〈志摩的诗〉》一文中所说:他怀有着为"少年诗人所特有的一种探险精神",所以一直以来对新诗的诗体建设付出了更多的精力,并取得了可珍视的成就。诗体的内涵是包括语言与体式两个方面的,因此下面我们将分语言新探与体式营构两个方面做一考察。

先看徐志摩诗的语言新探。

新诗是一场以白话取代文言为标志的诗歌革新运动,用白话写新诗一时间成了时尚,其倡导者是胡适。胡适因此视以白话写新诗为自己在中国诗坛的一场发现新大陆的活动,颇为得意,并为"白话"做了这样的术语定位:"'白话'有三个意思:一是戏台上说白的'白',就是说得出、听得懂的话;二是清白的"白",就是不加粉饰的话;三是明白的'白',就是明白晓畅的话。"总括地说,新诗所用的白话须是合于语法修辞规范,因而表达得总是明白清楚、合乎逻辑的那一类语言。用这一类语言写诗不是不可以,西方诗歌大致说都是用它来写的,我们日常的文字交流也用的是它,统称为逻辑语言。但用逻辑语言写诗却不是最合适的,因为以抒情为本的诗,表达情感要讲含蓄蕴藉,能激活想象联想,用太明白清楚的语言难以有这种效果,反倒是反语法修辞规范、朦胧得能意会而不求甚解的直觉语言才能达到这效果,而作为中国传统诗歌用语的文字倒基本上属于这一体系的语言。所以,提倡用白话取代文言写新诗的这一场新诗革新,其实是一场用逻辑语言取代直觉语言的事儿。这样的诗歌语言革新,在一定程度上反而违反了诗学的规定性要求,不利于写诗。这样的认识在新诗成长期当然还不可能在诗坛和诗学理论界提出来,而只能通过说白话写诗缺乏美术的培养表达出来。不过,在新诗写作者的创作实践中倒已有人开始在默默地干一场改造白话的探索性工作,使它能从逻辑语言体系些许转向直觉语言体系,或者就说干一场使白话成为在逻辑语言上嫁接直觉语言的事儿。坦率地讲,胡适、俞平伯、康白情是不会干的,陆志伟、郭沫若、田汉只会在白话中掺一些古色古香的文言词语,闻一多、朱湘等只能在堆砌形容上花工夫,唯独有一个人与众不同,竟然悟到从语法修辞的角度切入,在白话中干了一场反语法修辞规范的事儿,以离经叛道的气概来使白话的词法、句法在一定程度上做到了逻辑语言的直觉语言嫁接化。此人是谁?徐志摩!

徐志摩以反语法修辞规范的语言策略来构词造句,为新诗的白话用语创造出了许多富于

“美术培养”、诗性功能强的新词、新语和新句，也为新诗的语言建设提供了多条词法、句法探求的新路。先来看词法方面的新探。值得先提一提徐志摩诗中有些较简单的反语法修辞规范化词语，如“灵海”“梦乡”“心琴”等，已有前人——如郭沫若等创构了，我们不再探讨。徐志摩自有一套更复杂些的构词法，也构筑了一批更多彩的新词语，如《黄鹂》中表现黄鹂鸟从密叶丛中飞出的情景，用了个“冲破浓密”的短语，这里的“浓密”是形容词，“冲破”是动词，不能施受于“浓密”，是反语法规范的。又如《秋月》中，表现一轮圆月，他自创一个“腴满的妩媚”的复合词，这里的“妩媚”是形容词，作定语的“腴满的”也是形容词，不存在修辞关系，也是反语法规范的。《威尼市》中表现和谐的初夜已趋深沉，他用了个“甜熟的黄昏”的复合词，这里的“黄昏”是薄暮天色，不是物，既无甜不甜的感兴可求，也不可能把它煮熟，用“甜熟的”去修饰不合事理，是反修辞规范的。《活该》中表现对旧日记忆中的事的忘却，用了一个“掩埋你的旧忆”的短语，在这里，“旧忆”不是物体，怎能把它“掩埋”，也是反修辞规范的。这些反语法修辞规范的词语构筑，是通向语言意象化的绝妙途径。类似这样的构词新创，还可举出不少，如“甜蜜的忧愁”（《沙扬娜拉·十八》）、“时空的关塞”（《夜》）、“凶狠的眼泪”（《你是谁呀?》）、“银色的缠绵的诗情”（《秋月》）、“心的活埋的丧钟”（《我等候你》）、“最锋利的悲怜”（《一块晦色的路碑》）等等。值得特别提一提的是徐志摩对于在量词上耍花样颇感兴趣，能把计数的名词、动词数量之多少、大小，以至快慢的表达形象化起来，也使名词、动词的含义富于想象与联想地凸显出来，如“一海的星砂”（《夜》）、“一针新碧”（《山中》）、“一瞬瞬的回忆”（《在病中》）、“一掠颜色”（《黄鹂》）、“一瓣瓣的思想”（《爱的灵感》）等等。这些量词的设置，也显出反语法修辞规范的新创，他在这方面的追求大大影响了新月诗派同仁，他们也都来奇奇怪怪地玩量词。

徐志摩更致力于把反语法修辞规范的语言策略打入句法创新的探求中，营构了不少具有高度语言意象化功能的新颖诗句，如《黄鹂》中表现彩色羽毛的黄鹂鸟在绿叶丛中一片鲜亮的情状用了这样一个句子：“艳异照亮了浓密。”这有点奇特，“艳异”是形容词，不可能充当主语发出“照亮”的行为动作，“浓密”也是形容词，不可能成为“照亮”的施受对象，这就使这个句子的句法具有了反语法规范特色。又如《新催妆曲》中表现一个成婚礼上新娘复杂痛苦的心绪，用了这样的句子：“一针针的忧愁/(把)你的芳心刺透。”这也是个奇特的句子，“忧愁”是“一针针的”。这个修辞关系是违反常态修辞要求的，且不去管它，我们所关心的是“忧愁”，处在主语地位，却是个形容词，不可能发生“刺透”的行为动作，更不要说还能刺透“芳心”，这也是反语法规范的。《杜鹃》中表现杜鹃鸟栖歇的园林在黎明中醒来的情状，用了“晨光轻摇着园林的迷梦”这样一个句子。这里的“晨光”作主语发出“轻摇”，而摇的又是“迷梦”，都说不过去，反修辞规范。《我等候你》中表现抒情主人公的绝望心情，用了“希望在每一秒钟上/枯死”这样一个句子。“希望”可不是有机物，根本不存在有枯有死的问题，也说不过去，是一场反修辞规范。总之，这些句子都有点超常态意味，句法渗透着一股反语法修辞的策略性思路。因了这种策略性思路的作用，这些诗句也就从单纯地用作交流工具的白话提升为拟喻化意象语言了。可以说，正是这种反常态的句法新探，使新诗的属于逻辑语言体系的白话用语因此而嫁接上了直觉语言，类似这种句法新探的诗句还可以举出不少，如“我的心震盲了我的听”（《我等候你》）、“欢欣摇开了她的歌喉”（《车上》）、“（冤死的鬼）爬在时间背上讨命”（《俘虏颂》）、“黑暗——放一箭光”（《怨得》）、“火烫的泪珠见证你的真”（《枉然》）、“黯淡是梦里的光辉”（《我不知道风是在哪个方向吹》）等等。还值得一提徐志摩对倒装句特感兴趣。语序错综是反语法规范的表现，致力于句法新探的他，既受西方诗歌语言的影响，又受中国传统诗歌句法的影响而大力起用倒装句，是可以理解的。这方面的例子特别多，如《落叶小唱》中有：“这回准是她的脚步，我想，在这深夜。”这是个宾语主从复合句，主句“我想，在这深夜”挪到宾语从句“这回准是她的脚步”后面了，而“我想，在这深夜”其实是状语倒装，正常说法应是：“我在这深夜想。”所以这个主从复合句实在是倒装的倒装。又如《朝雾里的小草花》中的“（我）思忖着，泪怦怦的，人生与鲜露？”，把状语挪到谓语之后，让谓语“思忖”和宾语“人生与鲜露”活生生割裂开，倒装得使这个诗句特具一种柔韧性。更有意思的是《呻吟语》中如下这个诗节：

我亦愿意赞美这神奇的宇宙，
我亦愿意忘却了人间有忧愁，
像一只没挂累的梅花雀，
清朝上歌唱，黄昏时跳跃——
假如她清风似的常在我的左右！

这可是个集颠三倒四之能事的大复合句，第五行（“假如她清风似的常在我的左右”）是第一、二行（“我亦愿意赞美这神奇的宇宙，/我亦愿意忘却了人间有忧愁”）——一个并列复合句的从句，本应置于最前面作为假设从句修饰它们。第三、四行作为一个行为方式状语从句，是对第一、二行的并列复合句中“赞美”与“忘却”这两个谓语动词的修饰，应置于两个“我亦愿意”之后才是。所以这一个诗节作为一个大复合句是极尽倒装之能事的。这使得这个本来逻辑演绎性很强的陈述复合句一分为四（第三、四行是一个单元），让四个意象或意象组合体（第三、四行是一个意象组合体）通过取得并列的地位而不是逻辑依从关系凸显了出来，从而大大解放了各个意象或意象组合体的感兴审美功能。所以，倒装作为反语法规范的新颖句法在徐志摩新诗中的大量体现，作为创新追求是值得肯定的。

徐志摩的新诗语言新探除了致力于白话的直觉语言化，还致力于白话的现代口语化。

作为一条新诗语言新探途径，提倡用口语来改造白话，值得重视。所谓口语指的是北京方言化的白话，或者说它虽然是白话，却有北京方言的在场交流意味。时至今日，用口语写诗已成时尚，可见这个提倡是合理的。问题是，在百年新诗中，是谁开始这样做的？艾青说是戴望舒，《我的记忆》一诗则成了戴望舒用口语写新诗的样板。如果论不押韵，全用口语词语和语调写，说《我的记忆》是样板说得过去。如果论押了韵，又全用口语词语、口语语调写诗，又在节的匀称和句的均齐的框架里展开，恐怕徐志摩是第一个，他的《大帅》《活该》算是样板；闻一多算是第二个，他的《天安门》《飞毛腿》算是样板，可惜徐、闻二位的口语化白话新诗全押韵，每行字数划一，在这前提下做口语语调追求难免会流滑过度，像徐志摩的那首《残诗》：

怨谁？怨谁？这不是青天里打雷？
关着：锁上；赶明儿瓷花砖上堆灰！
别瞧这白石台阶光滑，赶明儿，唉，

石缝里长草，石板上青青的全是霉！

这就流滑得有点过度，失去或者削弱了口语在场交流的诉说口吻了。这当然有不好的方面：口语语调不能得到全面的体现，即诉说口吻比之于《我的记忆》有所弱化。也有好的一面，我们后面会谈到。如果丢开整体从单个诗句(或诗行群)的词语和语调看，徐志摩《残诗》等作中的口语化白话程度可比戴望舒的《我的记忆》要强得多。首先是掺入白话中的口语词语的数量就更多，如“玩艺儿”“劳驾”“得”“赶明儿”“去你的”“一死儿”“瞧我的”“可不是”等等，这些北京方言中的精华词语被极自然地纳入白话用语中了，而戴望舒的《我的记忆》等作中几乎找不出这类更贴近生活的北京方言词语，用的全是文绉绉的白话。其次是口语语调——也就是北京方言当下在场交流性口吻要更鲜明生动得多，如徐志摩在《活该》一诗中抒情主人公与恋人决绝性分手，这样写：

得，我就再亲你一口，
热热的！去，再不许停留。

这样的语调表现，生动、活泼，可说是有活生生的现场交流感的。《我的记忆》只有书面诉说的语调，根本达不到现场表现的语调。

值得特别提一提徐志摩懂得改造白话，或者就说用口语化白话写新诗主要的目的是为了能有语调表现。为了能达到这个目的，他探求到两条操作途径：诗行的破碎和跨行。先看诗行的破碎。徐志摩的诗给人一个很深的印象：诗行太破碎。这里可举一些例子，如：“他唱，口滴着鲜血，斑斑的。”(《杜鹃》)“太辜负了，今年翠微的秋容！”(《在病中》)“你真的走了，明天？那我，那我……”(《翡冷翠的一夜》)“舞，在葡萄丛中，颠倒，昏迷。”(《她是睡着了》)“没了，全没了！生命，颜色，美丽！”(《为谁》)“歌声：像是山泉，像是晓鸟，蜜甜，清越。”(《车上》)等等。致力于这些破碎的诗行，是不是受到过别的诗人的影响呢？不好随便讲。但他在《未来派的诗》一文中说过一句话：“千变万化，神妙莫测，极自由的写出，极不连贯，这便是未来派诗人的精神。”这里致力于做诗行破碎的追求，也许同西方未来派“极自然地写出极不连贯”的艺术信条影响过他有关。不过在我看来，更重要的原因恐怕要追究到反语法规范上。反语法规范表现为关联词的缺失、主要成分的任意省略，这不就使得一个诗句容易成为光秃秃的吗？诗句与诗句在一个诗行框架中岂不成为互不相连的并列关系了？这一来，诗行破碎的现象显然也就出现了。所以我们可以断言：徐志摩追求诗行破碎是由他追求诗歌语言——白话用语的反语法规范所决定的。当然，更重要的还是来探讨一下大力起用破碎的诗行有没有审美价值。我们认为，有！那就是能把口语语调凸显出来。如《杜鹃》一诗中有这么个诗行：

是怨，是慕，他心头满是爱。

这一行诗中，“是怨”“是慕”均是判断语，刚硬，且都是一顿，诵读时激越高亢。“他心头满是爱”是两个三字音组的组合，两顿合在一起诵读时则会有沉着坚定的口吻。这一来，破碎词语的这一场组合，也就会在诵读中显出从激越高亢转向沉着坚定的语调来了。由此看来，徐志摩的诗行破碎，好像是极自然的随意行为，其实是内在情绪波伏真切地外化于口语的语调显示。现在再来看跨行。要想达到口语化白话能充分显示语调，采用跨行是个好办法。但徐志摩的跨行追求和一般中国新诗人学习西方诗歌语言形式而搞的跨行不全是一回事，一般新诗人学西方搞跨行是为了表示诗行群或诗节，既能保持分行的间隔，又能连绵而下成一个整体，是一种艺术辅助措施，仅此而已，别无新求，因此一个诗行在跨行前，词语总是按语法要求逻辑地连成一体，而不显破碎。徐志摩不同，他爱把跨行与破碎的诗行结合起来，目的是为了达到时断又续、时续又断的语调。这里不妨再次引用《爱的灵感》中女抒情主人公从昏迷后醒来，对她所痴恋者最初诉说的一段话：

不妨事了，你先坐着吧，
这阵子可不轻，我当是
已经完了，已经整个的
脱离了这世界，飘渺的，
不知道到了哪儿，仿佛有
一朵莲花似的云拥着我。

这里引的诗行群共六行，却有三行是跨行的，而每行又都是破碎的：诗行不停地作断裂，又时作跨行，让诗行连在一起。这结果是凸显出女抒情主人公半迷糊精神状态中时断又续、时续又断的语调——这样的语调十分切合她当时的语境。这也才显出徐志摩诗艺探求的一着高招——口语化白话成功的语调表现。总之，徐志摩以诗行的破碎与跨行的办法，或者此二者相结合的办法求口语化白话的语调，总体说是颇显成功的。但有些仅仅认为新格律体诗必须做到“节的匀称和句的均齐”者又不这样看。朱湘在《评徐君〈志摩的诗〉》一文中对徐志摩用口语写诗并追求口语语调倒是赞同的，他称徐志摩提倡口语写诗为拿“土白作诗”，并认为“土白中”的“有些词语极为美丽，极为精警，极为新颖”，而“土白中有些说话的方法特别有趣”。这是对徐诗中口语词语的采用和口语语调的追求的肯定。但他又以“行的独立”的主张为由，对徐志摩诗的诗行破碎提出批评，认为“以行为单位的诗”必须“顾到行的独立”，然后这样说：“行的独立便是说每首‘诗’的各行每一个都得站得住，并且每个从头一个字到末一个字是一气流走，令人读起来时不至于生瘦弱的感觉，破碎的感觉。”并针对徐志摩诗行的破碎与跨行，说：“凡是成行写的文章我都要向它要‘行的独立’，不然又何必分行呢？”“你既不安本分的把它分行写出来，我就要向你要行的独立。没有，我就大声说，这不是‘诗’！”这批评有合理的地方，也有不理解徐志摩的语调追求导致的不合理之处。很多年以后陆耀东在《评徐志摩的诗》一文中，针对我们上面已引述过的《爱的灵感》首六行这样批评说：“如长诗《爱的灵感》，句子本来长短不一，但为了切成豆腐干形，作者有时把一句硬分成两半，并把句号放在一句中间，这不足取。”还在该文注释中特引了这六行诗，并说：“这诗的形式主义毛病是较明显的。”这批评就不只是不理解徐志摩口语语调追求的事儿，而是个诗学常识不足的问题了。

再来看徐志摩诗的体式营构。

徐志摩对诗的形式十分重视，在《诗刊弁言》中曾说：“我们信我们自身灵里以及周遭空气里多的是要求投胎的思想的灵魂，我们的责任是替它们构造适当的躯壳，这就是诗文与各种美术的新格式与新音节的发见，我们信完美的形体是完美的精神唯一的表现……”在他看来，诗的形体格式是内在情绪节奏通过适当的语言的外化。在《诗刊放假》中他就认为“诗的生命是在他的内在的节奏”，并进一步说：“正如字句的排列有待于全诗的音节，音节的本身还得起原于真纯的‘诗感’。”而“内在的音节”——内在的情绪节奏，是一场波伏相谐的流动。所谓相谐，也就是和谐共存。这里既具有流动的自由，又存在流动的有序，因此也就决定了徐志摩有一个近于本能的觉识：情绪节奏的体式化必须是规范与自由的相应和。基于这样的认识，也就使徐志摩在体式问题上始终能把握住这条规范与自由相应合的原则，并在三类体式的具体营构中体现了出来。

他所探求的第一类体式是格律体新诗。

前面我们已谈及：徐志摩一直被新诗坛看成是格律体新诗的代表人物，和闻一多并举，名气很大。其实动真格检验一下当会发现，他那些格律文本合于闻一多所定出的那几条格律标准的，除了《渺小》《车眺》《山中》等数首勉强可算，其余都出格。但这并不影响他作为百年新师“创格”先行者的地位，恰恰从另一个角度肯定了他这方面的探求具有独树一帜的价值。也就是说：他的格律体新诗不是受“新月”同仁所约定俗成的新格律规则——亦即音组等时停逗的节奏表现和“句的均齐与节的匀称”的形体格式所束缚的，而显示为在规范中求自由的新格律探求。正是这一举措，反倒使他那些并不标准的格律体新诗更显得有节奏的鲜明与流畅、体式的变化多端。

那么，这是靠什么达到的呢？

新月诗派同仁所追求的新诗格律，是建基于以不同型号音组在组合轴上等时停逗的节奏运行原则，以“绝对调和音节”导致“句的均齐和节的匀称”的体式营构要求。这些规范使该派同仁写出来的格律体新诗方方正正，读起来一板一眼，颇为呆板，以致被世人讥为“豆腐干诗”。徐志摩的诗笔如同他自己多次说过的那样，像一匹野马，受不了羁勒，不愿完全按上述规范来“创格”，而要求点自由，当然，是要求点规范中的自由，并非绝对的自由。

于是规范中求自由的措施也就出来了。徐志摩把它定为五条：一、既要坚持不同音组等时停逗来显示节奏的这一类诗行节奏规范原则，又要在音组的选用上有所灵活，不完全跟闻一多主张那样死板地只选用二字、三字音组，而是把这场选用扩大范围，也起用单字音组和四字音组，甚至五字音组。这里不妨举《为要寻一个明星》中三个诗行为例来看一看，一个是“我骑着一匹拐腿的瞎马”，音组组合轴正是“3232”的组合，合乎闻一多的主张，选用的全是二字音组和三字音组。另一个是“累坏了，累坏了我胯下的牲口”，是“3342”的组合，还自作主张选用了“我胯下的”这个四字音组。再一个是“我冲入这黑绵绵的昏夜”，是“352”的组合，更自作主张选用了“这黑绵绵的”这个五字音组。这第二、三例扩张地选用了四字音组、五字音组，其诗行节奏吟诵中反显得更流畅，这不就显出了规范中求自由的好处。二、他既搞音组等时停逗，有时又玩诗行破碎，让音组不等时停逗，两种做法的节奏诗行组合在一起，如《爱的灵感》中：

> 我也认识一切的生存，
> 爬虫，飞鸟，河边的小草。

两行诗字数、顿数都是一样的，但前一行是等时停逗的，后一行却破碎。这个破碎的诗行改成“爬虫飞鸟与河边小草”，不变字数、顿数，也等时停逗，节奏也鲜明得多，但两行连在一起读总觉得有点板滞，不及现在这样更能显出诗行群节奏流转的灵动、活泼、顿挫鲜明和语调感。这也显示了规范中求自由的好处。三、只求节奏诗节中各诗行或对应诗行的顿数(音组数)大致一致,而不求绝对调和音节的字数一致,以此来求得"节的匀称",如《盖上几张油纸》中这个诗节:

为什么伤心,妇人,	322
这大冷的雪天?	42
为什么啼哭,莫非是	323
失掉了钗钿?	22

这个节奏诗节追求一种相交的匀称。它的第一、三行都三顿,但第一行七个字,第二行八个字,是顿数一致而字数不一致。它的第二、四行都二顿,但第二行六个字,第四行四个字,也是顿数一致而字数不一致。可见这样的节奏诗节,它的匀称是建基于顿数而不是字数的一致。这就使我们在诵读这个诗节时,感到诗节节奏的灵动活泼,而不是工整死板。这同样显出了规范中求自由的好处。四、在体式营构上徐志摩既致力于对应诗行相交、相抱地组合以求节奏诗节,又致力于对应诗节复沓地组合以求节奏诗篇。这样做大大地避免了一刀切那种豆腐干体式的产生,也使格律体新诗的形体格式竟然能让规范与自由双向交流起来。不妨摘引两首诗的节奏诗节组合来看看。一首是《山中》,共四节,后二节是这样:"我想攀附月色,/化一阵清风,/吹醒群松春醉,/去山中浮动。//吹下一针新碧,/撑在你窗前。/轻柔如同叹息——/不惊你安眠。"在这里,从节奏诗篇的角度看,可说是同一个节奏诗节模式(222+32+222+32)的复沓,即一次次重复的组合,是严守规范的。而从节奏诗行的角度看,却不搞一刀切的"句的均齐",而是两类节奏诗行("222"式与"32"式)相交错地对应组合,这就有了一定的自由。所以《山中》在一定程度上具有规范中显自由的体式营构特色。再一个例子是《为要寻一个明星》,这个文本的节奏诗篇是相抱式节奏诗节四次的重复,却也因此显示为节奏诗篇严守规范而节奏诗节比较自由的体式营构特色。特别值得一提的是《雪花的快乐》。这个文本是同一个诗节节奏模式的四次宽泛的重复,使全作具有一定程度的体式匀称,显示着新格律规范。但作为模式之用的节奏诗节内在构成却完全谈不上"节的匀称",如第一节:"假如我是一朵雪花,/翩翩的在半空里潇洒,/我一定认清我的方向/——飞飏,飞飏,飞飏,/这地面上有我的方向。"这样的诗节体式构成就完全是自由的。这也足见徐志摩在格律体新诗的体式营构上是具有规范中显自由特色的。五、最后一点,徐志摩的格律体新诗在押韵上也突破只押偶数韵的传统,也探求韵的其他押法。他爱押随韵(AABB),如《梅雪争春》里:"南方新年里有一天下大雪,/我到灵峰去探春梅的消息,/残落的梅萼瓣瓣在雪里腌,/我笑说这颜色还欠三分艳!"他也爱押交韵(ABAB),如《她是睡着了》里:"她是睡着了——/星光下一朵斜欹的白莲,/她入梦境了——/香炉里袅起一缕碧螺烟。"他还特别对押抱韵(ABBA)感兴趣,如《我来扬子江边买一把莲蓬》里:"我来扬子江边买一把莲蓬,/手剥一层层莲衣,/看江鸥在眼前飞,/忍含着一眼悲泪——/我想着你,我想着你,啊小龙!"有意思的是,即便是在一个诗节里,他也可以押三类韵,如《三月十二深夜在大沽口外》里这个六行的诗节:"今夜困守在大沽口外;/绝海里的俘虏,/对著忧愁申诉;/桅上的孤灯在风前摇摆:/天昏昏有层云裹,/那掣电是探海火!"这个诗节第一至四行押抱韵,第五、六行押随韵,第一、四行押交韵,第二、三行与第五、六行也押交韵,三种押法绞在一起,极尽灵动穿插之能事。当然,

每一种押韵法都须严守规范，但几种押韵绞在一起的灵巧所为，都是在规范中求自由。综合以上五点，可以说徐志摩对格律体新诗的探索，的确是本着规范中显自由的原则行事的。

再看徐志摩对自由体新诗的探求。

如同上面已提及的，诗坛公认新月诗派是以探求格律体新诗为最主要流派特色的，也就把徐志摩这个新月诗派的领军人物视为“创格”的代表了。殊不知徐志摩不仅和该派同仁一起“创格”时已主张要规范中显自由，并且还关注着作为新诗两大形式之一的自由体新诗，在创作实践中做着该诗体构成规律的探求，不仅写下了一批迄今依旧有诗体建设价值的自由体新诗佳作，还探求到一些以白话为基本用语的自由体新诗节奏体式的构成规律。

新诗草创期和成长初期，诗坛一直处在砸烂旧诗枷锁，获得“诗体的大解放”的狂欢中，却也由于矫枉过正而把所有形式上的事都看成为是一种束缚，进而在诗坛涌现出一股全面反抗形式规范的思想潮流。其结果则是让根本不讲节奏感的白话散文分行书写霸占了诗坛，美其名曰自由诗写作，其实这和作为诗的一种独特节奏表现的自由诗体当不得一回事。为力挽狂澜，富有先觉意识的一些诗人，开始对以白话作为基本用语的新诗自由诗体进行节奏构成规律的探求，但大多止于创作实践中的摸索。如郭沫若，在《论节奏》一文中表明他已意识到诗的形体格式是节奏的体现，所以认定诗须以抒情为本的他也就十分看重自由诗体，要大力采用感叹句，这种句子给人以高扬或低抑的节奏感，宜于表现奔跃的激情或缠绵的柔情。这一份出于自觉的觉识也就使他写出了《立在地球边上放号》《笔立山头展望》等自由体新诗佳作，很不容易，但他也只如此而已，别无他求。徐志摩也是比较早意识到这方面的一个。在他看来，新诗的形体格式——不管它是格律体或者自由体，都是为表现节奏服务的，这在《诗刊放假》一文中已说得很透彻。同时，从他探求格律体新诗时已充分意识到规范中显自由这一点来看，他也同样意识到自由中求规范的可能性是存在的。所以他对自由诗体的探求，主导思想上求两点：一点是丢弃受音组等时停逗制约的那一套“句的均齐与节的匀称”体式，诗行可以参差不齐，诗节可以不求匀称，完全自由；另一点是体式，即便最讲自由也还得受另一类节奏表现的制约。对第一点，做自由的追求还是容易的；对付第二点，就是在自由的体式中求节奏的鲜明性表现，那可是场须让规范要求来干预的事。要想干预，得让自由的体式能充分应和独特的节奏的规范，就不那么容易了。核心问题是必须解决这种独特节奏须与体式的自由一致。说明白点，也就是须来一个反作用，体式的自由也必须促成与之相适应的节奏规范，而这可不是靠郭沫若那样大力起用感叹句所能够解决的问题。正是在这个关键方面，徐志摩探求到了自由体新诗建设的新思路：必须定出几条属于语调的节奏规范原则来和诗行参差不齐、诗节极不匀称的体式自由相应和。这一来，能在自由中显规范的那场自由诗体建设就比较简单了，也就是集中到了语调节奏表现上。

我们在前面曾谈到徐志摩在探求新诗语言时致力于改进白话，发现他十分重视口语，而起用口语的目的则主要是看中它有语调，能使诗句更流利宛转，更贴近感受体验的表达，但没有再深入下去，现在在这里可以深入地来谈谈了。其实口语语调是传达内心体验，亦即情绪节奏最管用的手段，而口语语调要想得到充分显示，作为它的物质外壳的语言形态，也就非得丢弃

“句的均齐与节的匀称”，而让诗行参差不齐、诗节极不匀称不可。那么，如何把口语语调的节奏功能显示出来呢？郭沫若起用感叹句。感叹句的性能当然也可归入语调节奏，但只能起某一方面的语调功能作用。徐志摩就全面多了，竟然找到三种：一、不同长度诗行循序渐进或大起大落的组合；二、排句大量入诗；三、以上二者在文本中作综合表现。

先看第一种：以不同长度诗行按循序渐进或大起大落而显示的节奏表现。诗行长度以诗行顿数多寡而定。多顿体诗行节奏比较沉滞，属于抑，当然顿数更多（四顿以上）的诗行，显示的也就是极抑的诗行节奏；顿数少的诗行节奏就比较明快，属于扬，当然顿数更少（两顿以下）的诗行，也就是极扬的诗行节奏。按此原则，我们且举一个按循序渐进而又渐退的诗行组合所显示的自由诗体节奏表现的例子，这就是《威尼市》的一个诗行群，是这样：“我站在桥上，/这甜美的黄昏，/远处来的箫声和琴音点儿，线儿，/圆形，方形，长形，/尽是灿烂的黄金，/倾泻在波涟里，/澄蓝而凝匀。”这个诗行群的节奏诗行组合可以这样来表示：“2—2—6—3—3—2—2”，也就是“扬—扬—特抑—抑—抑—扬—扬”，也就是说这是一场由“扬”降为“抑”又渐升为“扬”的、循序升降的弧线状的节奏运行。这种不同长度诗行有机组合所显出的自由体新诗节奏表现用得较普遍。

再看第二种：徐志摩以非排句诗行与排句诗行相组合来显示节奏运行。比较而言，非排句诗行诵读时给人低抑沉滞感，排句诵读时则给人激越荡远感，于是也就有以缓急为标志的节奏运行。如《在病中》一诗的这个诗节：“这病中心情：一瞬瞬的回忆，/如同天空，在碧水潭中过路，/透映在水纹间斑驳的云翳；/又如阴影闪过虚白的墙隅，/瞥见时似有，转眼又复消散；/又如缕缕炊烟，才袅袅，又断……/又如暮天里不成字的寒雁，/飞远，更远，化入远山，化作烟！/又如在暑夜看飞星，一道光/碧银银的抹过，更不许端详。/又如兰蕊的清苍偶尔飘过，/谁能留住这没影踪的婀娜？/又如远寺的钟声，随风吹送，/在春宵，轻摇你半残的春梦！”这个诗节的第一行属非排句，诵读时缓慢，显得低抑沉滞。后面十三行七个排句，一排推一排，层层进展，越排比越促逼，就显出激越荡远来了。这样的自由诗体节奏表现极鲜明。

第三种是：徐志摩的自由体诗特爱让不同长度诗行组合与排句浑成一个节奏运行体系，这更可显示出他对自由诗节奏体式上的创造性来了。这在《阔的海》《拜献》《北方的冬天是冬天》等作中有特别鲜明的显示。且举《阔的海》一诗为例来做分析，原作是这样：

阔的海空的天我不需要，
我也不想放一只巨大的纸鹞
上天去捉弄四面八方的风；
我只要一分钟
我只要一点光
我只要一条缝，
象一个小孩子爬伏
在一间暗屋的窗前
望着西天边不死的一条
缝，一点
光，一分
钟。

这是一首奇特的自由体新诗。它的前三行是一个宽式排偶关系形成的排句。第4—6行是三个同一句型的严格排偶关系形成的排句。前一个排句固然具有激越性能，而显出扬的节奏感，但不及第二个排句，因排偶得更严格而更激越，也就显出极扬的节奏感。第7—9行不是排句，是一个长句分作三行排列，拖沓而沉滞，显出抑的节奏感。第10—12行则是顺第9行的跨行而来，又接连两次跨行，且为“1+2/1+2/1”式音组节奏的诗行组合。不同长度的三个诗行以“二顿体→二顿体→一顿体”的组合形态显示出扬向极扬的节奏进程。这一来，这个自由体文本也就显出“扬→极扬→抑→扬→极扬”的节奏进程。据此而言，这首自由体新诗的节奏表现既具有最大的自由度，又受规范要求内控，就典型地体现出徐志摩在自由体新诗的节奏体式营构中，能始终坚守自由中显规范。

徐志摩的自由体新诗探求虽然因早逝而没有能深入下去，但还是取得了相当成绩，为后人留下了一批这类体式的佳作，如《威尼市》《私语》《这是一个懦怯的世界》《我等候你》《拜献》《阔的海》《泰山》《秋月》《给——》《难忘》《北方的冬天是冬天》《荒凉的城子》《东山小曲》《在病中》等等。从格律体新诗写作逐渐转向自由体新诗写作，是徐志摩诗歌形式探求的轨迹。这是一份令人沉思的遗产，留给了新月诗派同仁。该派的后起之秀如陈梦家、林徽因，在1930年代以后的新诗创作中，由“创格”转向了自由体追求，正是徐志摩这条轨迹的延伸。

而徐志摩体式探求更重要的一份令人沉思的遗产，则是规范中求自由和求自由中显规范的双向交流的艺术思路，更延伸到中国新诗坛诗体建设的今天，这是尤可珍视的。

结束语

徐志摩的一番新诗事业，仅仅是在十年时间里干出来的。单从这一点看，他也已经是不简单的了。一个诗人，综合一生的创作，真正能传诸后世的好诗毕竟是不多的。徐志摩凭他的诗才与勤奋，特别是凭着他的生命诗学，凭着他对生命在他那个时代存在的真切感受与体验，还是写出了一批好诗的，我们可以举出《为要寻一个明星》《月下雷峰影片》《沪杭车中》《难得》《庐山石工歌》《海韵》《我等候你》《再别康桥》《山中》《黄鹂》《云游》《爱的灵感》。从这个意义上说：徐志摩在百年中国新诗史中，称得上是一位精品级的诗人。应该说徐志摩毕其一生，是个正在走向成熟的诗人，可惜英年早逝，未能真正成熟——虽然《猛虎集》以后已有成熟迹象，《爱的灵感》可以证实，却也无济于事。其实，诗人对自己也早有出于本能的预感，在《〈翡冷翠的一夜〉序》中他就说过这么一番话：“‘志摩感情之浮，使他不能为诗人，思想之杂，使他不能为文人。’这是一个朋友给我的评语。煞风景，当然，但我的幽默不容我不承认他这来真的辣入骨髓的看透了我。”恕我坦言：评说者有点过，诗人的自嘲也过度，但内涵的某些判断的真实性却也是不容否定的。事实是很多年以后，也出道于新月诗派、作为徐志摩当年学生的卞之琳，在《〈徐志摩选集〉序》中就指出：“徐志摩诗，极大多数像格律诗，本没有一首经得起严格分析的格律诗”“……他的音律实践既始终不注意严格以‘音组’或‘顿’来衡量，他的韵律（押韵方式）也还是不大讲究”，“他也常常像写骈俪文一样，行文中铺张，浮夸，太多排比，太多堆砌，甚至装腔作势、矫揉造作”。至于徐志摩的学识、修养，卞之琳更明确地说：“徐志摩，严格说，不是学者。他涉猎很广，但是对哪一个‘面’或哪一个‘点’也缺少钻研。”这些也都说明了如下这一点：徐志摩是一个并没有成熟的诗人。

看来，对徐志摩的诗歌事业做过多推崇，是不合乎实际的。

周瑟瑟的诗

滋润

冬日里，我得到了雪水点滴滋润
心中窃喜，嘴里喃喃自语："悲伤与我无关，
喜悦如此冰凉"
回家，我看到小南瓜冰凉
夜里起床，把她抱在怀里，梦中喃喃自语：
"悲伤与我无关，喜悦如此冰凉"
该滋润的是悲伤的心灵
以及喜悦的肉身，他们紧紧偎依在一起
从空中飘飘而下，像我衰老的双亲

老妈妈

幼小的男孩拉着路边老乞妇的衣襟
她又脏又瘦的脸，肿了
像屈辱人世的牛马，低着头
幼小的男孩一边走一边哭
他可能是饿了，也可能对未来胆怯了

老妈妈，我也有这样的时候
我饥饿时会流泪，对未来胆怯时
我会大喊：妈妈——妈妈

老妈妈听不到。她不习惯有人大声叫她
她像牛马那样低着头，走走停停
她已经没有多少力气了。幼小的男孩还在哭泣
她的叹息
被小男孩高亢的哭泣掩盖

鹿园春秋

园子变化不大
鹿角在里面晃动
我看不见鹿群
它们换了新面孔
老面孔隐藏其中
像我的父亲
静悄悄站在远处
我看不见父亲
但父亲能看见我
我搀扶着妈妈
走向梦中的鹿园
我们一家人
在落满松针的树下汇合
鹿向我们奔跑过来
我半跪下
抚摸它的脖子
鹿伸出舌头舔我的下巴
热乎乎的鹿脸
贴上了我的右脸颊
它枯瘦的四肢颤抖
脚下的草正在转绿
到处是温良的眼睛
鹿的性情在空气里扩散

我搀扶着妈妈
走出了鹿园

菜花开

菜花开在后院，我心中喜悦
菜花悄悄开，我慢慢发觉
我正在变老，变得比少年时老

黄的菜花让我喜悦
白的菜花让我喜悦
紫的菜花让我喜悦

聒噪的虫子卷曲肉身
它们与我一样充满了喜悦
后院的菜花仿佛年幼的少年
有的低着头，有的抬起头

我坐在书房里一天天变老
菜花来到我面前，邀我到后院
与它们一起低头，然后抬头
小声问我：喜悦吗你不喜悦吗？

我是喜悦的，因为我与你们在一起

草枯了

草枯了，秋天像个出家的人，在郊外走
落叶在脚下燃烧，我想起了外省焦虑的兄弟
是否看见我清瘦的面容像一丛枯草？

草枯了，身上的布衣散发泥土味
粗茶淡饭，世事纷争与我无关
那些急急忙忙在天上乱飞的鸟，与世事无关
那些可怜的果子在树枝上晃动，与世事无关

草枯了，我渐渐感到凉意像刀子在夜里割我的
　喉结
想说的话咽了又咽，不说
运草的拖拉机突突突在王府大街多么傲慢
我越来越谦和，看到强盗还以为他是可怜的人
看到回家的倦鸟，还以为是浪荡的游子

草枯了，心中似有隐情无从倾吐
运草的拖拉机仿如我的灵魂，在突突突地叫喊
而我的肉身在午睡

草枯了，草的泪水也枯了
我的泪像小溪一样饱满、清澈
因为我不曾怀恨，青草枯了
大地变凉，我有衰老的心愿

鹌鹑

我是你的小舅舅，躲在灌木丛中。
那是故乡的夏夜，星星比现在多。

短小的尾巴，下体灰白色。
你摇摇晃晃摸黑走来，叫我鹌鹑鹌鹑——

“天黑了，你还不回家……”
风吹起山坡上的草垛，吹起一层层棕黄色羽毛。

我一边哭一边抱起你，
亲你冰凉的嘴。我骑自行车从樟树镇回来，
天黑下来，樟树的香气紧随我十八年，
你坐在自行车后打盹，仿佛就在昨天。

时光早早停滞在短小的灌木丛中，
四十年来还蹲在潮湿的地上。点点光斑，
从你迷离的双眼边缘向四周扩散，
外婆、外公沿着你的气味追到后山，
这两位奋不顾身的老人，他们到底要干什么？

鹌鹑想了想，觉得一切都在情理之中。
收紧的棕黄色翅膀渐渐放下，追捕还在继续，
执迷不悟必须持续到青春发育期。
谁也没有权利获得原谅，谁也不能幸免——
与家禽们一同度过故乡的漫漫长夜。

毛茸茸的头从清晨抬起来，孔子一样迷失
在那个年代。打倒了墓碑，打倒了孔圣人。
快速成长在故乡的洪水泛滥中。你因为懒惰
而躲过了被一场故乡狂欢的游戏淹死。

故乡的墓碑下集合的亡灵变成了一阵阵凉风
到了夜晚都变成了鹌鹑。
一只只紧紧拥抱，叫声里有相互的叮咛——
亲爱的，你死后会回到樟树镇么？

你要照顾外公外婆，他们穿着雨衣站在孔子的
牌位下，泪水淋湿了供果。
“无田甫田，维莠骄骄。”
我会回来的，我会回来跪在鹌鹑身后，
叫声中含泪：我的小舅舅呀你一生漂泊，
而爱像鹌鹑，到了中年才获得了墓碑的阴凉。

祖先们穿上了绸缎寿衣，赶着一群群鹌鹑，
行走在樟树镇的河边，一边走一边念——
“无思远人，劳心忉忉……”

遇见白头翁

白头翁，亲切的中年人
你与我一样身披秋寒，头顶午夜的露水
脚踩枯枝，在平西府缓缓移动
样子看起来心疼，那一袭羽毛湿了
叫声像孤儿叫哥哥，我听到后惊慌中就答应了

白头翁是昨天午夜在平西府与我相遇
我起床散步，你一跛一跛与我擦肩而过
我听到你叫哥哥，“哥哥呀你怎么流落到了京城？
家里的事你漠不关心，爹娘死了，兄弟失散多年……”

是呀我也是孤身一人，呼唤白头翁
京城渐有寒气，白天晴朗，夜里露水打湿白头翁
入冬后，我与失散的白头翁一起坐在枯树上
一声声叫我们的亲人，一声声哭我们的爹娘

拔萝卜

小孩子与娘在地里拔萝卜
他赤着双脚，脸上沾了新鲜的泥

白萝卜嫩得让小孩子流口水
天上的飞鸟喳喳叫，太阳缓缓滑落
小孩子拔萝卜，怀着心事

拔了这季萝卜，小孩子能长快点就好了
能帮娘养家就好了，亲娘叹息
抚摸小孩子流血的脚板，不要蹦跳

你看被外乡人卖走的小马一步步离开故乡

小孩子说:“娘,小马低头流泪,喂它吃个萝卜”

氧气

树木直插云霄
氧气有树的形状
氧气有树的沉默
我在树林里徘徊
寻找更多的氧气
想起母亲临终前
戴着氧气面罩的样子
她渴望氧气
她的呼吸微弱
在窒息中
坚持最后的生命
一棵树养活一个人
一个氧气面罩后
有一个挣扎的母亲

豆酱

只有回到故乡
才能吃到小时候吃过的豆酱
我的故乡
封存在一只碧绿的坛子里
剁辣椒和黄豆搅拌均匀
发酵的气息让我口水流
妈妈我的妈妈
我把她封存在故乡
我给碧绿的坛子水沿
添加清水
我用清水
养着我的妈妈
只有回到故乡
我才能喊醒坛子里的妈妈

秋雾

秋雾无边无际
天空与江面连接起来
没有给我留下一点缝隙
我找不到一条通向江面的路
我推开雾中一扇门
父亲坐在里面一张桌子后
他低头看书
临别时我要父亲
给我留下新的电话号码
父亲在一张纸上沙沙写
纸变成了一卷白雾
我小心翼翼拿着白雾
走在回家的路上
走着走着我就醒了
手心里全是汗
窗外高楼大厦
在灰色大雾中飘浮

作者简介 | 周瑟瑟,当代诗人、小说家、纪录片导演。著有诗集《松树下》《栗山》《暴雨将至》《世界尽头》《犀牛》《种橘》《向杜甫致敬》(多语种),评论集《中国诗歌田野调查》《时间的迷宫》《当代诗歌文明:周瑟瑟研究集》,长篇小说《暧昧大街》等30多部。

周瑟瑟的思念与追忆之诗

· 依尔福 ·

周瑟瑟是我喜欢的诗人，我读过很多他写的诗歌，并留下了深刻印象。作为诗人，周瑟瑟是充满灵性而又富于激情的，他的诗歌沉稳、抒情，充满暗示又永远多义，依据他的诗歌很难对他本人做出恰如其分的判断。现实中的周瑟瑟是一个理性、性情温和、思维敏捷，忙于工作、旅行和写作的人，一个不喜形于色、终日吟唱《炼狱篇》的雅典和耶路撒冷的罪人。他擅长把生活场景戏剧化，却不愿把诗作视为生活场景的直接反映。我是说，生活如此难以预料，如此荒诞不经，很难把它转化为叙事，并令其充满诗意，升华到一个新的境界。但周瑟瑟做到了，而且写出了令人惊叹的诗歌。

实际上，这是一件困难的、很难完成的任务。因为一个人，抑或一个诗人，他永远生活在一串连续的事件中，这本身就形成了生活的一种叙事，构成了按时间顺序进行的叙述的因果关系。我们置身其中，作为一种生活要素而成为生活的一部分，要把自己从生活中剥离出来，是困难的，也是盲目的，比如对视觉和触觉偏执的肯定与否定，对一个特定事件的把握。因此，把一个普通人和一个艺术家的审美趣味提高为同样的价值判断一定是勉为其难的。一件事情发生了，一定是因为先前发生了什么事情，但发生了什么事情呢？因此，这存在一种有效性与非有效性的还原问题。我相信周瑟瑟是反对把自己的创作与任何随意地将个人经验转化为叙事的企图相提并论的。我的意思是，我们将生活其中的世界，我们将自己所做出的每一个判断、每一个命题，通过把原本复杂的命题还原为简单的命题的价值评价，再通过评价与批判，表达出我们自己的独有的价值判断——我把这个过程称为诗歌创作。作为例子，请看下面这首诗歌：

一年之后
我坐上火车回故乡
上了车就睡
醒来后
发现火车倒退着奔跑
像一匹疯狂的野马
两侧嫩绿的山峦跟着倒退
低矮的坟墓倒退
方形水田倒退
湖泊倒退
行人倒退
倒退着回故乡
一定会见到我的父母
他们倒退着死而复生
田野里的白鹭静止
它们看呆了
一匹疯狂倒退的野马

《倒退着回故乡》

我们的生活，就是在不断做出肯定和否定、

形成命题并做出价值判断的过程。我说过,这一过程被称为叙事。诗人,较之对其诗作进行解释,我更喜欢把其放在宏大的背景下,追问其平生本身的叙事所展现的对生活的怀疑态度,一种拒绝的趣味取向,即拒绝一种结构化的生活。从一种更广义的观点来看,诗人应该是最不循规蹈矩的人,这体现在他的独立性,他的丰沛的情感、超乎寻常的想象力以及对艺术自治疆域的划定。在这里我着重强调,创作者的生活经验和存在必将并且绝对影响其创作过程,而不是相反。我的意思是,创作者的审美趣味和价值判断必然是主观的,而他的智慧、他的非功利的愉悦、带有强烈个人特征的生活幻觉应该是自然而然流露出来的,他创造的审美价值只有在旁观者眼中才会呈现。

回过头来谈周瑟瑟的这首诗。这是一首思念与追忆之诗,叙事的主题很明确,是对故乡与亲人的凭吊,对逝去往昔的缅怀。这其中既有断裂,又有关联。断裂是无法挽回的,关联是隐藏在内心深处的情愫,是潜移默化影响诗人一生的东西,影响着其当下及未来的生活,甚至在某种意义上决定了诗人的生活态度和价值取向。实际上,思念的主题是促使诗人周瑟瑟从一种不可能达成的愿望转向艺术性地再现曾经的心灵欲望之中超越自然的那些部分。作为一种充满想象力的证词,“醒来后/发现火车倒退着奔跑/像一匹疯狂的野马”,这都是些超乎寻常的事件,它们并列在一起,构成一个不真实的、超现实的世界。但这不是不同话语风格串联起来的关于伦理、情感、美学意义上庸俗的语用事件,因为有一个始终贯穿其中的叙事性因素在不断唤醒,并演绎着无限多种可能性。因为存在着时间的自我延迟,使我们希望达成的某种愿望始终成为情感逻辑的一种否定性悖论。关于时间与事件的无限的不确定性,正如尼采诘问的那样:“既然我们更喜欢真理,那么我们为什么不是更喜欢其谬误呢?”这正是我们所应持有的对生活的趣味审视。我隐含的意思是,那种刻板的、绝对的结构化生活,其悖论的背后一定沸腾着一座剧烈的、即将喷发的火山,“一匹疯狂倒退的野马”,它存活了相当长的时间,才使诗歌成为一种富有想象力的、充满激情的存在方式。

对于后现代诗人来说,意义存在于有与无之间,绝对的同一和绝对的差异都是很难设想的,因此这也为想象力或者幻象预留了可能性的空间。我是说,梦想虚无缥缈,本就不可能实现,但一觉醒来,它万一实现了呢?“倒退着回故乡/一定会见到我的父母/他们倒退着死而复生”,诗人不是拯救人类的上帝,但在上帝加持下,诗人形成了一套奇特的心灵和头脑,这与诗人所处的绝望的地位是相匹配的。对于诗人而言,想象力是以神启为源头的,生命总会凯旋,生命,我们寻常人的生命,可以被救赎的我们的生命,这种天赋的精神信念早已渗入我们花岗岩般的躯体,只等阳光雨露的滋润即可开花结果。

实际上,在后现代主义诗人中间,一直流传着这样一种执念,一种黑格尔意义上的假言判断,并被看作一个普遍意义上的立法原则,即判断的否定性运用。它的头部是一种现世生活硕大的实际结果,它的下半身却是一种尚未实现的目的性。在这里,意志的准则作为普遍合法化的原则其实只是一种美好的愿望,而不是一个事实。这种不确定性的超感官、超自然的诗用虚拟语气对我们不仅不构成行为的约束力,反而成全了诗人尖刻的想象力和戏剧性的凝缩风格,因而它是新颖的,也是对可悲的古典诗歌的一种修剪。神话的时代消亡了,我们就凭空再制造一个。

实际上,景色是不重要的,动物也是不重要的,水田用来耕种,白鹭用来观赏。对于我们来说,死亡本身其实是一种宗教情结,死亡在一定程度上是非自然的,因为死亡完全是在自然过程中发生的,而且,既然死亡本身死去了,那么我们还有什么理由强调我们也一定跟着自然死去?我是说,绝望是启示录式的,但后现代诗人们,却不是。

从本质上讲,周瑟瑟是一个当代的浪漫抒情诗人,他写故乡、父母、亲人、山川大地、风貌景物,看似信手拈来,很随意,但恰恰在这种不经意间,对故乡的思念、对故去亲人的追思,无不栩栩如生地跃然纸上。比如他写父亲的亡魂,不是像西方文学作品里那样直接地、赤裸裸地交流,比如莎士比亚的《哈姆莱特》,王子哈姆莱特与父亲的亡魂直接对话,但在周瑟瑟的作品里,他也写父亲、写父亲的亡魂,但父亲不是直接出现,而是以雾的形式与其交流,把所有思念之情以拟物的方式呈现给我们。这是典型的东方式的抒情方法,像东方的山水画,看似着意山水,实则寄情于物,含蓄、高明,充满想象力,化满腔的思念于无形之中,实为一种上乘的表达方法。

在诗歌形式上,周瑟瑟的诗歌很口语,很有东方古典诗人的神韵,比如李白、杜甫、白居易等等,云游四方,所见所感,皆可入诗。这非常拷问诗人的功力,我们所见的山川风物、风土人情,因为太习以为常,所视无睹,丧失了新鲜感,同时也丧失了想象力,很难在短时间把奇特的东西提炼出来,升华为诗,或者只是流于平淡、流于平庸。只有其中的佼佼者,比如李白等诗人,可以化腐朽为神奇,多有神来之笔。这一点我也深有感触,闷在书斋里,冥思苦想,却写不出好诗,更没有神来之笔。往往是在旅行中、漫游中,有突然的感悟、顿悟,转瞬即逝,马上记下来,写到诗歌中,再读起来,你自己都不得不佩服自己异乎寻常的想象力和创造能力。

然后是更高的要求了,写诗需要一种逻辑能力。我要说,再感性的诗人,如果他在思想上、意识上没有经过哲学训练,他一定不会成为一个好诗人、伟大的诗人。这就是为什么学理工的诗人会更有成就。我们写诗,运用词语,这是基本功,就像使用建筑材料,如果你不能够信手拈来,我劝你就不要写诗了,浪费时间。如果你具备了这些,到写诗的层面,你就要注意了,你的每一个词句、每一行诗表达的应不是纸面的意思,而应该是词语背后的东西,环顾左右而言他。在这里,拷问你功力的时候到了,这些被言他的东西应该是有逻辑关系的、一环扣一环的,就像武林高手,风轻云淡、谈笑风生之间,完成致命一击。我还以周瑟瑟的《秋雾》一诗为例,"秋雾无边无际/天空与江面连接起来/没有给我留下一点缝隙/我找不到一条通向江面的路"。他在写什么,写雾吗?写江吗?写江堤?"我推开雾中一扇门/父亲坐在里面一张桌子后/他低头看书",这是写"我"见到父亲。"临别时我要父亲/给我留下新的电话号码/父亲在一张纸上沙沙写/纸变成了一卷白雾/我小心翼翼拿着白雾",开始写雾了,前后毫无逻辑关系,但是接下来,"走在回家的路上/走着走着我就醒了"。现在我们才明白,他在写梦,一个白日梦,重点来了,"窗外高楼大厦/在灰色大雾中飘浮",原来他是在写思念,但字里行间没有一个思念的文字,只是这种浓浓的思念像雾在周围的世界漂浮。这种写法,你能说不高明吗?

费一飞的诗

更加爱护这个家

院子里的树上
清晨发现一只鸟巢
真让人惊喜
我做不出这么漂亮的手工艺品
仰头看了很久
很希望里面有卵
最好是两枚
这样将来它们可以吵架
可以依偎
可以互相寻找
接下来应该是双亲
轮流来孵它们
既有母爱
也有父爱
我把这种圆满想象成太阳和月亮
双倍幸福的含义
从今天开始
我要多养些虫子
警惕流浪猫觊觎
尽量不弄出噪声
总之要更加用心地爱护这个家
树长得很好
鸟也会越来越多
让我心动的事物我要多关心一点

往事，这么安静

夜里，月光和河水
都不够安静。唯有一场悄然的雨，让村庄
坐入杏花的白静

往事如云飘散，耕读之家的窗格下，夜读漏光
夹几声咳嗽，老人忍住的叹息，一支锈锄，
在墙上晃动灯影

一把铜锁关不住插花酿酒的好光阴，蛛网尘封
　流霞
压在箱底的心愿，父亲又翻出来看了一遍
多少年了，一直想回去，叫几声亲人

浮影似梦，乡音如歌声。留在旧本子里的目光，
　依然明亮
穿过门前的花树，桑枝，稻垛
安静地落在奶奶的小凳上

遗留

所有的牛，都已归属
乳牛，或者肉牛。这是商业的时代
唯有这个山村里
还有一头耕牛
属于他

他无法想象农民的一生
可以没有牛
牛像他的祖宗一样古老
一样血脉相连

犁已锈蚀,他们也老了
天气晴朗的时候
他会牵着他的牛
到曾经耕过无数次的地里走走
他们都喜欢空气里的泥土味
走几步,歇一下
伸伸腰,抬抬头
他和牛都看见了山顶的云
正一片一片快速飞过

往事不只有悲伤

那时住在银洞桥
对面有一个熙熙攘攘的国营菜场
但我们饿
全世界都饿
饿是那个时代的必修课
外婆坐在门口
像军人那样警戒对面的动静
有时会进来一筐猪骨
不凭票,但要抢
外婆的小脚总在第一时间
一跃而起
竟然屡屡得手
给我们一顿馋涎的肥美
她的神奇还未结束
她继续坐在门口
等收废物的担子经过
一场神魂颠倒的讨价还价之后
吃剩的骨头卖掉了
哈,还赚了一分钱
哦哦,多少年过去了
回想往事
再也没有这么开心的日子了

安静的雨

昨晚,突然下了一场雨
树木在黑暗中隐忍
无边的寂静
一直静到天明
我走到院子里
天是清的,地是清的,房顶是清的
有鸟在叫,声音悠扬悦耳
风吹过,树叶里的雨
又下了一遍
落到我脸上
分外清凉

恍悟

所有花草都出发了,唯独
一株三角梅
还在酣睡

去年冬天很平常
风不大,雪也不大
没有悲伤的消息流传

没有什么值得牵挂
生活依然平静而惬意
忽略也不是罪过

那些曾经明媚的枝条却枯萎了
万丛欢笑里
留下一声叹息

为了纪念它的热烈
我翻阅出它的花语：
“没有真爱是一种悲伤”

为什么

稻草，是鸟雀
看着长大的
稻草给它们谷子
还有虫子
还有孵卵的巢
还有，轻风中的絮语
鸟把稻草当作恩人

有一天，突然地
稻草真的变成了一个人
站在稻田里

鸟噗地逃走了

笋的世界

山坡上，漫天喧嚷的绿
绿得腾云驾雾，让人兴致冲冲
锄却比山重，竹林也已生疏
开始与疲惫同根

截断，一次又一次
契合着脚部的疼
新鲜创口流出的纯真血液
变成昨天的泥，烂烂的
像一棵笋的无辜

我要在哪里了断自己
痛恨故土难离
痛恨不能尽情舒展的一生
痛恨彻骨的断绝

有谁不在自断后路
我提着断了根的笋
匆匆回到缭绕的人间烟火

岁末遇雪

走进山里
林中的风声已经密集
溪流之声听见了吗？
像一列奔放的火车放慢了脚步
迟疑何处是这一程的站台
拐过的每一个岔口
其实都有往事可以怀念
雪落山坡，那些失去的踪影
如同干净的石阶
一步步记录着我们爱过的经历
而白茫茫的天空谁也不能阻挡
满山都是披雪的巨石和大松
空蒙与虚无挂满林梢
这簌簌落下的何止是惋惜
忘了已有多久没有走进这样的暮雪
这空荡荡的雪景
多像我们无处落脚的心愿
在枝头等待飘落或者融化

如果你来看我

我在的，来吧
亮灯的地方是我的书房
有一把椅子
已经空了有些时日
你可以坐下，这里很安静
多数时候我自言自语
把心事或者飘逝久远的愿望
交给白纸，或者一本书
茶已经凉了
那把竹壳热水瓶还在老地方
你可以自己倒水喝
路上辛苦了，暖暖身子
如果我不在书房
那就再往里走
也许是我想起了昨天那只鸟
不知道是否还在那棵树上
它是突然飞来的
大声叫着我的小名
把我吓了一跳
我养过不少鸟，各种各样的
所以略通鸟语
树是我种的，还有花
我愿意生活在植物们中间
向它们学习枯荣中的坦然无虑
我还养过狗，养过猫，养过鸡鸭和麻雀
麻雀是自己从窝里掉下来的
我不得不把它们养大
然后看它们飞走
我喜欢它们把我当成妈妈那种样子
充满了叽叽喳喳的信任和依赖
它们只会高兴或者不高兴
但不会装假，更不会记仇
这让我释放了许多难以消解的郁积
离树不远
是我时而荒芜时而繁盛的菜地
我通常会在那里蹲上半天
看看蝴蝶和蜜蜂怎样忙碌
虫子有没有吃饱
又有哪些奇怪的杂草不请自来
知道吗，小东西也有自己搞笑的方法
我都表示欢迎
它们的生命有限
值得善待和同情
黄瓜、番茄和桑葚果可以现摘现尝
你自己动手吧
我从来不施农药和化肥
味道真的不错
从菜园回来我会去厨房转转
放下篮子，洗净双手
像往常一样操持一番
现在却只是一种纪念
一个已经不用生火做饭的人
依然可以怀念家常烟火的温暖
怀念平常日子里那些细碎而亲切的声响
因此我不会走远
你来吧，我在的
门开着呢

庸常点滴皆入诗

——评费一飞组诗《往事，这么安静》

·骆 蔓·

记得两年多前，第一次看到费一飞写的诗歌作品，就被他诗中浓郁的生活气息和朴实的抒情手法所吸引。如今，他作为一个已出版两本诗集，但写诗年份尚短的诗坛“新手”，算得上起点不低、出手不俗。

费一飞的职业生涯与写作无关，但多年在超负荷的工作压力下，诗情陶冶却成了他减负的通途。每当夜深人静，把平凡日子里的点点滴滴诉诸文字，随着键盘清脆的敲击声，所有疲累都会变得立体生动而富有情趣。

费一飞早年发表过不少散文作品，出过散文集，由写散文改为写诗，是近几年的事。散文和诗歌虽文学体裁不同，但一般而言，两者都能抒发作者对生活的感受，表达其内心由景、事、人引发的那些情思情韵，亦即作者心声的坦露，有其互通性。

费一飞最近创作的十首取名《往事，这么安静》的组诗，以他特有的轻快、细腻的笔调娓娓道来，描摹出一幅幅令人怦然心动的世态人文图景，令人欣喜。

一是追忆往昔生活。在这组诗里，《往事，这么安静》无疑是最为吸睛的。每个人的一生中，都会有一段段细碎而珍贵的往事，深深留存在心底，珍藏越久，回忆起来越觉得美好，就像一杯醇香扑鼻的美酒，让人难以忘怀。而费一飞却把往事归置为“安静”，这份安静里，蕴藏着他对父亲与奶奶——生命中割舍不了的亲情——的拳拳之心与孺慕之情。我们常说“血浓于水”，这份世间无与伦比之情，在诗人的笔下是安静的，与节奏快速的现代生活、纷繁复杂的红尘喧嚷，形成动与静、快与慢、生与死的鲜明比照。诗一开头就说：“夜里，月光和河水/都不够安静。唯有一场悄然的雨，让村庄/坐入杏花的白静”。心头的故乡村庄如杏花般“白静”，诗人把它看成是自己灵魂的圣地，从而为读者打开一个耕读之家积淀深厚的文化底蕴。他想起父亲、想起奶奶、想起歌唱般的“乡音”，一种时光无法回头的怅惘与眷恋使他神伤，却也勾起无限深情，然后推宕出“留在旧本子里的目光，依然明亮/穿过门前的花树，桑枝，稻垛/安静地落在奶奶的小凳上”。亲人虽已不见，却在记忆中永存。“多少年了，一直想回去，叫几声亲人”，这样一场至真至诚的心灵呼唤，不刻意雕琢间自有其拨动人心弦的力量。

《往事不只有悲伤》是抒写物质匮乏时期“小脚”的外婆为了让孩子们远离饥饿，而开展的一场食品“保卫战”的往事。寥寥几句，让外婆的机智与宠溺之情跃然而出，也使这份沉甸甸的爱在幼小的心头扎下深根，几十年过去了，“回想往事/再也没有这么开心的日子了”。苦难的经历、沉痛的往事，却因掺和了无价之爱而弥足珍贵。

二为吟唱自我心态。在这些诗中，可以说《更加爱护这个家》《安静的雨》《岁末遇雪》《如果你来看我》是吟唱自我心态之作。家是每个人人生的驿站、生活的乐园，也是避风的港湾——一个亲情洋溢的处所！无论身在何方，只要一想到家，就会有一种温煦情怀萦荡心头。但费一飞诗中的这个家，是他在院子里的树上发现的“一只鸟巢”，然后诗人展开想象，去假设这只“鸟巢”里面的种种可能。他希望里面有“两枚卵”，这样既可以“依偎”也可以“吵架”，把“幸福的含义”延续；而“我”能做的就是“养些虫子”“警惕流浪猫觊觎”，“不弄出噪声”打搅鸟类的生活，“总之要更加用心地爱护这个家”——给鸟们以物质与精神的双重关怀，然后点出诗人的真实意图——“让我心动的事物我要多关心一点”。这一场赋予了人性关怀的吟唱，让我们看到诗人睿智的思维与豁达的胸襟——用一颗包容的心去善待身边的一草一木、一枝一叶。

或许是岁月沉淀了人生底蕴，费一飞诗中“安静”这个词使用率较高，“安静”既是一种生存状态，也是一种追求境界。《安静的雨》可以说是一场对自我精神追求法则的超越。全诗是这样：“昨晚，突然下了一场雨/树木在黑暗中隐忍/无边的寂静/一直静到天明/我走到院子里/天是清的，地是清的，房顶是清的/有鸟在叫，声音悠扬悦耳/风吹过，树叶里的雨/又下了一遍/落到我脸上/分外清凉”。他眼中的这场雨是“安静”的，唯有尘埃落定的淡然——一个醉心于自我天地者对生命的欢喜与感动。

《如果你来看我》应该是诗人怀念生命中一个重要的参与者，舒缓的节奏和平实的笔调不仅流溢出无尽的思念与深厚的情意，也表达出作者从容、淡定、随遇而安的人生态度。

三是以诗说生命哲理。尼采说过：“一个人知道自己为什么而活，就可以忍受任何一种生活。”费一飞有从军经历，这使他的诗中不时会流露出军人的风骨；他又有令人敬重的职场高管历练，虽然在诗中不甚明显，但其中的气度与着目高度，显示出他诗情的深广度。随着角色转换，他又展现出长者的宽厚与包容之心，用诗意的语言与世界交流，用文字构筑自我的心灵驿站。《恍悟》一诗述说生命哲理颇显高妙——“没有真爱是一种悲伤”。这里的“真爱”是泛指，体现了诗人对理想人生的深邃思考。庸常的日子、简单的生活，花会开会谢，生命脆弱无常，但活着，就要拼尽心力去努力、去奋斗、去追求，无憾于这一场生命的留痕。

《为什么》同样是一场心灵的叩问。“稻草”与“鸟雀”本是相互依存的关系：“鸟雀”看着“稻草”长大，它的“谷子”喂养了“鸟雀”，“鸟把稻草当作恩人”。但有一天“稻草”变成了田里的“稻草人”，“鸟噗地逃走了”。它们由相亲相爱，却走向陌生直至戒备，是因为改变破坏了约定法规。自然界如此，人世间亦如此。

细读这些诗，有思想的深度、独特的视角、对生命的敏锐体察，无疑能给人以审美愉悦与品赏价值。当然，也要看到，有些诗中的语言构建还值得推敲，毕竟诗歌是凝练的艺术，遣字造句须高度浓缩。

希望他能一直保持这份执着于诗歌事业的虔诚与热度，用属于自己的诗情诗笔，去讴歌、赞美这个多姿多彩的世界，为庸常的生活添彩，为平凡的生命增辉。